U0902953

我和偶像做同桌

[上册]

魔女恩恩 ---------- 作品

青岛出版社
QINGDAO PUBLISHING HOUSE

图书在版编目（CIP）数据

我和偶像做同桌/ 魔女恩恩著. --青岛：青岛出版社，2019.8

ISBN 978-7-5552-8275-4

Ⅰ. ①我… Ⅱ. ①魔… Ⅲ. ①长篇小说—中国—当代 Ⅳ. ①I247.5

中国版本图书馆CIP数据核字(2019)第085353号

书　　名　我和偶像做同桌
著　　者　魔女恩恩
出版发行　青岛出版社
社　　址　青岛市海尔路182号（266061）
本社网址　http://www.qdpub.com
邮购电话　010-85787680-8015　13335059110
　　　　　　0532-85814750（传真）　0532-68068026
责任编辑　贺　林
特约编辑　孙小淋
校　　对　耿道川
装帧设计　千　千
照　　排　梁　霞
印　　刷　三河市良远印务有限公司
出版日期　2019年8月第1版　2019年8月第1次印刷
开　　本　32开（880mm×1230mm）
印　　张　15
字　　数　350千
书　　号　ISBN 978-7-5552-8275-4
定　　价　55.00元

编校印装质量、盗版监督服务电话　4006532017　0532-68068638

建议陈列类别:畅销·青春文学

目录 [上册]

目录［下册］

第一章
我是项夏

项夏悲催的水逆期，是从踢出那脚足球开始的。

那天清晨，她和往常一样穿过小巷，沿着居民区外墙朝学校的方向走。路边的油条店里，小哥正热火朝天地炸着油条，卖煎饼馃子的刘大妈把车停在了街角，一群熊孩子起得比鸡还早，正在巷口嘻嘻哈哈地玩着足球。

项夏每天都生活在这种有条不紊的节奏中，只是今天却有点儿不同。

“抓小偷！”

一个高分贝的呼喊声从街对面传来，接着是一阵急促的脚步声。

项夏循声望去，看到一个戴着棒球帽的少年正沿街飞奔。

原本抓小偷这种事，和正要去上学的项夏没什么关系，可鬼使神差的，那一刻她却偏偏做了一个不理智的决定——抓住他！

少年速度很快，想追上他不容易，关键时刻老天配合，右后方一只足球飞了过来，项夏几乎想都没想，一个凌空射门……

预判到位，力量足够，足球在空中虎虎生风，不偏不倚地打在了少年的头上，他受到重击摔倒在地。

“太好了！”

项夏握拳欢呼。

少年被打倒后，足球反弹出去射中了二楼阳台上的一个花盆，花盆掉下来，砸中了一辆车的风挡玻璃，几乎是一个完美的连锁反应，即便故意设计也难以达成。

哗啦啦，风挡玻璃碎了一地。

少年从地上爬起来，辨别了一下方向，朝项夏奔来。

形势急转直下，让她一时反应不过来，待她回神想跑的时候，熊孩子们跑光了，她的后衣领子也被人拽住了。

“想跑？”

“没……跑。”

项夏差点儿被拽了一个跟头。

这时，隐约从街对面传来一阵吵嚷声，好像有人喊“小偷抓住了”，她这才意识到一个问题——这个少年不是小偷。

抓小偷是见义勇为的好事，但抓错小偷就不好了。

情急之下，项夏又犯了口吃。

其实她不算真正的口吃，只在情绪紧张的时候才会口齿不清，大多数时间里她说话可以没有标点符号，一气呵成。

“刚才是你？”“棒球帽”冷声质问。

这……

项夏想解释自己的行为，争取对方的谅解，可当她抬起头看清少年的脸时，整个人像石化了一般，语言中枢失去了所有功能。

少年的五官很精致……当然，这不是重点，重点是他太像一个人了。

项夏和其他“00后”女生一样，也追星，只是她心中的星只有一个，叫靳韩。他是一个从小活跃在电视上的明星，从他参演的第一部片子到最近一部她都看过，关于他的新闻，她不会错过，他的照片，她贴了满满一墙。她是他的铁杆粉丝。

这是靳韩吗？

念头一闪而过，她立刻否定了，先不说靳韩是重庆人，不可能出现在北方，单从这身着装来看也不可能是他。

这个少年穿着老头儿衫、九分的麻布裤、帆布鞋，还戴了一顶洗旧了的棒球帽，不如一个路人甲。

靳韩的穿衣风格不说走在潮流的最前沿，却也很时尚，最重要的是他的微笑阳光灿烂，可眼前的少年阴沉着脸，目光冷冷的，一缕头发遮着前额，给人一种说不出的压抑感。

中国大约有十四亿人口，外貌相似的人不胜枚举，就像项夏的小学体育老师和她长得很像，连那颗痣都长在同一部位，那时很多人以为她是体育老师的女儿，事实上，她和体育老师什么关系都没有。

虽然这个少年不是偶像靳韩，但单凭这张脸，项夏给他的印象分是八十。

“真是……你干了什么？”

少年怒火中烧，和靳韩的斯文相差了十万八千里，项夏直接否定了他是偶像的所有可能性。

用力挣脱了他，项夏的脸微微发红。

“走，走路，管，管得着吗？”

“走路？”

少年的眼中迸射出骇人的怒火。

“做了坏事还不承认，小结巴，今天遇到我，算你倒霉！”少年一副“老子今天心情不好，就要拿你出气”的表情。

项夏最恨人叫她“小结巴”了，就算他长了偶像脸也不行，对他的印象分直接降至六十。她生气地转身要走，又被他拽了回来。

“敢走？球是不是你的？”

“不是！”项夏一口否定了。

“撒谎！”

“撒谎是小，小狗。”

“分明是你踢的！不但打了我，还打碎了我家车的风挡玻璃。”

“是我踢的没错，但……球不是我的……”

项夏心虚地眨巴一下眼睛，觉得形势不妙。原来这个少年是车的主人，她被人家抓了现行。

少年让项夏赔偿损失，不然就将她扭送到派出所，项夏急得满头大汗。最近发生的事太多了，来自家庭的、学校的，她几乎应接不暇了，若再被送去派出所，便真要成K高的大新闻了。

“我赔钱，还，还不行吗？”

尴尬地翻遍了全身，项夏只掏出了五块五毛钱，少年俊美的五官扭曲了。

“留个地址，我去你家。”

“不……这个……”

她怎么可能把家庭住址给他？她听够老妈的埋怨了。

“二十四初级中学，我初三，初三……（2）班。”项夏自信自己的身高，谎称是初中生应该不会被怀疑。

少年半信半疑，让项夏出示身份证，项夏支支吾吾，眼珠子一转，随后龇牙咧嘴地捂住了肚子。

“我肚子痛，要上厕所……哎哟！”

她一猫腰，就冲进了附近的一条小巷，少年不肯放弃地在后面追赶着。

东拐西转，她以为自己可以甩掉他，可那家伙的两条大长腿比她跑得快多了，轻轻松松地追了上来，眼睛也好像安装了跟踪器，藏起来也能被他发现。

当眼前出现公共厕所的标志时，项夏一头钻进了女厕所，少年不得不停住了脚步。

进了卫生间，项夏匆匆爬上了后窗。几个女孩惊讶于她的行为，不明白她为什么有门不走偏要爬窗户。

“外面有色狼！”

项夏的小爪子当空抓了两下，几个女孩立刻警觉地护住了胸口，一副受惊的模样，项夏嘿嘿一笑翻窗而出。

她和那个少年周旋浪费了太多时间，上学要迟到了。

项夏一路跑着去了学校，到了校门口，她下意识地放慢了步子，小心翼翼地朝左右看着，确定没什么危险后，才放心地走进了校门。

她正准备争分夺秒地冲进教学楼时，一股冷冽的气息从背后传来，她禁不住打了一个寒战，在K高，除了他，没人有这样的气场。

一阵阵凉意从她的脚底板往上蹿。

项夏缓缓转过身，逆着晨光，一个高大的身影抱着肩膀叉着大长腿斜觑着她，正是K高的“老大”于圣杰。他身后站着他的几个死党和“娘娘腔”张斌。

于圣杰在K高颇有人气，素有“高岭之花”的美称，那种高高在上、不可侵犯的气质，没人能比。据说他的高中生活只做两件事——花钱、打架。

在项夏的记忆里，没有他买不起的东西，也没有他打不过的人。

“是于圣杰……”

“别看了，走吧。”

周围的同学都纷纷避开了。

K高的学生没有不怕于圣杰的，项夏也怕，特别是最近一个月，于圣杰好像盯上了她，处处找她的麻烦，至于原因……她一直云里雾里。听孙歆说，是因为她私下里向老师打了于圣杰的小报告，她觉得自己好冤枉。

垂下眼眸，项夏快步疾走，希望能混入人群赶紧离开。

“项夏！”

于圣杰阴沉的一嗓子，差点儿把项夏的魂儿吓出来。

“干，干什么？”

她慢吞吞地挪了一下脚尖。

“过来！”于圣杰有些不耐烦了。

“过来就，就过来……”

项夏硬着头皮走到了于圣杰面前。他将手臂一甩，不客气地将沉重的大书包压上了她的肩头。

“背着。”他戏谑地笑着。

项夏感觉一座大山倾压了下来，差点儿将她压趴在地上，这家伙的书包里装的是铁皮书吗？

于圣杰的身后，张斌正拿着一面小镜子补擦防晒霜，微翘着的兰花指，怕是连女生都学不来，张斌平时很注重皮肤保养，防晒、补水，虽然他一直坚称自己是“直男”，但大家还是给他起了个外号叫“娘娘”。

“小结巴，力气挺大嘛。”

张斌看着项夏肩头的书包嘿嘿地笑着，这笑有些诡异，项夏怀疑于圣杰真的在书包里放了什么东西。张斌笑过后，跳着跑了过来，故意在大书包上用力按了一下，项夏一个趔趄差点儿摔趴在地上。

“喂，你干什么？”

项夏气恼地翻着白眼，张斌笑嘻嘻地竖起了大拇指。

“可以呀。”

“一边去。”

于圣杰一巴掌将张斌打开了，然后冲项夏挥了挥手。

“还不去上课？”

“哦。”

项夏咬了咬牙，隐忍着向教学楼走去。走出很远后，才敢咒骂一声，浑蛋，总有一天，我要找机会报复，还有那个马屁精的娘娘腔，也别想有好日子过。

看着项夏笨拙走路的背影，张斌哈哈大笑了起来。

“这丫头晒得那么黑，也不擦个防晒霜。”

遮阳伞唰的一声打开了，伞面上赫然印着一行字——“帅就一个字”。

“去死！”

于圣杰照着张斌的脑袋打了一下，然后转身向校外走去，张斌不明所以地摸了一下头。

“老大，不去上课吗？”

“请假，说我肚子痛。”

“又肚子痛……”

头痛、肚子痛、屁股痛，能痛的地方，于圣杰都痛过，班主任已经对他无可奈何了。

“以后不准打那把伞！”于圣杰头也不回地冲张斌挥了一下手臂。

张斌满头雾水地看了看头上的伞，低低地嘟囔了两句，虽不情愿但还是收了起来，折好放在了书包里。

已经上课五分钟了，项夏背着大书包气喘吁吁地跑进了教室，探头朝讲台看了一眼，老师竟然不在！她趁机溜了进去，把于圣杰的书包放到他的书桌上时，发出了一声怪响，她十分确定里面装的不是书。

咽了一口气，回头看看于圣杰没跟进来后，项夏大胆地拉开了他的书包，里面露出了一块青色的大石头。

“这个浑蛋……”

项夏的肺要气炸了，K高老大欺负她的花招儿越来越多了。

啪一个纸团打中了她的后脑勺，项夏回过头，看到罗丽拉正冲她撇嘴巴。

“敢翻于圣杰的书包？活够了吗？”

项夏赶紧松开了手。

班里的同学都知道，罗丽拉和于圣杰关系较好，一个是K高老大，一个是K高校花，他们能成为朋友似乎是天经地义的，相比项夏这种K高小虾米，也只配让他们寻开心的。

罗丽拉不但外表光鲜，家世也不错，父亲是一个跨国公司的总裁，母亲是经理人，良好的家庭环境、优越的生活条件，让她在同学中显得鹤立鸡群。她经常收到男生的情书，却会不客气地把情书的内容当众读出来，让写情书的人下不来台。

校花必有绿叶衬，罗丽拉的绿叶是孙歆。孙歆长得有点儿放肆，体重足有一百四十斤，是一朵饿坏了的食人花。她最大的爱好就是吃，她是罗丽拉忠心不贰的死党。

在巨型食人花的陪衬下，罗丽拉的美看起来更加超凡脱俗了。

项夏讨厌罗丽拉，不仅仅因为她清高自傲，还因为她是靳韩的"黑粉"。

"黑粉"最擅长的就是鸡蛋里挑骨头，罗丽拉对此达到了登峰造极的地步，就差拿着显微镜对靳韩进行细菌分析了。物以类聚，孙歆也是靳韩的"黑粉"。

罗丽拉是靳韩"黑粉"的事，高二（6）班尽人皆知。但项夏是靳韩"铁粉"的事，班上却没几个人知道，她隐藏得很深。

项夏才坐下不到一分钟，班主任陈悦雯就走进了教室。不知是太过劳累还是其他原因，她看起来更加干瘦了，三十三岁还单身的她，把全部精力都投入到了教学中，也就因为她这样奋不顾身，所以高二（6）班的同学们的学习热情异常高涨。

"这学期，有新的转校生到我们班，希望你们拿出十二万分的热情来……"

陈悦雯的声音很大，却遮掩不住项夏内心的狂躁，棒球帽小子的追赶、于圣杰的捉弄、罗丽拉的嘲讽，还有那些随时可能飞来的水逆祸事，她感觉自己的忍耐已经到了极限。

进行了一番思想教育后，陈悦雯把一摞卷子放到了讲台上，目光凌厉地扫过整个教室，这才发现后面的一个座位是空的，立刻皱起了眉头。

"于圣杰呢？"

"报告老师，他肚子疼，蹲厕所呢。"张斌举手报告。

陈悦雯无奈地摇摇头，自言自语道："一个月肚子疼个七八天。"

"比大姨妈还准。"不知哪个男生在下面不知死活地接了一句。

"你说什么？"

张斌直接将数学书扔了过去，打在了马浩然的头上。马浩然翻了个白眼，却没敢吭声。陈悦雯一拍桌子，同学们瞬间安静了下来。

"高二（6）班，不允许一个人掉队。张斌，给你三分钟的时间，把于圣杰从厕所里捞出来，马上讲卷子。"

"是，老师……"这算是美差了，张斌乐颠颠地跑出了教室。

陈老师接下来说这次月考的情况，很不乐观。

"咱们全班，只有潘多多的成绩优秀，其他同学的虽然也不错，但仍需努力。这次月考，有人进步，也有人不思进取，在退步，项夏！"

陈悦雯单独点了项夏的名字。

"今天放学后，到我办公室来一趟。"

"知道了。"

项夏不知道这算不算人气高。同学关注她，老师也关注她，水逆期果然事事不顺呀。

接下来陈老师提到了省数学竞赛，对潘多多寄予厚望，希望她能拿出最好的状态，给K高争取荣誉。

众所周知，K高是本市最好的高中，当初为了进这所高中，所有人都在拼，拼成绩，拼才艺，拼特长，还有拼老爸的，只有项夏拼的是运气。

踩着最低录取分数线，项夏进了K高。

到了K高之后，项夏才知道她家楼上住的是K高的超级学霸，叫潘多多，虽然她有点儿肥胖，长得也没那么讨喜，成绩却是全校第一。老妈每次看潘多多的眼神都是绿的，恨不得她们出生时被人调了包。

"看看人家潘多多，只一墙之隔，人家全校第一！你呢？"

项夏的成绩是全班第三，不过是倒数。

不仅如此，项夏左邻的小妹妹进了北京的音乐学院附中，右舍的小哥哥上了清华大学，连每天流着鼻涕的熊孩子也进了市篮球队。她的十六岁，没能一鸣惊人，却在父母离异后不久，"锦上添花"般口吃了。

似乎人人都在进步，只有项夏在原地踏步。

项夏用余光偷偷地瞥向了潘多多，她坐在第一排靠窗的位置，抿着嘴，脸蛋儿微红，手里拿着笔不知在写着什么，应该是在争分夺秒地做数学题吧？

项夏下意识地拿起了笔，学着潘多多握笔的姿势，中指和拇指并齐……

她承认她在模仿潘多多，模仿潘多多写字、走路，甚至说话的方式，项夏知道这样做有点儿孩子气，但就是控制不住想去模仿，也许是老妈对潘多多的夸奖多了，又或者是她太想成为像潘多多一样优秀的人了，项夏很迷茫。

“都注意听我说！”陈悦雯拍了拍桌子，将项夏的思绪拉了回来。

“最近，学校里刮起了一股歪风邪气，别以为老师不知道，你们的行为都在我的眼皮底下，一些同学，我先给你们一个警告，不要和于圣杰走得太近……”

“老师，你找我？”说曹操，曹操到，于圣杰晃晃悠悠地进了教室。

“肚子不疼了？”陈悦雯问。

“不疼了。”

“我问你，你今天早上是不是跟人打架了？有人告诉我了。”

“谁说的？”

于圣杰的眼珠子一瞪，教室里顿时鸦雀无声。

“老师，您看，没人，一定是您搞错了。”

于圣杰得意地笑了，陈悦雯的脸青了。

“于圣杰，你再这样，信不信我把你父母找来？”

“能找来算你厉害。”

于圣杰鄙夷地撇了一下嘴，陈悦雯气得半晌说不出话来。她知道于圣杰的父母工作性质特殊，别说她见不到，就连于圣杰想见父母一面都很难。

“回去！”陈悦雯厉声低喝。

“老师再见！”

于圣杰手一挥朝着教室外就走，陈悦雯气恼地捶了一下桌子。

“我让你回座位。”

“哦。”

于圣杰一副凯旋的模样，大摇大摆地回了自己的座位。

项夏猜想，于圣杰在考验老师的忍耐极限，他甚至在背地里还给老师起了一个外号叫“忍者神龟”。按理说，高中不是义务教育，于圣杰要成绩没成绩，还不遵守纪律，没有集体荣誉感，陈悦雯完全可以把他一脚从K高踢出去，可每次矛盾冲突激烈的时候，陈老师的态度都急转直下，莫非她也怕K高老大?

项夏回头看了一眼，于圣杰正打开书包得意地笑着，她感觉一股闷气直冲咽喉，却怎么也呼不出来。

石头只是恶作剧的一个开端，项夏有理由相信，于圣杰对她的捉弄会愈演愈烈，她必须想办法应付了。

“项夏，你来讲讲这道题，我刚讲解完。”陈老师的声音突然响起，项夏惊魂回转，茫然地站了起来，周围响起了窃窃的低笑声。

“我不知道你一天天都在想什么，双眼空洞无神，神游天外。知不知道你现在是学生？学生的本职工作就是学习，如果连这点都做不到，社会还指望你做什么贡献？连养活自己都成问题，难道将来要做‘啃老族’吗？”

陈悦雯的言辞一向犀利，说话不留余地。

项夏耷拉着脑袋，其实她的内心也有这个疑问，她将来能做什么？她的爱好只有两个，一个是靳韩，一个是踢足球，追星是遥不可及的，至于踢足球，对于一个女孩子来说，前途又在哪里?

“咱们班还有几个同学，你们都给我注意了，任何的挣扎都是徒劳的，从高一当你们班主任那天开始，我就没想过要放弃，你们也别想摆脱我。这学期，都给我拿出百分之二百的状态来，我要成绩！成绩！”

陈悦雯把讲台拍得啪啪响，张斌偷偷学她的样子，手在膝盖上比画着，项夏刚好看到了，没忍住扑哧一声笑了出来。就这样，陈老师毫不客气地将她请出了教室。

在走廊里罚站，不能随意走动，不能东张西望，只能保持面壁思过的姿势，这是陈悦雯惩罚学生的撒手锏。

罚站了不到五分钟，赵主任来了，项夏预感惩罚要结束了。

“这个陈老师，怎么又把学生赶出来了？你叫项夏吧？”

项夏很吃惊，K高学生众多，堂堂大主任竟认识她这样的小人物。

“我上次遇到你爸爸，他说你足球踢得不错。”

提到老爸，项夏的眼睛红了。

“初一的时候踢，现在不踢了。”

“中国女足很强的，只是女孩从小踢足球，被世俗的眼光束缚了，像我们市的小学、初中、高中，连个女子足球队都没有，可惜了。”

这是项夏第一次听到不一样的声音，曾经她为了踢球，和母亲发生了不少争执，母亲认为踢足球是男孩子的事，女孩子应该学舞蹈、唱歌、弹钢琴。

记得有一次，小学足球校队招人，她兴高采烈地跑去了，却被老师赶了出去，老师理直气壮地告诉她，校队不要女生！

说不清她为什么喜欢足球，可能源于老爸的爱好吧。每次世界杯，老爸都兴高采烈地守在电视机旁，摆放上很多好吃的，项夏则乖巧地趴在他的膝盖上。

“爸爸，我也要踢足球。”

“好呀，爸爸等着你长大了上世界杯……”

虽是一句玩笑话，却成了项夏的目标，为了这个目标，她一直在坚持练球，希望有一天能奔跑在绿茵场上，能成为他们的骄傲……

“有机会想不想试试？”赵主任问。

项夏点了一下头，又马上拨浪鼓一样摇起头来。

“不想。”

“为什么？”赵主任觉得奇怪，既然喜欢为什么不抓住机会呢？当他注意到项夏微红的眼眶后，只能转移话题。

“不用急着回答我，我这边也没确定下来，对了，你在外面站多久了？”

“五分钟。”项夏回答。

“差不多了，进去上课吧，如果陈老师问，就说主任撞见了，她不敢让你出来的。”

“谢谢主任。”

项夏跺了跺发麻的脚，敲门进了教室，听说是赵主任让进来的，陈悦雯果然没多说什么，让她回去了。

回到座位，项夏的脑海里还回荡着赵主任的话，为什么不踢足球？不能踢足球一直都是她的痛。

那年是父母离婚的第一年，是项夏在市足球队最辉煌也是最失败的一年，一次决定命运的大赛前夕，她得知了父母要分开的消息，辗转难眠一夜后，项夏再站在绿茵场上时已失魂落魄，看台上，老爸还在笑，只是眼中多了一份难以言表的痛楚。

看着足球从头顶飞过，仿佛整个世界都失去了颜色。

作为前锋，项夏犯了不可饶恕的错误，被教练请离了队伍。

“害群之马！”

这是教练最后对她说的话，离开球队的第一天，老爸也离开了家。

“翻到第四十五页，把后面三道大题做了，还有十五分钟。”陈悦雯的声音从讲台上传了过来，项夏的思绪也被强行拉回到课堂。

打开习题册，看了一眼，第一道题有点儿难，项夏正冥思苦想的时候，耳边传来了张斌蚊子一样的声音。

“看到没……陈老师见到主任，立刻变成了小花猫，让小结巴进来了……”

“什么小花猫，上次我怎么看到她和主任争得面红耳赤。”

“说说，什么时候？”

张斌不但娘娘腔，还很有八卦精神，听到新奇的说法立刻来了精神，很快蚊子一样的声音变成了听不清的窃窃私语。

八卦的内容大约是这样的，陈悦雯老师和赵进主任竟是大学时的校友，一个是大一的学妹，一个是大四的学长，不仅如此，他们之间还有过一段为期不长的情侣关系，这段情因为赵进毕业而结束。

现在的情况是，赵进离异有一个女儿，担任K高训导处主任，陈悦雯未婚单身，是K高优秀教师。私底下，大家都有美好的愿望，希望他们有情人终成眷属，可惜陈悦雯和赵进在育才上观点不同，一个苦求成绩，一个强调因材施教，两个人经常发生争执，水火不容。

下课铃才响，陈悦雯就行色匆匆地离开了教室，有人看到她去了主任办公室，多半是为赶学生出教室的事接受主任的批评教育去了。

八卦总是无穷无尽的，旧的没去，新的又来，只要有人的地方就有八卦。

“喂，王晓月，你不会在追靳韩吧？”

听到“靳韩”两个字，项夏警觉地扭头看去，罗丽拉正拿着王晓月私藏的一本相册大惊小怪地翻着。

“是凯哥，他和靳韩合影而已。”王晓月辩解着。

“和靳韩合影？真没眼光。”

罗丽拉不屑地把相册还给了王晓月，王晓月虽是凯哥的粉丝，但面对强势的罗丽拉也只能低头不语了。

“不是我贬低靳韩，当年他是童星时，确实有点儿实力，可现在还顶着小时候的光环，根本找不到那种感觉了，偏偏还要死撑，挤掉别人的角色，也不一定能再红起来。”

罗丽拉不喜欢的明星很多，但不知为何最近盯上了靳韩。

项夏虽然不喜欢罗丽拉的言论，但罗丽拉有一点说得没错，靳韩在演艺圈的地位只限于当年，人终究还是要长大的，即便昔日爆红，也不得不面对过气的命运，网络上的娱乐新闻有这样的报道，靳韩的演艺事业已经进入了一个瓶颈期，他需要的是突破。

“最近很少看到他出镜呀。”

“口碑不好，人气不行了。”

“一定是家庭悲剧。”孙歆摇着头。

孙歆嘴里的“家庭悲剧”，指的是靳韩的妈妈，娱乐圈的人都知道靳韩的经纪人是他妈妈，关于这个女人的负面新闻可不少，可能和她过于精明能干有关吧。

几次，项夏都冲动地想和罗丽拉当面辩驳，但想想还是忍住了，多一事不如少一事，罗丽拉高调黑，靳韩又不会少一斤肉。

班里大多数人都有自己追逐的偶像，有明星、歌星，也有球星，唯独潘多多谈及这个一脸茫然，“00后”中，潘多多也算是个“另类好孩子”了吧。

关于偶像的讨论总会持续一段时间，直到上课铃声响起。这节是政治课，于圣杰又不见了。政治老师已经习惯了，连问都懒得问一句。

放学后，大家都陆陆续续地离校回家了，只有项夏极不情愿地去了陈悦雯的办公室。陈悦雯的态度还算和蔼，问项夏什么原因导致最近状态不佳。

“坐吧，项夏，是不是哪里不舒服？”

“没有。”

“那是你爸和你妈……”

“他们早离婚了，联系少。”

“不会是……早恋吧？”

项夏警觉地抬起头，陈悦雯在怀疑什么？

“呵呵，项夏，我也是从这个年龄过来的，所以理解……”

“您看到什么了？”

项夏最讨厌这种没有根据的胡乱猜测，学生一出现问题就归结为早恋，老师们心里抵触的东西，非要强加在他们身上。

陈悦雯皱了皱眉头，本来不想戳穿项夏，但不说又不能让她信服。

“我看到于圣杰和你……”

“陈老师！”

项夏激动地站了起来，说她和于圣杰早恋？简直就是侮辱她！她和他可能在一起的概率好比火星撞地球，现在不可能，将来更不可能。更何况，于圣杰何等厉害，暗恋他的女生数不胜数，他都不屑一顾，怎么可能把眼光放在平庸的她身上？

“如果多说几句话也算早恋，老师还需要听我解释吗？”

“这个……不是就好，老师也是着急，怕一些事耽误了你的学习，你是个有潜力的学生。”

陈悦雯转移了话题，象征性地说了项夏的几个优点后，就开始了不厌其烦的说服教育，说了大约一个小时才肯放她回家，她听得眼睛都睁不开了。

“时间差不多了，你先走吧。”

“哦。”

项夏打了一个哈欠，拿起了书包，走之前她小心地向窗外看了一眼，陈老师的办公室正好对着学校的大门，隐约可以看见几个身影晃来晃去，不会是于圣杰和他的党羽吧？

“老师，我帮你擦擦桌子吧。”

“不用，太晚了。”

虽然陈悦雯极力劝阻了，但项夏还是掏出纸巾假模假样地擦了起来，她一边擦，一边瞥着窗外，有些心不在焉。

陈老师办公桌上的东西很杂乱，除了几摞作业本，还有试卷和学案夹子，项夏擦得心不在焉，一个不小心手肘扫到了学案，学案哗啦啦散落在了地上。

“对不起，我帮您捡起来。”

项夏俯身去捡学案，意外地发现了一张飘落的A4纸，纸上的标题是“高二（6）班问题学生”，其中一个名字就是她，项夏愣住了。

“说了不用你帮忙，净添乱……”

陈悦雯快速把A4纸抢了过去，三两下揉皱扔进了垃圾桶，她的表情看起来不自然。

项夏感到很吃惊，一向强调公平、公正的陈老师，竟私底下对班里的学生划分了三六九等，她属于“问题学生”的行列。

“回去吧。”陈悦雯低头整理着学案，没再多看项夏一眼。

项夏木然地离开了陈悦雯的办公室，在教学楼外的台阶上坐了很久，眼前充斥的都是A4纸上的名字，风从侧面吹来，吹乱了她的长发，一缕难解的忧愁涌上她的心头。

足球场上，还有校队的几个男生在踢球，这周有全校范围的足球比赛，他们希望代表班级拿到好的名次。

她走出校门，却不见了于圣杰的影子，他应该是等不及回去了。

项夏长长地松了一口气，终于可以安稳地回家了，可刚走出学校大门，便看到一个身影，那是于圣杰吗？项夏觉得头皮一紧，转身就要跑，又觉得于圣杰有些不对。

项夏和于圣杰的关系好像老鼠和猫，猫遇到老鼠的第一反应就是飞扑上来，死咬住不放，可这次……猫好像遇到了一点儿问题。

深吸了一口气，项夏决定偷偷摸过去看个究竟。

学校外墙的拐角处，于圣杰低着头，手里拿着一封信，肩头微微耸动，有什么亮晶晶的东西挂在他的脸上……

K高的老大在哭？

哈哈哈！

项夏真想大声笑，这算不算是一次报复的机会？假若她用手机把这一幕拍下来，在全校的公告板上张贴出来，就什么怨什么仇都报了。

念头闪过之后，项夏鬼使神差地掏出了手机，可就在这个时候，一个猝不及防的状况出现了，手机突然号叫了起来，铃声惊动了于圣杰，他抬头看了过来。

糟糕，项夏暗暗叫苦，手一抖，手机差点儿掉在地上，无暇思索方向，她掉头就跑，后面传来于圣杰怪叫的声音。

“项夏，你死定了！”

是的，她死定了，本以为偷偷拍照可以逃掉，却被人家发现了，于圣杰不杀她灭口绝不罢休。

刚好一辆出租车经过，项夏直接拦车跳了上去，出租车已经开出了很远，还能看到于圣杰暴跳如雷的身影。

躲进了家门，项夏的心还在怦怦地跳着。

“怎么才回来？”

餐厅里，母亲夏秀珍抱怨等了一个小时项夏也不回来，饭菜都凉了。

项夏没敢说被老师留下了，支支吾吾地找了一个借口，饭菜端上来，老妈一如既往地唠叨项夏学习的事。

“你们班主任给我打电话了，说你最近上课总是心不在焉的，成绩也不理想。项夏，你到底怎么回事？已经高二了，转眼就要高考了，你能不能拿出一点儿状态来？”

慢吞吞地端起饭碗，塞了一口米饭，项夏在担心明天上学怎么办，于圣杰会怎么修理她。她感觉自己在劫难逃了。

“项夏，你听见我说的话了吗？”

项夏还在神游，夏秀珍火了。

“你知不知道，每个人都在努力，力争上游，只有你，在走下坡路……项夏！”夏秀珍用筷子猛敲了一下桌面。

项夏立刻回魂，她看着老妈因愤怒而颤抖的唇瓣，心里藏了许久的一个想法又冒了出来。

“妈，我想……改名字。”

“改名字？”夏秀珍愣住了。

“叫什么都行。”

“‘项夏’不好吗？”

“人家都好好学习……天天向上，我……天天项夏。”

“项夏！”

老妈发火了，将筷子摔得啪啪响，随后眼里溢出了泪花，女儿的名字是她的痛。

项夏一直相信老妈和老爸之间曾经是有爱情的，不然怎么给她取了这样的名字？可惜那时的海誓山盟现在成了笑话，他们离婚了，再见已形同陌路。三天前，老爸给项夏打电话，说她马上要有弟弟了，项夏的第一反应就是他应该起名叫“项尚”。

“我知道错了。”项夏耷拉下了脑袋。

“行了，一天天让你气都气饱了，家里没洗洁精了，去超市帮妈买一瓶，回来后马上学习。”

“好。”

吃完饭，项夏去了超市，在超市她意外地遇到了潘多多。潘多多刚买完东西出来，她正要进去，两个人在门口打了一个照面。

高中新生入学那段时间，潘多多遇到项夏，还能聊上两句，从这学期开始，两个人就无话可说了，潘多多好像在刻意躲避她，即便不期而遇，也只是清冷地看她一眼。

潘多多是不是发觉了什么？

项夏伸出手正要打招呼，潘多多已经从她身边走了过去，那种尴尬可想而知。

进了超市，拿了一瓶洗洁精放在了收银台，付款时，项夏随口问了一句：“她买了什么？”

“潘多多吗？说是记语法，买了那种红色的笔记本。”

顺着收银员的手指，项夏看了过去，几个红皮的笔记本放在货架上，封面十分精致。买这么好的本子记语法，是不是有点儿浪费？

可不管潘多多做什么，项夏都觉得有她的道理，项夏犹豫了一下，也拿起了一个一模一样的笔记本放在了收银台上。

付款之后，项夏匆匆地回了家。

进了单元门，楼道里是黑的，她连跺了几下脚，感应灯也没亮，没办法，她只能借着窗口照射进来的微弱光亮一点点往楼梯上爬，才爬了不到一半，黑暗中突然闪出一个人。

“呀！”

项夏吓得大叫了一声，手里的笔记本直接掉在了地上。

黑暗中，潘多多一步步走了出来，微光照在她的脸上青魆魆的，若不是早就认识她，项夏一定会被她吓个半死。

“潘多多，你吓死我了。”

项夏抱怨着，潘多多却站在楼梯上一动不动，眼睛死死地盯着地上的笔记本，项夏赶紧捡了起来，难为情地把它藏在了身后。

潘多多咬着唇，哼了一声后掉头向楼上跑去。

感觉到来自潘多多的深深厌恶之后，项夏烦恼地倚在了楼梯边，一种罪恶感爬上了心头，好像她偷盗了原本属于潘多多的东西。

喧闹的一天终于结束了，夜安静得好像全世界的人都消失了一样。

卧室里，项夏从书包里拿出了一张崭新的海报，一点点展开，用手抚平折痕，海报上的靳韩在笑，满眼的阳光。

她把它仔细地贴在墙壁上，然后趴在床上欣赏着。

“我要是能像你一样开心就好了。”

她有他那样的微笑、自信、无拘无束就好了。

在项夏的眼里，靳韩是高高在上的天之骄子，精湛的演技和优越的家世让他无往不利，他身上还有一种锲而不舍的精神，也是她缺少的，他浑身都散发着让她折服的魅力。

她是从什么时候开始关注靳韩的？记忆仍旧鲜明，她还很小的时候，被邻居家的孩子欺负，心里委屈又不敢向父母告状，刚好看到小靳韩接受电视采访，那时他已经是当红的童星了，他说：“伤心难过的时候，扬起嘴角，心情也会好起来。”

她虽然不知道靳韩的这句话是不是别人教的，却对她很管用，她试着扬起嘴角，心情果然好了起来。

从那之后，项夏就迷上了靳韩阳光般的微笑。

在项夏的眼里，没有人比靳韩更坚强，即便演戏受伤的时候，他也在笑。

如果她能做到他的一半也好呀。

“项夏，关灯睡觉！”

门外传来老妈的喊声，项夏不得不关了灯。躺在床上，她还在想墙上的海报，穿插在海报影星之中的，是潘多多鄙夷的表情，她是不是不该买那个笔记本？项夏后悔了。

第二章 新的同桌

项夏第二天醒来时天已经大亮了，红色的笔记本还放在床边，她把它装进了书包，迟疑了一下又觉得不妥，也许放在家里更合适一些，于是她放下笔记本离开了家。

初阳娇艳，微风轻拂，项夏伸了一个懒腰，寄希望于这是特别的一天，然而水逆期并没有结束，她又遇到了让她烦恼的人。

才到校门，她便看到了于圣杰。

K高老大被人撞见哭泣，什么面子都没了，于圣杰又羞又恼，没心情再玩什么猫捉老鼠的游戏，只想快点儿封住项夏的嘴。

“早上全校大检查，别被主任抓到了。”

张斌提醒于圣杰，今天还是放过小结巴吧。

于圣杰哪里肯听劝解，他一把推开了张斌，眼神凶狠地盯着项夏，就差张开血盆大口将她一口吞掉了。

项夏心惊胆战，昨天看到的一幕虽是于圣杰的把柄，却也是她的大祸，她根本没胆子要挟于圣杰。

“做个交易吧？”于圣杰走到项夏面前，双手故作轻松地插进了裤兜。

“什么交易？”

项夏怯怯地盯着于圣杰，猜想他揣在衣兜里的手会不会握成了一个拳头，心情不爽时，便会对她拳脚相加。

她下意识地后退了一小步，拉开了和他的距离。

“你把照片给我，我帮你做一件事，什么事都行。”

“照片？”

“昨天，你拿着手机。”

“我没照。”

“撒谎！”

于圣杰的手突然抽出来，项夏惊得连连后退。

“逼急了，我也会打女生的。”

“我真的……没照片……”

项夏很想说，她想拍照来着，可他没给她机会，不然……嘿嘿。她正脑补着要挟于圣杰的场景时，于圣杰紧走几步，举起了拳头，项夏一把抱住了脑袋，连声告饶。

“不要！我错了……”

“怪叫什么？我还没打你呢。”

“真，真没有……”

项夏快速地闪避着于圣杰，他连续两次扑空。

“臭丫头！”

“真没有！救命！”

就在项夏好像猴子一样东躲西闪的时候，一个熟悉的身影走进了校门，她一下子蒙住了，这是谁？

那一刻，她有种错觉，仿佛看到了活生生的靳韩。

他穿着休闲圆领T恤、深蓝色的牛仔裤，情绪饱满，若不是那顶熟悉的棒球帽，几乎可以乱真了。

甩了一下头，项夏清醒地意识到了一个问题，冤家找上门了，这家伙是怎么知道她在K高的？

“还想跑？”

于圣杰举着拳头追上来，项夏灵机一动，想到了一个好主意，她一把抓住了于圣杰的手臂，可怜巴巴地眨了一下眼睛。

于圣杰先是一怔，接着嫌弃地甩着项夏的手，好像她带了病菌一样。

“喂喂，小结巴，你干什么？”

“你不是要照片吗？”

“想通了？”

“嗯，不过你得为，为我做一件事。”

“君子一言，说吧。”

“他……”

项夏眯着眼睛指向了“棒球帽”，让于圣杰拦住那个家伙。

“看不出，小丫头片子一个，惹的事还不少，他吗？”于圣杰指着“棒球帽”确认着。

项夏用力地点了一下头。

“就是他！”

“包在我身上。”

项夏和于圣杰达成了协议，他帮她摆平“棒球帽”，她把“照片”还给他。

在于圣杰的掩护下，项夏顺利地避开“棒球帽”躲进了教学楼，只是她没想到，简单的拦截却让于圣杰和“棒球帽”从此结下了梁子。

操场上，于圣杰痞气十足地拦住了“棒球帽”，张斌在左，另一个男生在右，将“棒球帽”困在了一个三角区内。

“这里是K高！”于圣杰大拇指朝下，一副“此山是我开，此树是我栽”的土匪神情。

“我要来的就是K高。”

“棒球帽”蹙眉打量着于圣杰，这个人他不认识。

“我找主任。”他解释着。

“主任？不在，赶紧走开……”

“我们事先约好了。”

“棒球帽”不悦地绕过了于圣杰，向办公楼走去，于圣杰哪里受得了这个？不把K高的老大放在眼里？他疾走一步，一把揪住了“棒球帽”的后衣领子。

“小子……”

“棒球帽”警觉地眉头一皱，突然转身一把擒住于圣杰的手臂，接着是一个漂亮的过肩摔……

至少几秒钟，于圣杰都处于目瞪口呆的状态，他背对大地，面朝蓝天白云，听着周围惊讶的嘘声，感觉整个人都不好了。

K高老大当众出丑还是第一次，张斌比画了两下，却没敢一个人冲上去。

“给我打！”

于圣杰跳了起来，今天不把这小子打得鼻青脸肿，怎能挽回面子？

张斌吞了口气，虚张声势地蹦了两下，也没离开原地半步，几个和于圣杰关系很好的体育生飞奔上来，将“棒球帽”团团围住。

“棒球帽”虽然有两下子，却敌不过群狼围攻，很快便被他们强势逼退到了校门外。

“这小子是谁呀？”张斌好奇地朝校门外看着，“棒球帽”站在很远的地方正在打电话，一会儿工夫来了一辆车把他接走了。

“不知道，有两下子。”几个体育生也好奇，“棒球帽”是陌生面孔，于圣杰怎么和他有了过节？

于圣杰此时难掩内心的难堪。

“老大，你今天过生日呢。”张斌提醒着。

“没心情。”

于圣杰怎么可能有心情过生日？被“棒球帽”当众一个过肩摔，什么面子都没了。

教室的窗口处，项夏心慌地目睹了这一切。她震惊了，原来“棒球帽”还是个练家子，幸好那天他没大打出手，不然哪里有她的好果子吃？只是……于圣杰为了她当众出丑，会不会把这口气撒在她身上？

项夏心虚地坐下来，拿起书却一个字都看不进去。

“知道吗？今天是于圣杰的生日，他的书桌里呀……有同学们送的好多礼物。”孙歆悄悄地对同桌说。

“哎呀，我怎么不知道？”

“你后知后觉，连班长都送礼物了。”

“潘多多？”

……

听说潘多多也给于圣杰买了礼物，项夏倍感意外，在项夏的印象里，潘多多除了学习，对其他事根本不关注，平时也没看她和于圣杰说过什么话。

项夏很好奇，潘多多到底送了什么呢?

她假装看板报，绕过了后面的桌子，偷偷地瞄着于圣杰的书桌。孙歆果然没瞎说，于圣杰的书桌里确实有很多礼物，其中一个红色笔记本很扎眼，竟和她昨天在超市里买的一模一样……

项夏有些蒙了，潘多多买笔记本不是记语法的吗？怎么送给了于圣杰?

她感觉事情有些诡异，却又想不通为什么，待发现张斌走进来时，她赶紧回了自己的座位。

张斌进门没有一分钟，于圣杰就懒懒散散地走了进来，脸色有些难看。项夏不安地垂下头，好在他只是在她的身边停了一下就回自己的座位去了。

噼噼啪啪!

身边传来胡乱扔东西的声音，项夏偷偷地回头看去，于圣杰正不耐烦地把书桌里的礼物一股脑儿翻出来，看完一个扔一个。张斌像个秘书，于圣杰扔一个，他捡一个，其中包括潘多多送的笔记本。

潘多多正在认真地看书，丝毫没受到后面声音的影响，项夏猜想，她是不是想多了，也许那个笔记本是别人送的。

镇定了一下心神，项夏打开了练习册，准备在上课之前做两道习题，她正咬着笔头凝神思索时，啪的一声，一块橡皮打中了她的后脑勺。

又是于圣杰，项夏烦恼地回过头，于圣杰斜着眼睛，拍了拍桌子：“你的礼物呢？”

“没有。”

别说她不知道于圣杰的生日，就算知道，她也不会买什么礼物，这个浑蛋每天把欺负她当成人生乐子了。

“好，算你狠……”

于圣杰指着项夏，那副皮笑肉不笑的表情，看着好吓人。

“放学等我。”于圣杰说。

放学等他？做梦好了。

一整天，项夏都小心翼翼地防备着，甚至坐下前，都要检查座椅是否安全，桌面突然跳出个弹簧机的那种恶作剧，她都不以为然了。

于圣杰陆续又收到了不少礼物，听说罗丽拉送的是一块昂贵的手表，有钱就是任性。

K高老大过生日面子真大，其他班级的女生也送来了贺礼，光好吃的就够于圣杰吃一个月了，更别说那些代表特殊意义的礼物了。

破天荒地，于圣杰一天都没逃课。项夏如坐针毡，背后冷风飕飕，好不容易熬到了放学，铃声一响她便冲出了教室，一直往前跑。

为了躲避于圣杰，项夏跑得上气不接下气，回到小区时已没了力气，她坐在小区外的花坛那儿呼呼地喘着粗气。不远处一辆厢式货车开过来停在了小区门口，保安把门打开后，车开了进来，在项夏家左面的一栋楼前停下来，几个男人跳下车一件件地搬着家具。

又有新的邻居入住了？

“需要帮忙吗？”项夏见一个男人差点儿摔了花瓶，主动走上去询问。

“不用了，姑娘，别碰了你。”

对方表示了感谢，继续运送家具，没出几分钟，一辆黑色的轿车呼啸着开进了小区，停在了货车的旁边。车门一开，下来一个穿着时髦的中年女人，不知什么事惹她不高兴了，她冲着搬运工发着脾气。

“提醒多少次了，搬的时候小心一点儿小心一点儿，还是摔了东西，过后我会找你们老板交涉。”

“对不起，对不起。”

搬运工不停地道着歉。

女人训斥完搬运工后转过了身，她有着一双好看的丹凤眼，看起来有点儿眼熟，项夏却一时想不起在哪里见过。

“真是倒霉，车窗被砸，搬家还摔坏东西。”

女人气恼地抱怨一句后，从项夏的身边走了过去，一股淡淡的香气让她联想到了玉兰花香。

女人走后，项夏拉了拉书包带，转过身向自家的楼洞走去，许是跑得累了，她上楼的速度比平时慢了许多。

到了家门口，项夏发现防盗门是开着的，门口站着两个人，一位是四十多岁、穿着体面的陌生男人，戴着眼镜，另外一个……项夏用力眨了一下眼睛，再眨了一下，她怀疑自己被“棒球帽”追出幻觉了，怎么走到哪里都能看到他？

可这不是幻觉，“棒球帽”真的来了，他双手插兜，神情落寞。

“对不起，我女儿平时虽顽劣了一些……但绝不会故意打碎车玻璃，你看是不是搞错了。”

“车玻璃”三个字，让项夏的心猛跳了一下，他们在谈论足球闯的祸。

“我儿子亲眼看到的，你女儿也承认了。”

“哦哦，这样呀。”夏秀珍尴尬地理着头发。

“阿姨，我看到了，也当场抓住了她，结果……她不但撒谎，还跑掉了。”

“棒球帽”故意强调了“撒谎”两个字，子不教父之过，大约就是这样的尴尬了，何况她还是个离了婚的女人，更让人怀疑她家教有问题。

夏秀珍的脸憋得通红，似有一吨炸药储藏在身体里。

“如果真是这样，我先代项夏道歉，车损会赔偿的，等她回来，我一定好好教训她。”

“你看，关于赔偿的事……”

真要赔钱吗？

项夏下意识地转了个身，躲避在了楼梯的拐角处，心中暗暗咒骂，“棒球帽”绝对是一条嗅觉灵敏的猎犬，单凭她留下的气味就找到了这里。

“要赔多少？”夏秀珍问。

“这是维修单，你看看，最好到4S店来一趟。”

“这么……好吧，我会去的。”

夏秀珍的目光扫过维修单，脸白了。

“嗯，打扰了，我们还有事，先走了。”

中年男人和夏秀珍道别，带着“棒球帽”转身下了楼。在楼梯的拐角处，“棒球帽”和项夏打了一个照面，项夏下意识地用手挡住了脸，脊背僵硬地贴在了墙壁上。

尽管如此，“棒球帽”还是认出了她，他走上前一步停在了她面前，一双好看的眼睛含着笑意盯着她，这笑怎么看都有点儿嘲弄的意味。

“等你半个小时了。”他说。

“等，等我，做什么？”

项夏缩了一下脖子。

“不跑了？”

嘲讽的语气越来越浓，项夏咬了咬嘴唇，倔强地抬起了头。

“这里是我家，为什么要跑？”

“初中生……”

他还在笑，笑得和靳韩那么像，她有些恍惚。

“你认识？”中年男人问“棒球帽”。

“是她。”

“哦，是她呀。”

听说是眼前的女孩砸了风挡玻璃，中年男人瞥了项夏一眼，眼中的情绪很明显，现在真是世风日下，连女孩子的脸皮都这么厚了。

“走吧，浪费不少时间了。”中年男人催着“棒球帽”。

“差不多来得及。”

“棒球帽”看了一下手表，跟在中年男人身后下楼去了。

站在墙角，项夏觉得周身的血液在逐渐变冷，楼外的嘈杂声被抽离了，脑袋里像被塞进了一万只蜜蜂，它们嗡嗡地乱飞乱撞着。

夏秀珍的声音也像洪水一样，哗啦一下灌进了她的耳朵。

“你站在那里做什么？”

项夏耷拉着脑袋进了家门，夏秀珍阴沉着一张脸坐在客厅的沙发上。

“晚，晚饭我不吃了。”

含糊地说了一句，项夏以百米冲刺的速度向自己的房间奔去，还不等把房门打开，夏秀珍洪水猛兽般的吼声就已冲击而来。

“站住！”

项夏胆怯地转过身，面对妈妈，妈妈的眼睛赤红，似能喷出火来。

“看看你现在，还像个女孩子吗？”

“我怎么了？”

哪里不像女孩子？K高的女生不都是这样的吗？项夏噘起了嘴巴。

“你怎么了？从小到大，你做的哪件事让妈脸上有光了？让你学舞蹈、音乐，你非要学踢足球，到头来半途而废。本指望你在学习上出点儿成绩，可你呢？学习不好也就罢了，还学人家早恋！现在又打碎人家的车玻璃！敢做不敢当，还撒谎、逃跑，这是什么行为？你简直不可救药了！”

一连两个形容词冠在了项夏的头上，毫不留情，项夏甚至能听到自尊破碎的声音，一片片、一块块掉落在地上。

早恋？夏秀珍甚至不听项夏的解释，就当真了吗？

一切都怪那个“棒球帽”，不就是一块风挡玻璃吗？何必不依不饶地找上门？

“不，不就是一块玻璃吗，大不了……”项夏吞了口气，忍痛做了一个决定，“我赔他好了。”

“你赔？”

“压岁钱！我把压岁钱拿出来……”

项夏掰着手指头算着，连续三年，压岁钱她一分都没花，储钱罐里大约有两千块，应该够赔偿那块玻璃了。

“人家要五万！你赔得起吗？”

“什，什么？五，五万？”

一块风挡玻璃要五万块？他们怎么不去抢？

项夏深深地表示怀疑，“棒球帽”带来了一个能说会道的老家伙，趁机敲诈了她一笔。

这个社会真的很复杂，“碰瓷儿”都成为日常流行语了，或许“棒球帽”每天都把车停在超市门口，等着被剐剐碰碰，以此谋生，就怕项夏这样的人不闯祸呢。

难怪他追了她几条街，这么大的一笔生意怎么可以放过？

“怎么不说话了？你平时伶牙俐齿的厉害呢？我都不知道自己生了个什么女儿，和你那个该死的老爸一样不负责任，扔给我个包袱就不管了！”

夏秀珍对项夏有多失望，多恼怒？她用“包袱”两个字来形容自己的女儿，项夏的泪水充盈了眼眶，大颗大颗地滚落下来。

“我不是包袱，也不准你提我爸！”

项夏撕心裂肺地反抗着，妈妈永远都不理解，失去爸爸，给了她多大的伤痛。

“你还敢顶嘴？”

项夏愤怒的抗议，没有让夏秀珍安静下来。中年离异，独自支撑家庭，加上女儿不争气，因此她早已失去了应有的斯文，她抓起电视遥控器向项夏扔来。

遥控器重重地打在了项夏的额头上，战争才算平息下来。

“项夏，我……”

夏秀珍颤抖着双手，脸上显出了一丝内疚。

项夏不知自己是怎么回的房间，感觉浑身的零件都生锈了，关上房门后，她无力地倚在卧室的墙壁上，门外传来母亲低低的啜泣声。

曾经，她很努力很努力地讨好母亲，希望能安慰甚至取悦母亲，可到头来母女两个好像仇人一样生活着，她所有的努力都是白费的。

“就你这样，肯定不行……”

类似的话，几乎将项夏打入万丈深渊，她还没有开始，就被老妈给否定了。

推开窗，项夏走进了阳台，抬起头，看着夜空中稀疏的几颗星星，风迎面吹来，侵扰了她的心。蓦然，她的脑海里产生了一个念头，如果从这里跳下去，她给老妈带来的耻辱会不会就随风而去了？

“项夏……”

夏秀珍的声音突然从门外传来，项夏吓得一激灵，脚下站立不稳，竟一个倒栽葱倒向了阳台外。

项夏发誓，她真的没有想要自杀，所谓好死不如赖活着，这个世界的阳光那么美好、花香那么浓烈，她怎么会愿意去昏暗、冰冷的阴曹地府？

摔下去的一刹那，项夏想到了很多没完成的事，首先她还没写遗书，其次欺负她的人还没报复，最重要的是储钱罐里还有几千块钱没舍得花……

项夏家住的是六楼，掉下去生还的概率是零。

“项夏！”老妈凄厉的声音划破了整个小区的宁静。

“项夏自杀了，哎呀呀……”

“这孩子，怎么这么想不开？”

呼啦啦，小区里睡梦中的人都好像犯了梦游症，一个个穿着睡衣站在了楼底下。而项夏呢，倒挂在阳台边，上不去也下不来，平时被她嫌土气的校服救了她一命。

项夏大头朝下，眼巴巴地看着下面的人，有张大妈、李大爷、牛二叔，还有……人群最后面站着的是谁？她连连眨巴了好几下眼睛，那不是“棒球帽”吗？

楼下，“棒球帽”衣装整齐，一看便是刚从外面过来，他正抬头看着她，皱着眉头。

这种情况下，项夏无暇思索为什么“棒球帽”会出现在这个小区，更不想知道他此时的心思，她只想赶快逃离这该死的阳台。

小区里，所有人都在担心项夏的安危，只有“棒球帽”拿着手机冷静地打着电话，不到十分钟，消防队员来了，救护车也来了，巡逻的警察驱散了人群，下面放好了一个大大的充气垫子。

项夏很想哭，平时在电视里看到的情节发生在了她身上，这样被小区里的人关注还是第一次。

半个小时后，项夏被消防队员从阳台外拉了回来，她虽毫发无损，却吓得脸色苍白。警察找夏秀珍谈了话，让她多多关心孩子，青春期很关键。

大家都散去后，她抱着项夏已然哭成了泪人，哭够了，她擦了擦眼泪。

“饿了吧，妈去热热菜。”

项夏和老妈之间的战争总是这样，前一秒还狂轰滥炸，下一秒便风平浪静了。出现“跳楼”事件后，老妈好像变了一个人，不再沾火就着了。

吃过饭后，项夏回了房间，打开红色的笔记本，良久，只写出了三个字——“好迷茫”。

真的好迷茫，项夏觉得自己已经输掉了青春，也许是从父母离婚那天开始，也许是从无法踢足球开始……

不管怎么样，第二天还是会来，太阳照样会升起，热辣辣地笼罩着大地。

夏秀珍早早地就去了银行，看着账户里日益减少的数字，她无奈地叹了口气。曾经的她是外企的部门经理，年轻有魄力，在技术岗位上很受重用。随着年龄的增加，精力不再充沛，领导将她调去做了管理闲职，薪资减半，生活也不再如意了。

项夏心疼老妈，也痛恨“棒球帽”的贪婪，然而，她和他好像躲也躲不开了。

一早，陈悦雯推门进了教室，身后跟着两个男生，看清其中一个男生的脸后，项夏浑身的血一下子冲到了头顶，这算不算冤家路窄、狭路相逢？

“棒球帽”怎么出现在了高二（6）班的教室里？

特别是昨天晚上被他看到“跳楼”的糗事，项夏更是无地自容，她的耳朵里在狂响，眼前火星四溅。

他今天有点儿特别，没戴帽子，头发侧分略微弯曲，乍看起来和靳韩真的很像，只可惜他的表情还是那么冷冰冰的，一副拒人千里的孤傲。另外一个男生长得有点儿令人震惊，瘦得像麻秆儿不说，还留着鸡冠头，像个嬉皮士。

他们进入教室后，教室里骚动了起来。

“听说了吗……”

“听说什么？”

一定是“棒球帽”长得太像靳韩了，女生们在下面低低地议论着什么，偶尔能听到“靳韩”两个字，项夏心里禁不住哼了一声，看来有人和她一样差点儿误会了，把“棒球帽”当成了明星，可这家伙怎么可能是靳韩？充其量就是个赝品。

“靳韩！是靳韩吗？”

“喀喀。”陈悦雯的脸色沉了下来，“安静，都安静！谁在喧哗？”她用力一拍桌子，教室里立刻没了声音。

“介绍一下，这是我们这学期转来的两位新同学……”

陈悦雯的话还没说完，门外便响起了一阵急促的敲门声。

“陈老师，班主任紧急会议。”

“什么事这么急？我这边忙着呢。”

“不知道，临时通知，主任说必须到位，一个都不能少。”

“好吧，我安排一下座位就来。”

“快点儿！”

门外的催促声远去，陈悦雯原本要简单介绍一下两名新生的，却因为临时开会只能放弃了，她看了看手表，抬头看向了下面。

“马上就要开会了，没时间对新同学做介绍了，等下利用下午班会的时间详细介绍一下他们，现在……安排一下座位……”

陈悦雯安排“瘦麻秆儿”坐在孙歆的旁边。孙歆不开心地噘了一下嘴巴，对于老师的安排很不满意，怎么不把帅哥分给她做同桌？“瘦麻秆儿”好像也不大喜欢孙歆，坐过去后，嫌弃地瞥着她。两人一胖一瘦，成了鲜明的对比，看起来稍显滑稽。

该安排“棒球帽”的座位了，陈悦雯看向了项夏。

“你先坐在项夏的旁边吧。”

坐在她的旁边？

项夏感觉自己身体里的某根筋狠狠地抽了一下，上个月，陈老师把于圣杰调到了她的正后方，方便K高老大天天用橡皮扔她，又把罗丽拉放在了她的右面，她的左面是张斌，导致她天天听靳韩“黑粉”的胡言乱语，还要忍受“娘娘腔”谈美容新概念，现在又把“棒球帽”安排在了她的旁边，她像是被带进屠宰场的鸡，热水烫过，毛扒光，内脏摘除，只等着肢体分解、上餐桌了。

心里的愤怒拔地而起，项夏突然站了起来。

“老师，我不想和他坐在一起！”

唰！所有人的目光都投射了过来。到目前为止，高二（6）班的座位调整，还没有人提出过异议，她是第一个。

“临时安排，我现在有事，没时间处理这些。”

陈悦雯将项夏的抗议直接驳回了。

项夏张了张嘴却又什么都说不出来，眼看着“棒球帽”一步步走过来，拉下了肩头的书包。教室里一片沉默，这沉默就像嫉妒和羡慕的深渊，誓要将项夏吸进去，她苦苦地挣扎着。

“棒球帽”走到了项夏的身边，修长的手指拉下了书包带，将书包放在了桌子上，然后轻轻向后拉了一下座椅，他似乎对坐在谁的旁边并不在意。

虽然项夏很讨厌这家伙，却不得不承认，他的动作很优雅，手指也比其他男生的都好看。

移开椅子后，他并没有马上坐下来，而是凝眸看着项夏，目光定格在她的腿上，有什么东西吸引了他。

“看，看什么？”

项夏羞恼地抬起下巴，目光像是无数碎刀尖向他飞去，这样看一个女生的大腿简直就是流氓行径。

“钢笔……”

他低声提醒着她。

项夏低头一看，她的钢笔不知何时从桌子上掉了下来，没关笔帽，笔尖正扎在她校服的裤子上，墨水一圈圈地扩散着。

完了！

项夏赶紧拿起钢笔，裤子已经被污染了一大片。

尽管“棒球帽”好心提醒了她，她还是不想说“谢谢”，想到被敲诈的五万块钱，她浑身的怒火都在熊熊燃烧。

“棒球帽”仍那么随意，得到五万元巨款的赔偿，他的心里一定很畅快吧？

最后一排，于圣杰冲一个男生努了努嘴，那个男生心领神会，突然伸出一条长腿踢了出去，“棒球帽”正准备坐下时，椅子倒下了……

这个阴招是用来对付“棒球帽”的，可不知为何倒下的却是项夏。

扑通一声，很响。

项夏目瞪口呆地倒在地上，怒视着“棒球帽”，这小子临摔倒时抓住了她的椅背，借力跳了起来，而她呢？被他这么一拉，她毫无悬念地，和地面来了一次亲密接触。

“哈哈哈！”

全班哗然，其中夹杂着张斌极不和谐的怪笑声。

“怎么回事？”陈悦雯正要离开教室，发现状况又退了回来。

“棒球帽”冲项夏伸出了手，她气恼地打开了他的手，慢吞吞地爬起来后，她整个人都不好了。

此时此刻，项夏深深地表示怀疑，“棒球帽”是老天派来整蛊她的。一次，两次，也许还有第三次，和他成为同桌终究不是什么好事。

“棒球帽”皱了皱眉头，站起来单腿将椅子勾正坐下了，慵懒地拉下书包，他把书一本本地摆在了桌面上。

“你的椅子怎么了？”陈悦雯问“棒球帽”。

“没事。”

他回答得很自然，项夏却憋了一肚子气，他怎么可能有事？摔倒的又不是他。

陈悦雯环视了一下整个教室，只停留了片刻，就转身离开了。

后面的座位上，于圣杰青着一张脸，拳头捏得咔咔响，刚刚那个男生不识相地向他邀功，被他用橡皮狠狠地打了头。

“蠢货！”他咒骂着。

“棒球帽”坐下后，眼神充满嘲讽地转向了项夏。

“我们又见面了。”

是呀，又冤家路窄地见面了，她想避都避不开。

项夏感觉自己的鼻子都要被气歪了，这座位不会是他向陈悦雯申请的吧？他这是准备盯死她了吗？

“你来做什么？”

“上学。”

“为什么一定是K高？”

“因为K高是本市最好的高中。”

“我不想和你当同桌。”

“我也不想。”

“那就好。”

“呵呵……钱准备好了吗？”

提钱伤心也伤身，项夏感觉有十万只蚊子围着她转，他不吸干她的血不会罢休。

碰瓷儿王、吸血鬼，项夏再也想不出什么贴切的词汇来形容他了，只是可惜了他那张脸，让她的偶像靳韩蒙羞。

物理老师进来上课，“棒球帽”一副认真听课的样子，项夏却怎么也没法集中精神，他坐在她的旁边让她浑身不自在，特别是那张脸……她决定，无论如何她都要找陈悦雯再申请一下，让他换个座位。

什么味道?

项夏觉得空气里飘荡着淡淡的清香，鼻子用力抽了两下，香气竟来自旁边。

目光瞥了过去，项夏又看到了那张偶像脸，这一次，她认真打量起了“棒球帽”。这家伙的手很长，很骨感，手指微微弯曲，指间夹着一支笔，指甲修剪得很整齐，手腕上戴着一块手表，款式时尚，表盘随着腕部的转动闪着淡淡的蓝光。

他碰瓷儿得来的钱，都用来装饰外表了吧?

项夏低下头，看到了“棒球帽”的鞋，记得上次她在一家专卖店里看过，是一款耐克限量版火星鞋。记忆里，靳韩在机场穿过同款，这家伙会不会在模仿靳韩?

“喀喀。”“棒球帽”轻咳了两声。

项夏立刻移开了目光，“棒球帽”转过脸朝她笑了一下，这笑简直就是靳韩的笑。

“看够了吧？”

“……”

项夏要气竭了。

“大家把练习册拿出来。”

物理老师让大家拿出练习册，结合刚才讲的例题，做前三道题。

“棒球帽”拿出了练习册，上面没写名字，他其他的书本也没写名字。他做题很快，项夏还在冥思苦想的时候，他已经把题做完了，而且字迹工整、漂亮。

他不会是个学霸吧？

项夏偷瞥了一眼，“棒球帽”写的解题过程很清晰，让她的思路一下子豁然开朗了，原来这一步要这样处理。不知是“棒球帽”发现了她的偷窥，还是觉得练习册摆放得不够合适，他的手一拉，练习册移到了右面，项夏看不到了。

没了参照，项夏第三题没做出来。

下课后，“棒球帽”好像有什么急事，匆匆离开了教室，张斌趁机坐过来，用手肘轻轻碰了一下项夏。

“你怎么认识这小子的？”

“抓小偷。”

“小偷？”

“唉，一言难尽。”

说起来都是眼泪，项夏不知从何说起，好像一场噩梦，想醒都醒不过来了。

“说说看。”

“你能不能别这么八卦？”

项夏白了张斌一眼，他刨根问底无非是想获得第一手爆炸新闻，她现在哪里有心情讲故事？她气恼地站起来，避开张斌离开了教室。

站在操场上，项夏大口呼吸着新鲜空气，感觉呼吸舒畅了一些后，她走到单杠边做了一个后空倒挂，头朝下看着操场上的人。

“你觉得他长得像不像靳韩？”旁边传来几个高二（6）班女生低低的议论声。

“怎么可能？现在撞脸的人太多了，只要去一次韩国，明星脸多得能有一个加强连，钱能摆平的都不是事。”

“真想和大明星一起读高中呀，就算被老师天天骂也开心。”

“梦里啥都有。”

几个女生倾慕的声音被一个不和谐的音调打破了，罗丽拉走了过来，鄙夷地笑了一声。

“什么‘童星第一人’，红的不就是那么一部电视剧吗？还是很小的时候演的，看看他现在演的都是什么，连个三线演员都不算，网络上招惹了多少路人黑？喜欢他的，都是脑残！”

项夏翻了个白眼，罗丽拉一句话把她定位成了“脑残”。

几个女生互相对视了一眼，似乎不大赞同罗丽拉的话，却又不想和她争论，干脆转移话题聊别的去了。

罗丽拉转过身，看到了倒挂在单杠上的项夏。

“你觉得呢？”

“靳韩？”

“对，你不会是他的粉丝吧？”罗丽拉眯着眼睛问道。

项夏很想大声质问罗丽拉，“是靳韩的粉丝怎么了？靳韩虽然不如小时候红，可好歹也是个明星吧，是明星，就会有粉丝”，但瞧瞧罗丽拉脸上的不屑，和一个黑粉聊偶像是不明智的选择，她于是岔开了话题。

“时间到了，上课。”

“你这是敷衍我吗？”罗丽拉不高兴了。

“真的到时间了。”

项夏从单杠上翻下来，周围的同学陆陆续续地开始往教学楼走了，罗丽拉没继续追问项夏的看法，随着人流回了教室。

回到教室坐好后，“棒球帽”还没回来，一直到上课，项夏旁边的座位都是空的。这小子果然傲慢，第一天转学过来就敢逃课！

趁着“棒球帽”不在，项夏把他的书包翻了一个底儿朝天，希望发现点儿什么秘密，可他的书包里除了几本书和练习册之外，什么都没有，甚至连个名字也没找到。

“真是个怪物。”

项夏嫌弃地把书本塞回了他的书包。

第三节课下课，“棒球帽”才回来，不过他是和赵主任一起回来的，两个人在操场上闲聊了一会儿便各自分开了。这小子和赵主任很熟吗？项夏满心狐疑，真不希望赵主任有这么一个爱碰瓷儿的亲戚。

帅气的转校生的到来，给班级注入了新的活力，连那些平时上课爱睡觉的女生都打起了十二万分的精神，甚至在“棒球帽”走进教室时，她们的眼睛都放出了精光。项夏不禁觉得好笑，若是她们知道他的人品，不知还会不会这么热爱他的脸。

中午休息的时候，张斌故意摆弄墨水，钢笔囊一鼓一收，墨水直接射了出去，再看“棒球帽”，崭新的一件白色校服衬衫多了一条乌黑的墨迹。

“哎呀，不好意思！”

张斌拿出了纸巾，捏着兰花指帮他擦墨迹，那种惺惺作态，连项夏都看不下去了，这捉弄人的伎俩也太低级了吧？

“不用。”

“棒球帽”黑着脸把张斌的手推开了。

“哎呀，你的校服怎么和我们的不一样，定制的吗？料子不错呀。”张斌的手指夹起了“棒球帽”衣袖的布料，啧啧地赞叹着，嘲讽他是不是个家里有矿的少爷。

“棒球帽”皱了皱眉头，握紧拳头站了起来，好像要爆发了。

张斌嘿嘿一笑，松开了手。

“哎哟，家里有矿的少爷生气了，我走了。”

一个一百八十度的原地旋转，张斌回到了自己的座位。

他的墨水里不知加了什么料，闻起来臭臭的，项夏嫌弃地捏着鼻子。

“你要不要换个座位？”“棒球帽”问。

“你为什么不换？”

“我觉得这里不错。”

“我也能忍。”

项夏松开了手，臭味又冲鼻而来。她真心佩服他了，这家伙是懦弱，还是能忍？竟还不发火。

最后一排，于圣杰单腿搭在桌子上，歪着脑袋，从他的表情可以看出，张斌的行为只是一个小小的开端，好戏还在后面呢。

项夏一个手指头都没动，“棒球帽”就吃了苦头，她有种孙猴子逃不出如来佛祖五指山的权威感。

班长潘多多把K高的行为规范发给了“棒球帽”。

“有什么想知道的，可以问我。”

“谢谢。”

他礼貌地接过行为规范，连看都没看一眼就放在了桌子上。这时，一束强光从他的脸上晃过，他下意识地用手遮挡了一下。

窗边，罗丽拉正拿着一面小镜子，左照照右看看，正在偷窥新来的男生。

据说每个男生心目中都有自己完美女神的代表，环肥燕瘦各有所爱，但罗丽拉具备了大众女神的所有特点：同样是土气的校服，穿在罗丽拉身上别有味道，她皮肤白皙，五官俊俏，一双眼睛眨动起来唰唰放电。

“下午有足球比赛，啦啦队的都准备好了吗？”

罗丽拉高调地站起来，作为啦啦队的队长，她从未这么主动召集过其他女生，让人一看便知她有目的。

果然，她的喊声引起了“棒球帽”的注意，他向她看了过去。

作为靳韩的黑粉，罗丽拉并不排斥长相酷似靳韩的男生成为她的粉丝。

中午休息时，几个好事的女生围上去问“棒球帽”，关于他的名字、兴趣爱好、从哪里转学来的，就差问生辰八字了。他表现得极为冷淡，竟一个字都没回答，女生们自觉无趣都走开了。

“还真清高呀。”于圣杰眯着眼睛。

“也就清高这两天。”

张斌坐在了于圣杰的身边，嘀嘀咕咕地不知在说着什么。

中午吃饭时，“棒球帽”毫无悬念地被挤出了队伍，一个人孤零零地站在食堂边，午饭都没吃上。虽然恨极了“棒球帽”，可看到他这可怜样，项夏有些于心不忍。

下午，高二（6）班和高二（5）班在操场上进行全校足球比赛的预选赛，罗丽拉一马当先，带着啦啦队员们替高二（6）班呐喊助威，项夏坐在看台的最后一排，默默地关注着他们。

于圣杰是高二（6）班足球队的队长，别看他平时懒学耍滑，可到了足球场上却像换了个人似的。

看着大家踢足球时热血沸腾的样子，项夏不觉想到了自己，曾经她有过一次机会，可以证明自己踢球的实力，可惜她没能把握好，导致她和足球失之交臂，也因此，老爸和老妈发生了激烈的争吵，之后他们就离婚了。

项夏低下头，鼻子酸酸的。

“快看，帅哥来了。”刘静雅用手肘碰了孙歆一下，孙歆的注意力从于圣杰身上转移到了另一个人的身上。

项夏顺着她们的目光看了过去，“棒球帽”的身影在斑斓中跃动，清秀的面庞、颀长的身材，还有有条不紊的步伐，让她不由自主地想到了一句惬意的话，“走在风中，今天的阳光好温柔”。

恍惚之间，她感觉是靳韩走过来了。

猛然甩了一下头，项夏觉得自己中毒了。他走近了，绕过了护栏进了足球场。

“过来了，过来了。”刘静雅捂着嘴巴，激动得低呼了出来。

“他会不会坐在我身边？”

孙歆很兴奋，故意将肥胖的身体挪了一下，让出了一个位置。这里是看球赛的最佳位置，帅哥没有理由不坐过来。

可让她们大跌眼镜的是，“棒球帽”走过来坐在了项夏的身边。

他这是盯上她了？

项夏侧了一下肩头，保持了和“棒球帽”之间的距离，不想让大家误会她和这个新来的家伙有多亲密。

“棒球帽”抬头看着足球场，嘴角微微地挑了起来。

“我有一个问题想问你。”

“问，问题？”

项夏结巴了一下，想不出这种时候、场合，有什么问题好问的。

“你做了坏事都这么理直气壮吗？”

“什么坏事？我没，没有……足球？我也是出于好心。”

“好心？”“棒球帽”笑了，“你身上唯一好的地方，是你踢足球的技术吧？”

那么远的距离，一脚射中移动中的目标，这水平不一般。

“……”

项夏的脸红了。

“初中生？你撒谎的水平也很高。”

“棒球帽”似乎专为嘲讽项夏而来，对足球比赛并不关心。

“还不是因为你！你说要报警的。”

项夏仰起了下巴，提醒自己不能怕他，这里是K高，她的主场。

“还有……提醒一下你的朋友，适可而止，不要太过分了。”

项夏听出了一种威胁的味道，可惜于圣杰和张斌并不是她的朋友，他误会了，但这个误会也没什么不好，至少他不知道她是在孤军奋战。

坐了不足十分钟，他看了一眼手表便起身走开了。来去匆匆，他好像很忙。

“怪物！”

项夏多了一个词汇来形容他。

足球场上，高二（6）班战得如火如荼，高二（5）班也不甘示弱，大家你争我夺，比分一直维持在零比零，偶尔有几次有威胁的射门，也都被对方拦截了下来。

“于圣杰加油，加油！”

罗丽拉高声呐喊着，马尾甩动，裙摆在风中舞动。和罗丽拉截然相反的是潘多多，她安静地坐在看台的一角，戴着耳机，时而看书，时而抬头追寻足球场上的身影。从项夏认识她到现在，她的时间几乎都用在了学习上，像这样和大家一样看球的机会很少。

她在关注于圣杰吗？项夏有些不确定。

高二（6）班足球踢得最好的是于圣杰，体育生的身体素质让他在球场上无往不利，只是他处理球的技巧还欠些火候，屡次射门都不能造成威胁，其他队员一旦有失手，他就大发脾气，加上大家都怕他，团队合作上漏洞百出。张斌虽然很有耐心，却不是踢球的料，若不是高二（6）班足球人才过少，也轮不到他上场。

项夏看得心急如焚，可足球一直以来都是男生的专利，她再着急，也不可能冲上场去。

“于圣杰进球了！”

终于，在高二（5）班战术操作失误的情况下，于圣杰一脚射门，球进了，场上的比分发生了变化，高二（6）班一比零领先。

潘多多激动得站了起来，替于圣杰呐喊助威。班主任陈悦雯警觉地看着她，她赶紧停止了呼声，安静地坐了下来。

“于圣杰好样的，加油！”罗丽拉好像一只花孔雀，在球场的边缘蹦跳着。

虽然项夏讨厌于圣杰，却还是佩服他刚才那脚精彩的射门，角度很刁，防不胜防，还有不到三分钟比赛就结束了，只要高二（6）班防守到位，就可以赢得这场比赛。可惜在最后不到一分钟的时候，于圣杰不知为何和对方的球员起了争执，裁判过来劝解，他把矛头直接对准了裁判。

天不怕地不怕，这就是于圣杰，什么胜利果实、集体荣誉？在他的面前都是浮云，他踢球就是为了开心。

最终裁判以队长带头违反纪律、不听劝解为由取消了高二（6）班的比赛资格。

“于圣杰！”

陈悦雯气得捶胸顿足，于圣杰却不服气地从她身边走了过去。

“进不进决赛关我屁事！”

面对质问，于圣杰扔下了这样不负责任的话。

突发事件让煮熟的鸭子就这么飞走了。大家毫无思想准备，一个个呆若木鸡地站在球场边，包括项夏和潘多多。

“有什么大惊小怪的？”罗丽拉翻着白眼，这种情况，她站在于圣杰这边。

于圣杰若无其事地走出了球场，一直走到了项夏身边，擦了一下汗水，他的嘴角微微一挑：“小结巴，是不是把我的话当耳旁风了？照片呢？”

“没，没带……”

“你活腻了是不是？”

于圣杰伸出了手，项夏惊恐地避开了。

“明天，明天一定带。”

明日复明日，项夏无法确定还有多少个“明日”可以推托，于圣杰已经不耐烦了。

“你耍我？”于圣杰瞪大了眼珠子。

“没有……”

“信不信我揍死你！”于圣杰一拳朝项夏打来，她无法躲避，眼看要打到她的脸颊了，她吓得尖声大叫了起来。

“你敢，我把你，你的照片贴出来！”

拳头在距离项夏的脸不到两寸的地方停住了，于圣杰惊讶地看着项夏，小结巴什么时候胆子变大了，敢抓着K高老大的把柄不放了？

“你确定？”

“明天……一定带来！”项夏气馁地耷拉下了脑袋。

“呵，我等你到明天，不过……小结巴，你给我记住了，如果照片出现在校园里，我就让你……”

于圣杰猛然上前一步，项夏已然瑟瑟发抖。0他见项夏怕了，开心地哈哈大笑，转身迈开大步离开了足球场。

讨厌的家伙，项夏冲着于圣杰的背影做了一个鬼脸。

于圣杰走后，大家也都陆陆续续地离开了，项夏水喝多了，去了一趟厕所，等她回到教室后发现教室里的气氛有些沉闷。

陈悦雯站在讲台前，面色凝重，于圣杰让她十分头痛，她想给他一次大过处分，但私下了解了一下，确实是高二（5）班犯错在先，他忍无可忍才发的脾气，等心态平静下来后，陈悦雯只是口头警告了于圣杰。

最后一节课是班会课，按照事先安排好的议题，新来的两名同学要做自我介绍了，教室里的气氛渐渐活跃了起来。只是在座的只有“瘦麻秆儿”一个人，没看到“棒球帽”的影子，他的书本还整齐地摆放在桌面上。

人去哪儿了？

陈悦雯看了一下时间，让大家稍等一下。

大约迟了十分钟，“棒球帽”才气喘吁吁地跑进教室，陈悦雯不但没生气，态度还十分和蔼，这可不像她的风格，项夏越发怀疑“棒球帽”的特殊身份了。

“准备好了吗？”陈悦雯问。

“嗯，准备好了。”

“瘦麻秆儿”第一个走上了讲台，他自我介绍叫麻飞阳，是一个摇滚乐队的架子鼓手，获得了省、市不少奖牌，他还向大家介绍了他所在的乐队，让大家上网的时候别忘记多多支持。

又是一个文艺生？

这两年，K高在全省的名气越来越响，不但高考成绩好，还培养了不少特长生，体育、音乐、美术，五花八门，这和赵主任的教学理念息息相关。

“欢迎麻飞阳加入我们的集体。”陈悦雯代表高二（6）班欢迎麻飞阳的到来。

“以后请多多关照。”

“瘦麻秆儿”做完了自我介绍，轮到“棒球帽”了，眼看着他一步步走向了讲台，项夏竟莫名地有些紧张。

她为什么紧张？担心他的名字？还是他的身份？

假如……

心猛地一跳，项夏吓得一激灵，她在胡思乱想什么呢？“棒球帽”是靳韩的可能性，和她走在大街上被炸弹炸的概率差不多。

就在项夏倍感忐忑的时候，“棒球帽”已经站在了讲台上，转身的一瞬间，阳光倾洒到了他的全身，斑斓的光精灵围着他欢快地蹦跳着，死寂的空气也因他而变得亢奋起来，他在微笑，笑得比阳光还要灿烂。

项夏的思绪也随之停下了。

这是谁？

她用力地揉了一下眼睛，是错觉吗？怎么可能？这是靳韩的招牌微笑……

“大家好，我叫……靳韩！”

接下来的两个字，刺激了项夏的神经，直灌入她的耳膜，在她的大脑里横冲直撞着。她只觉得周身的血液由热变冷，嘈杂被抽离了，盯着讲台上的人，脑袋嗡嗡嗡地响着，她几乎不知道自已身在何处。

靳韩！靳韩！他真是靳韩！

哗啦，桌子上的水杯被项夏的手肘碰倒了，一大摊水流到了地面上，摆放整齐的书本像多米诺骨牌似的纷纷倒下。

人生很富有戏剧性，有时是让人欢笑的喜剧，有时是让人泪奔的悲剧，可项夏现在怎么都笑不出来，更哭不出来，为什么他会是靳韩？路人甲、路人乙，她都能接受，唯一不能接受的是“碰瓷儿王”是她崇拜已久的偶像。

第三章

偶像逆期

靳韩应该活在电视里、网络上，而不该像现在这样从天而降，即便能看到他的脸，也应该是在她家的墙壁上。

尽管对“棒球帽”的印象极差，但知道他是靳韩后，项夏身体里隐藏着的亢奋因子被激活了，犹如火山一样爆发了。

“靳韩！”同学们的尖叫声此起彼伏。

“他真的是靳韩吗？你快掐我一下。”

“哎呀妈呀，好痛！”

“我不是在做梦？”

是的，这不是梦，为了印证这个事实，项夏也暗暗掐了一下自己，很痛。

既然不是梦，那就要接受偶像到了的事实。项夏深吸一口气，抬起头，刚好和靳韩的目光相撞，他那招牌式的微笑还在，看不到一丝冰冷。

“靳韩转学到我们K高了！”有个女生忍不住欢呼了出来，恨不得跑上去索要签名，可靳韩却表现得波澜不惊，这种场景他见得多了。

简明扼要地介绍完了自己，靳韩走下讲台，坐回项夏的身边时，她紧张得手指都在发抖，脚指头一阵阵抽筋。

“初中生……”他小声哼出了三个字。

和偶像相遇的场面本该是这样的：鲜花、掌声，还有亲密合影。项夏想象过各种欢乐的场景，却唯独没有想到这个。她的咽喉好像被什么卡住了，一时间无法呼吸。

同样震惊的还有罗丽拉，作为靳韩的超级大黑粉，靳韩突然出现，让她猝不及防，张合了几下嘴巴，一个字都说不出来，啧子安静了。

啪！

一块橡皮打中了项夏的后脑勺，她隐忍着回头看去，于圣杰冲她打了一个响指，从他微眯着的眼睛里，她只看到了两个字——奸诈。

靳韩的目光扫过项夏和于圣杰，然后他皱起了眉头。

明星降临高二（6）班，激起千层浪，整个K高都有了连锁反应，铁粉、黑粉、好奇的路人粉，都前来围观，还有学校的一些老师也来凑热闹，向陈悦雯打听他们班是不是真的来了明星。陈悦雯对明星没那么热衷，也不想因为小明星转学过来影响正常的教学进度，她尽量低调对待了靳韩的身份，却还是没能阻止围观的热潮。

“行了行了，有什么好看的？”

陈悦雯希望靳韩到来的热度赶紧降下来，不然班里的门槛就要被踩平了。

看着陆陆续续拥向高二（6）班的人，项夏难以想象靳韩的生活。作为明星，时时刻刻处于这种境况，他应该也没那么开心吧？

书桌上传来嗡嗡的振动声，靳韩的手机响了。

K高有规定，不允许带手机进校园，项夏平时带手机都是小心翼翼的，除了调成静音模式，还不敢在校园里拿出来，但靳韩不一样，他已经公然打过几次电话了。

“妈，知道了，不是还有一个小时吗？我这边处理完了就走……好了，挂电话了，还有事。”

靳韩挂断了电话，把手机关机揣在了衣兜里。

整个通话过程，他都紧锁着眉头，似乎有什么事让他不大高兴，收好手机，他看向项夏，很认真地问了一句：“你一直在看我，是不是想要签名？”

“不是！”

项夏固执地将脸颊扭向了一边。

这真的是靳韩吗？她暗暗觉得难过，崇拜了那么久的人，人品竟是这样的，真相太残忍，太让人心痛了。

靳韩轻哼了一声：“我也不想把签名给一个二哈。”

“……”

什么二哈？他在叫谁？项夏回头看了好几眼，也没看到其他人，当然也没什么“二哈”，瞬间，她张大了嘴巴，这家伙在叫她？

靳韩脑洞大开，给她起了一个别致的外号——二哈，这家伙在项夏心中的形象彻底黑化了。

虽然偶像黑化了，可靳韩还是靳韩，前一分钟，项夏还盼望着于圣杰狠狠教训他，后一分钟，她就犹豫了。

下课铃声一响，女生们便迫不及待地围住了靳韩，有要签名的，有求合影的，还有问靳韩要联系方式的，因为和明星是同桌，可想而知，项夏的座位被占据了，她只能乖乖地站在墙角。

项夏很恼火，她才是靳韩的忠实粉丝，那些女生怕是连他的一部影视作品都说不出来，这样围上去，好像打了鸡血一样亢奋，和在动物园里看稀有动物有什么区别？

孙歆把吃到一半的汉堡从嘴里拽了出来，肥硕的大身板子一晃，把其他女生都挤开了。

“嘿，靳韩，我叫孙歆。”

她伸出了手，把靳韩的手握住之后就不松开了，靳韩用力拽了两下也没拽出来，尴尬得面红耳赤。

“我看过不少关于你的新闻。”

她是看过不少新闻，可惜都是搬弄是非的娱乐八卦，她几乎忘记了自己是怎么和罗丽拉一起编派靳韩的，黑粉摇身一变成了粉丝，让人有些接受不了。

“我看过你出演的不少电影，叫，叫什么来着，好像是……哦，对，《猎宴》，你演了男主角年少的时候，在雨夜里那一幕，很成功。”

“……”

靳韩尴尬地笑了一下，表情极不自然。

孙歆继续自作聪明地谈《猎宴》，唾沫星子横飞。项夏差点儿笑出来，靳韩参演的影视剧她都看过，没有《猎宴》这一部。

项夏都替靳韩感到尴尬，他虽然没有戳穿孙歆，但表情却很僵硬。

砰！

后面传来一声闷响，于圣杰将桌子踢歪了。

“这儿是学校，不是明星见面会。”

“就是，有没有点儿纪律性？该干吗干吗去。”

张斌像名维和部队的战士，挺身而出驱赶那些女生。女生们见于圣杰发火了，不敢继续索要签名，一个个灰溜溜地跑掉了。

待大家都散去了，张斌笑嘻嘻地走到靳韩面前：“问一下，你平时也擦防晒霜吗？”

靳韩愣住了，张斌仔细端详着他的脸：“皮肤这么好，肯定很注重保养，别不好意思说，美容又不是女生的专利。”

“真的没有。”

靳韩解释他没什么时间做户外运动，晒的太阳少，所以皮肤看起来好一些。

“哦哦，这样呀，我是不是应该注意防晒了？”

张斌对自己的皮肤已经很关照了，撑伞、擦防晒霜都是日常，每次踢球回来还要给皮肤补水，比女生还要精心，和他一比，项夏觉得自己根本不像个女生。

张斌扯了一会儿皮，眼珠子左右转了转，从身后偷偷地拿出了一个笔记本，放到靳韩的桌子上。

“给我也签个名呗。”张斌的话音才落，于圣杰发狠地将一本书扔了过来，他像猴子一样跳了起来，“改天，改天再说。”张斌嘿嘿一笑，拿起笔记本跑开了。

有人走，有人来，于圣杰的吓唬也挡不住沸腾的场面，有人预估了一下，这样的情况至少要维持一个月。

项夏没了立足之地，只能离开教室，随着几个女生一起去了洗手间。

她才打开水龙头准备洗手，便听见了罗丽拉的声音。

“我也没说什么，他确实抢了刘勇的角色，还欺负马凯伦，采访时说多么敬业、能吃苦，实际在现场耍大牌，打戏还用替身……”

“你说的是靳韩？”

“咱们K高不就来了一个明星吗？”

“没想到他是这样的人。”

……

罗丽拉黑起靳韩来比职业黑粉还要厉害，好像她亲眼看到了一样，听得项夏都半信半疑了。

“项夏是不是也烦靳韩？”罗丽拉突然问了一句。

“好像是，张斌说，项夏让于圣杰教训靳韩来着。”

“让于圣杰教训靳韩？真的假的？什么时候于圣杰听她的了？”

“这我就不知道了。”

“我问问于圣杰，是不是真的。”

罗丽拉不相信于圣杰能给小结巴当“打手”，她从卫生间里走出来，和项夏打了一个照面。可能以为都是靳韩的黑粉，难得有了统一的观点，她看项夏的眼神没之前那么鄙夷了，但她仍不屑和小结巴说话，径直走了出去。

任由水哗哗地冲刷着手指，项夏在想罗丽拉的话，靳韩有可能和她说的一样，是个跋扈甚至尖酸刻薄的人。但她仰视了他那么久，铁粉也好，脑残粉也罢，她都要为自己曾经的偶像做点儿什么，至少不该是她让于圣杰对付靳韩。

可靳韩一个过肩摔，已经得罪了于圣杰，K高老大将矛盾升级了，想解开他们之间的梁子没那么简单。

知道“棒球帽”就是靳韩，不能让于圣杰有所退却，特别是看到那么多人围着靳韩索要签名时，于圣杰觉得他在K高的地位被人威胁了，他很快就会被人遗忘，校园里，大家谈论得最多的对象成了靳韩。

放学的铃声响了，靳韩在有条不紊地收拾书包，项夏坐在一边忐忑不安，不知该怎么开口和靳韩说，这会儿离开，一定会被于圣杰堵在门口。

靳韩站了起来，项夏吞了口气，鼓起勇气喊住了他。

“等等……”

“要签名？明天吧。”

靳韩面对项夏，眼中闪烁着熟悉的光芒，项夏暗暗感到懊恼，那天初遇他，她怎么会认为他是路人甲？

“不，不，不是！”

被靳韩这样凝视着，她又开始结巴了。

“能不能晚点儿走？”

只要再晚半个小时走就行，于圣杰没罗丽拉那么多的耐心，他更喜欢把时间花费在游戏上。

“我没时间陪你玩。”

靳韩轻哼了一声，拉了一下书包，大步向外走去。

“不是玩，我说的是真的，要等等……”

项夏伸出了手臂，跑上前用身体将教室的门堵住了。

“你想干什么？”靳韩的脸红了。

“我，我……”

项夏正试图说明外面的情况时，书包里传来了手机振动的声音。她没什么特别的朋友，这个时候打来电话的只有两个人，老妈或老爸，老妈打来的概率占百分之八十，不接老爸的电话可以，但不能不接老妈的……

“等一下，我先接个电话。”

项夏匆匆掏出了手机，刚按下按键，靳韩便不客气地推开她走了出去。

“喂，先别出去，他们会揍你的！”

“揍谁？”

电话里传来了老妈诧异的声音。

“不是，我在和同学说话……”

“项夏，妈妈不是唠叨你，别惹事，赶紧回家。”

“不是的，妈……哎，等我一下，我一会儿打给你。”

项夏正要挂断电话，那边传来夏秀珍痛苦的呻吟声。

“哎哟，项夏，回家吧，妈妈在楼梯上摔倒了。”

夏秀珍说她刚才下楼时不小心摔了一跤，扭了腰，脚踝也伤了。

“摔倒？”

项夏变了脸色。

“别担心，也不是很重，只是暂时不能动了。”

项夏虽然平时和妈妈的关系很紧张，但毕竟母女连心，听说妈妈摔伤了，她心急如焚，恨不得一步跨回家里。

挂断电话，项夏跑出了教室，教室外的走廊里空空如也，既看不到于圣杰，也看不到靳韩，她猜想可能是自己多心了，于圣杰等在外面，并不是对付靳韩的。

心里惦记着老妈，项夏直接回了家。

放学后的K高，没了往来的学生，变得静悄悄的，只有操场右侧的一个尚未投入使用的体育馆里正酝酿着一场风暴。

体育馆的门敞开着，隐约能看到球场中间面对面站立着两个少年，正是于圣杰和靳韩，张斌和几个体育生守在外面望风。

上次吃了靳韩的亏，于圣杰没敢轻举妄动，他歪着脖子打量了靳韩至少五分钟，然后突然哈哈大笑了出来。

“明星？呵，还真是见鬼了。”

面对K高的风云人物，靳韩没有表现得像其他学生那么畏惧，他很平静，低头看了看手表，提醒于圣杰。

“我只能给你十分钟的时间。”

没人敢给于圣杰限制时间，靳韩是第一个。

“明星很拽呀？”于圣杰嗤之以鼻。

“已经过去一分钟了。”靳韩继续提醒于圣杰，如果约他来只是为了说这些废话，十分钟都没有必要浪费。

嚣张、傲慢、目中无人，于圣杰感觉内心的火气压制不住了。

“我们的时间可有的是，是不是，张斌？”

“作业在自习课时就写得差不多了，有大把时间，不急。”张斌随声附和着。

“听见没？不急。”于圣杰摊开双手，作业对他来说，可写可不写，全凭心情。

靳韩和于圣杰不一样，他要上钢琴课，还要去参加各种试镜，特别是今天，母亲给他安排了一个大应酬，他绝不能迟到。用力拉上了书包带，多余的话都懒得说一句，靳韩哼出一声冷笑转身向体育馆外走，背影透着满满的不屑。

“哎呀，老大，他就这么走了？”张斌在原地跳了起来，却不敢出手拦截。

于圣杰转过身，冲着靳韩的背影嘲讽了起来：“当年的童星长残过气，靠蹭热度来博取关注，这是说你吧？哼……厚颜和一线明星赖在一起也不容易呀。”

一股凉气从脚底一直蹿到头顶，靳韩停住了步伐，缓缓转身时，能感受到他的骨骼在咔咔响，好像结了冰。

靳韩很少打架，但这次不一样。

从小学到高中，为了特长发展和演艺事业，母亲不断让他转学，他已经习惯了新到一个环境受到大家的排挤，但于圣杰戳到了他的痛处。

他扔下书包一步步走向于圣杰……

项夏打车回了家，进门一看，老妈正躺在沙发上，脚踝已经红肿了。

“怎么样了？”项夏扔下了书包。

“腰很痛，脚也扭了，这几天怕都要请假在家了。”

“怎么这么不小心？”

项夏让妈妈去医院看看，妈妈说到了医院也是吃药、擦药，在家休养一段时间就好了，项夏帮她抹了药水，她提及了今天去4S店的事。

“真倒霉，刚从4S店回来。”

“又是那辆车？”

项夏很后悔，假如那天她不去追小偷，没踢那个足球，就不会惹祸上身，老妈也不必去4S店了，还有靳韩……如果没发生那件事，她会不会和其他女生一样索要靳韩的签名，还可能获得一张和靳韩的合影，说不定她和靳韩还能成为朋友。

可现在呢？他要求索赔五万元，她再崇拜他，也得考虑现实了。

低下头，项夏不想让老妈看到她的沮丧。

“唉，难怪人家要那么多钱。”夏秀珍叹息了一声。

“敲诈……”项夏不悦地嘟囔了一句。

“你知道什么，你砸坏的是一辆宾利。”

“宾，宾利？”

项夏认识的车虽然不多，可宾利却听说过，那是豪车呀，她的手不自觉地一抖，药瓶啪一声掉在了地上。

“本来我还想求求人家少要点儿，可去4S店看了后，真没啥可说的。”

“对不起呀。”项夏难过地垂下了头。

“不过靳先生倒是很客气，修车时聊起了他的儿子，说是今天转学到了K高的二年级（6）班，真是巧了，和你是同班同学。”

“嗯，我已经知道了。”

项夏茫然地点了一下头，老妈只知其一不知其二，车主的儿子不但是她的同学，还是她崇拜的偶像，只可惜……他们的关系很恶劣。

“知道你们是同班同学，靳先生说什么都不要钱了。”

窘况突然变得峰回路转、柳暗花明，项夏吃惊地抬起头，五万说不要就不要了吗?

“不要钱？”

“他们那么生气地找你，可能是因为你打了他的儿子又逃跑吧。到了学校，记得跟你同学也说声‘谢谢’。”夏秀珍喝了一口水，感叹遇到好人了，不然五万块铁定要掏出去了，“夏夏呀，以后做事别鲁莽了，这次侥幸，下次就不一定了。”

“我也是为了……”

好心办坏事，项夏暗暗觉得委屈，如果不是为了帮忙抓小偷，能闯下这么大的祸吗？现在说什么都晚了，谁会相信她。

老妈抚摸了一下项夏的脑袋，接下来说的话，让项夏自觉一阵冷风袭来，把她浑身的每个角落都吹得透透的。

“也不怪人家找上门，当时他儿子正在追小偷，你却突然跑出来捣乱，人家怎么会不生气呢？”

“追，追小偷？”

这真是一个劲爆的内幕，项夏彷徨地站起来，回想当时的情景，“棒球帽”在街上奔跑，手里什么东西都没拿，她却鲁莽地把他当成了贼！

夏秀珍艰难地换了一个姿势，轻轻地敲着自己受损的腰，她让项夏出门买一盒红药回来，项夏应了一声，心不在焉地出了门。

已经晚上八点多了，K高笼罩在迷蒙的夜色中，路灯亮了，照射着偶尔经过的行人。校门口，一个少年斜挎着书包走了出来，正是靳韩，距离他大约一百米的地方，一辆暗红色的轿车停在那里。

韩晓波站在车外等得心急如焚，远远地看到儿子出来，赶紧迎了上去。

“看看都几点了，错过上课也就算了，连试镜都来不及了，你知道妈给你联系导演多辛苦吗？又是打电话，又是……”

韩晓波的指责在看到儿子脸上的瘀青后打住了。

“怎么了？你的脸……快让妈看看。”

韩晓波的手指才触碰到靳韩的脸，他便将脸颊扭开了。

“没事，摔了一跤。”

“摔跤？这哪里是摔的？快告诉妈，是不是有人欺负你了？唉……会不会影响试镜呀？事先都约好了的，还有那些狗仔，什么新闻都能胡乱编造出来，万一被他们撞见……靳韩，不是妈说你，作为公众人物，你要注重形象……不行，明天我找你们校长理论理论。”

“我说了没事。”

靳韩的语气显得极不耐烦。

有些回忆是不美好的，他不愿向人提及，更不想抱怨。

第一次转学，他才七岁，满心欢喜地到了新学校，却被几个调皮的孩子欺负，他的母亲跑去学校理论，逼着他的同学公开道歉，导致整个学期都没人愿意和他说一句话。第二次转学，他九岁，母亲不放心，雇了两个保镖，他成了全校的笑柄。第三次转学……

他希望K高是他转学的最后一站，他要自己处理所有的事。

“只是一点儿小矛盾，我自己可以处理。”

“你能处理什么？看看你的脸，都毁容了。”

“没那么夸张。”

靳韩将脸颊扭向车窗，视线里，于圣杰拎着书包从K高的大门里走了出来，他的脸颊也青了，嘴角挂着血丝，张斌跟在后面，不知说了一句什么，被于圣杰推开了。

这场战役没有输赢，也没有结束，还会继续。

韩晓波仍在为靳韩在学校被同学欺负的事愤愤不平，靳韩却没做过多的回应，更不肯说是和谁打的架，她唱着独角戏，渐渐觉得无趣，只能转移话题。她拿出一份文件递给儿子，说明他最近的档期安排，重点介绍这次电视剧的主演是著名影星某某，该电视剧投资上亿，制作、发行团队也很给力，还是部网络热门作品，她要争取让靳韩出演其中的一个角色，这对他将来的发展有很大帮助。

靳韩漠不关心地应了一声，对这个角色的介绍一点儿都不热衷。

“今天太晚了，明天我请许导吃饭，你下午请假，一起出来坐坐，只是你的脸……”

韩晓波连连摇头，让靳韩回家好好冷敷一下，不然怎么见人？许是开车说话分心，前面一辆车突然急刹车，她差点儿撞上去。

“这人怎么开车的？”

韩晓波抱怨了一通之后才发现前方大约三十米处发生了两车剐蹭事故，交警正在处理，她只能掉转车头朝另一条路开去，她是个很看重时间的人，认为儿子的时间就是金钱，一秒钟都不能浪费。

“现在的人开车就是急躁，一点儿谦让精神都没有，那么刹车，很容易追尾的，竟连句道歉都没有……”

“妈，我能不能……不演这个角色？”靳韩突然开了口。

“什么？”

韩晓波一脚刹车踩了下去，前方绿灯，后面的车险些撞上来，司机咒骂了一声后绕开她继续向前开去了。

韩晓波把车停靠在了路边，确认安全后，才蹙眉看向靳韩。

“你刚才说什么？”

“我说，我不想演……这个角色，我觉得……”

“靳韩？”

韩晓波制止了靳韩的自我表达，手在方向盘上紧握了一下，又心烦地拿下来。

“我还没帮你争取成功，你就说这样气馁的话？你让妈妈怎么办……知道有多少人在竞争这个角色吗？”

“可这个角色不适合我。”

“什么叫不适合？大牌明星、大牌导演，在一线卫视和全国最大的视频网站播出，你还需要什么？靳韩，你还小，不能分辨影视圈的利害关系，也不知道自己将要面临的是什么样的竞争，所以……必须听妈的安排，妈所做的事都是为你好……”

一句简单的“不适合”引发了韩晓波对这部电视剧大篇章的前景预判，“都是为你好”，这样的话，靳韩已经听得太多了，他神游地望着马路的对面，那里有一家药店，药店里有一道熟悉的身影。

熟悉的身影从药店走出来后，不知是地上有石头还是其他原因，竟摔了一个跟头，她狼狈地爬起来拍了两下屁股，摸了一下衣兜，好像什么东西找不到了，猫着腰在草丛里翻找着。

借着路灯昏黄的光，靳韩看清了女孩的脸，那不是“二哈”吗？这么晚了，她跑出来做什么？

为什么叫项夏“二哈”？靳韩也说不清原因，那天在教室门口，看到项夏呆愣的样子，他一下子联想到了叔叔家的那条哈士奇，“二哈”两个字也就脱口而出了。

喵！一只野猫又飞蹿了出来，项夏吓得尖声大叫，跳起足有半米高，一张小脸苍白无色。

“二哈”竟怕猫？

靳韩禁不住笑了出来。

“你笑什么？我说的哪里不对吗？”韩晓波懊恼地问。

“没有，我只是……看到了一个熟悉的人。”靳韩的目光再次看向药店的方向，项夏已经找到了掉落的东西，小心绕开猫，一路小跑着消失在了夜色中。

“梁叔叔家的猫还在吗？”靳韩问。

“猫？那只暹罗猫吗？上次不是说要送你，你不要吗？”韩晓波很奇怪，儿子怎么突然想到了那只猫？

“我突然想要养了。”靳韩眯着眼睛，嘴角微挑笑了。

“我刚才说见导演的事，你怎么想到猫了？”

“导演那边，听你的，猫，帮我要来吧。”

“好吧。”

韩晓波重新把车开到了路面上，通过倒车镜，她能看到心不在焉的儿子。最近这孩子让她很头痛，不再像小时候那么听话了，她想不出哪个环节出了问题，可能是孩子进入青春期后，也进入了让人烦恼的叛逆期。

夜色渐浓，街市依旧喧嚣，霓虹灯点亮了神秘的奢华，也遮掩了星夜的唯美。

小巷口，项夏抱着肩膀、缩着脖子一路小跑。

“该死的猫。”跑进小区的大门，她还是惊魂未定。

项夏怕猫，不是一般的怕，是怕得要死。记得很小的时候，她初生牛犊不怕虎，和小区里的一只野猫斗法，野猫被激怒飞扑上来，抓了她一个鼻青脸肿，从那之后，她见了猫就跑。

给老妈倒水吃药后，项夏回了房间，躺在床上却怎么都睡不着了，只要一闭上眼睛就到处都是足球，还有被打中头部的靳韩，一切都是因她而起，她是不是该向他道歉？想到和偶像近在咫尺，项夏开口说话的勇气都散光了，她真怕自己太过紧张，解释不当，让靳韩更加误会了。

翻来覆去，胡思乱想，一直折腾到凌晨三点多，待她困乏不堪，昏昏睡去后，再睁开眼睛已经快八点了。

“糟了！”

早课六点半就开始了，她是彻底迟到了。

风风火火地爬起来，给老妈买了一份早餐，项夏叼着牛奶袋子一路狂奔着到了学校，时间刚好八点半，操场上一个人影都没有。

深吸了一口气，项夏祈祷进入教室之前别被陈老师抓住，有人说，陈老师单身太久，更年期提前，脾气火暴，对于学生迟到零容忍。

好像做贼，项夏左看右瞄溜进了操场。到了操场之后，她才发现迟到的不仅她一个人，靳韩从学校的侧门进来了，正走在她斜对面不到五米的地方。

旷课、迟到，对于靳韩这样有特长的学生，赵主任一向给放宽政策，她就不一样了。

盯着靳韩的身影，项夏放慢了步子，犹豫着要不要这个时候和他说一声“对不起”，解释那天的误会。

靳韩单肩挎着一个米白色的书包，书包上印着一个特殊的图案，好像是一个什么图腾，她在K高还没看到过和他同款的书包。可能是心理印象的缘故，项夏觉得靳韩的校服也很特别，不但颜色纯正还格外整洁，仅一个背影就让人赏心悦目，加上他的发型时尚，发丝乌黑闪亮，走姿也比其他同学潇洒……

这也许就是偶像的光环吧？在粉丝的眼里，偶像是没有缺点的。

靳韩天生两条大长腿，两步便拉开了和项夏之间的距离，她怀疑这家伙背后长了眼睛。

深呼吸了三次，项夏酝酿了一下情绪，小跑了两步准备追上去和靳韩打招呼，就在这时，校门口传来一阵脚步声，有人气喘吁吁地跑了进来，项夏回头一看竟是潘多多。

今天这是怎么了？集体迟到日？连学霸潘多多也迟到了。

看到潘多多，项夏一颗悬着的心落下了，陈悦雯对学霸十分关爱，学霸偶尔犯错也不会责备，今天和学霸一起迟到，不用担心了。

因为潘多多的出现，项夏不得不放弃了这次道歉的机会。

三个人一起出现在高二（6）班的教室门口，和项夏预料的一样，陈悦雯看到了潘多多和靳韩，什么话都没说，让他们直接进教室上课去了。

第一节是语文课，下课后，靳韩才离开教室，张斌便屁颠屁颠地跑过来坐在了项夏的身边。

“在干什么？”他没话找话。

“坐着呀。”

项夏扭头看向张斌，发现他的右耳又多了几个耳洞，记得张斌打第一个耳洞时，陈悦雯对他进行了三四个小时的批评教育，三令五申学校不允许佩戴首饰，他怎么敢打耳洞？结果没出一周，张斌的耳朵上又多了两个洞，陈悦雯气急败坏，要将张斌送到教导处，张斌却振振有词。

“我没戴首饰就没违反校规，耳洞？老师，我喜欢对自己的身体进行残害，洞打在耳朵上还是手指上，这你也管？”

陈悦雯无言以对，张斌说得没错，学校明文规定不能佩戴首饰，却没说不能在耳朵上打洞，她只好放过了张斌，于是张斌的耳朵上又堂而皇之地多了两个洞。

“项夏，开心不？”张斌嘿嘿地笑着。

“有什么好开心的？”

项夏噘着嘴巴，最近的烦恼这么多，到哪里去寻找开心的事？她快被打击成经霜的茄子了。

“于圣杰帮你修理了那小子，昨天打得他鼻青脸肿的。”

“昨天打，打他了？”

项夏吃惊地看着张斌，余光不自觉地瞥向了靳韩，他站在距离教室门不远的走廊里，隐约能看到侧脸有点儿瘀青。

“能不能就这么……算了？”项夏低声问张斌。

“怎么就算了？这才刚开始呢。”

“不不，我不打算找他麻烦了，可能有点儿……误会。”

“呵呵，你想多了，这事没完，知道吗？上次……就是你叫老大在操场拦截那小子那次……”

“怎么了？”

“就他，竟给了老大一个过肩摔，摔得那叫一个惨呀，好多人都看到了。”

“什么？过肩摔？”

听说这个，项夏感觉事情闹大了，靳韩惹了大祸。

“你说有完没完？”张斌撇了一下嘴巴，让项夏等着看好戏。

看戏？

项夏哪里有心情看什么戏？她感觉脊背一阵发凉。

教室的后面，于圣杰正在和罗丽拉说话，先是窃窃私语，很快变得声音响亮。不晓得什么话题让他们发生了争执，于圣杰拍案而起，冲罗丽拉发了火，罗丽拉也耍起了小姐脾气，一扭头走开了。

今天的于圣杰惹不起，可项夏偏偏要去惹，关于她与靳韩的误会，她一定要说清楚，所有的责任她来背，于圣杰要杀要剐都随他了。

鼓起勇气，项夏硬着头皮站在了于圣杰面前，于圣杰不悦地皱起了眉头。

“干什么？”

“我想……”

“不要结巴好不好？”于圣杰突然拍了一下桌子，项夏吓得后退了一步，口齿更加不伶俐了。

“我，我，你……”

“好吧，你赢了。”于圣杰缓和了一下态度，勉强给了项夏一个笑脸。“说吧。”

“照，照片……”项夏越着急越结巴，自己都气自己了。

“喂，小结巴，能不能不要在教室里给我照片，你知道的……”于圣杰冲项夏勾了勾手指头，压低了声音，“给点儿面子。”

“我没，没带照片。”项夏心虚地垂下了头。

“没带照片？找我做什么？”于圣杰质问项夏什么意思，是不是真打算拿着照片要挟他一辈子，若是逼急了，他可什么都干得出来，“《电锯惊魂》看过吗？”

“……”项夏眨巴了一下眼睛，点了一下头，又马上快速地摇了起来，“没看过。”

“那就回去好好看看，别来惹我。”

“我，其实……没，没照片……”

项夏连连摇手，承认她没拍过什么照片，为了证明没有照片，她把手机给了于圣杰。

“你敢骗我？”于升杰翻完了手机里的照片，确实没有，他气恼地一把扣住了项夏的手腕，臭丫头，平时看着老实巴交的，没想到花花肠子这么多。

项夏惊恐地挣脱出来："我是想照来着，你，你没给我机会……"

"说吧，想怎么死？"于圣杰吞了口气问。

"不，不想死……"项夏委屈地垂下眼眸，"我只是一时鬼迷心窍，不过……不是没照吗？是你不听我的解释，刚好……我遇到了一点儿麻烦，只能……"

"计谋使在我身上了，信不信我现在就打死你？"

于圣杰发狠地抡起了拳头，项夏吓得转身就跑，正好靳韩从教室外走了进来，将这个场景看了个满眼，内讧？他笑得有些诡异。

于圣杰见靳韩进来了，拳头立刻换成了巴掌，上一秒还是凶神恶煞的模样，现在却是"好同学"一家亲，只是他的笑怎么看都是咬牙切齿的。

于圣杰在项夏的肩头不痛不痒地拍了一下，然后凑近她的耳朵，压低了声音说道："找机会再修理你，现在别让外人看了笑话。"

"是，是呀。"项夏擦了擦冷汗，心虚地问于圣杰，"我们的交易是不是可以……终止了，没有照片，你也不用……帮我教训靳韩了。"

"你跑过来就是为了说这个？"于圣杰眼眸微眯，浓眉紧锁，项夏赶紧点点头。

"行吗？"

"不行！"于圣杰眼珠子一瞪，让项夏赶紧走开，他可不想一世英名被一个小结巴毁了。

"……"项夏感觉自己要哭了，正如张斌说的那样，这件事没完。

"我和他之间的战争不会结束，这场战争已经和你没关系了。"于圣杰从牙缝里挤出了这句话。

"怎么没关系，是我叫你……"项夏的话说了一半又咽了回去，靳韩走了过来。

于圣杰好像一只好战的大公鸡，见到靳韩，浑身的毛都竖了起来，随时准备引颈狂扑，好在靳韩只是看了两眼便回座位坐好了。

项夏咬了咬嘴唇，拿起于圣杰桌子上的笔，在他的本子上快速地写了一行字："因我而起，就在我这里结束吧，不要再难为靳韩了。"

于圣杰拿起那张纸，扫了一眼后手指微动，将它从中间撕成了两半。

“小结巴，之前是我管你的闲事，现在是你少管闲事。”

“于圣杰……”项夏猜不透于圣杰的脑袋是由什么组成的，他每次做的决定都让人觉得不可思议。

于圣杰戏谑地拍了一下项夏的脑袋，让她赶紧滚回座位去，她在这里滞留的时间太久了，让他很没面子。

于圣杰和小结巴成为朋友的可能性是零，项夏站在于圣杰身边，怎么看都不搭调，他有防备之心，她也有自知之明。

“我也不想让人说我学坏了。”项夏的反击，让于圣杰脸上的肌肉连抽了好几下，在他咬牙切齿准备发火之前，她已溜开了。

回到座位上，项夏烦恼地托着下巴，思考着这个棘手的问题，祸是因她而起，怎么都得想办法解决掉，于圣杰固执，不肯罢手，她只能在靳韩的身上想办法了，前提是她得取得靳韩的谅解。

几次想和靳韩解释，都因勇气不足退了下来，项夏决定还是写信，用文字表达好过语无伦次。

项夏拿出纸笔，思索了一下，开始写信。

靳韩：

关于足球砸头的事，我要说声对不起……

砸头？这是什么用词，她的语文水平退化到小学程度了吗？撕下信纸揉烂握在手心里，酝酿了一下情绪后，项夏重新写。

靳韩：

我郑重地向你道歉，关于足球的误会，需要和你解释一下，那天，我抓的是小偷……

误会？她踢球的目的就是打他，怎么可能是误会？抓小偷虽是事实，这样说似乎不大妥吧？这些字像在为自己的行为找理由，没有诚意，她又撕下揉烂。第三遍开始写的时候，才写了靳韩两个字，罗丽拉不知从哪里冒了出来，一把将项夏手中的信纸抢了过去。

“天哪！”她看到纸上的名字，大声惊呼了起来，“项夏在写情书。”

“情书？谁这么倒霉呀？”孙歆一跃冲了过来，想知道哪个男生中了奖，不幸被项夏看中了。罗丽拉快速地将纸上的名字挡住了，然后阴险一笑转向了项夏。

“你不会吧？”

“罗丽拉，不，不是你想的……那样……我只是……”

项夏担心罗丽拉像上次那样，公开信纸上的内容，虽只有一个名字，却足以让大家展开丰富的想象。

好在罗丽拉没将靳韩的名字说出来，而是把信纸折好揣在了衣兜里。

项夏松了一口气，罗丽拉却一副抓住了她把柄的模样凑近了她：“你知道的，我不喜欢他。”

瞄了一眼坐在项夏身边的靳韩，罗丽拉还是有所忌惮的。

“真没什么。”

“你跟我出来。”罗丽拉冲着门外使了一个眼色。

写着靳韩名字的信纸在罗丽拉的手上，项夏不得不乖乖地跟着她离开了教室。

两个人站在走廊里，面对面，罗丽拉抱着肩膀，用奇怪的眼神打量着项夏。

“你不是也不喜欢靳韩吗？”

“没你想的那么复杂，别乱猜。”项夏尽量保持淡定，不想让罗丽拉看出什么端倪，免得她大做文章。

“哦，我知道了……”罗丽拉顿悟一般大叫了起来，“是我搞错了，你不会和我的想法一样，也想整靳韩一下吧？”

“整他？”项夏吃惊地看着罗丽拉，她这话的意思，是最近要对靳韩采取什么行动吗？为了套出罗丽拉的阴谋，项夏只好违心地点点头，“算，算是吧。”

“哈哈，没想到呀，项夏，我们统一战线了，这个……还给你。”罗丽拉把信纸掏出来还给了项夏，并邀请项夏参加她们的特别行动小队。

“特别行动小队？”

“对，我们决定今天晚上八点返回学校，把这个贴在校园公告板上，所有公告板上都贴，让大家知道靳韩是个什么样的人，看谁还来找他要签名，咱学校里所有他的粉丝，争取都让他们转成黑粉。”

罗丽拉拿出了一张印刷好的宣传单，上面全是靳韩的黑新闻，看得项夏毛骨悚然，都说最毒妇人心，喷子的道行就是深。

“来不来？八点准时在校门口集合，我们一起进去贴，让靳韩臭名远扬。”

“晚上呀……”项夏挠了一下头，“我妈摔了，行动不便，我得照顾她。”

“没事，以后有很多机会，今天晚上的行动，你可以不参加，但是我们的特别行动小队带你一个，怎么样？”

“哦，行，行吧。”项夏很想拒绝，但想到罗丽拉的各种阴谋诡计，很可能将靳韩黑成煤炭，有她打入敌人内部，也好有个防备，加上罗丽拉现在咄咄逼人，直接拒绝的话，怕会引起怀疑。另外，还有一个于圣杰……

“项夏，我问你……”罗丽拉的脸微微发红，问了一个让项夏尴尬的问题，“你干吗总缠着于圣杰？”

“我缠着他？”有没有搞错，项夏的眼珠子都要从眼眶里掉出来了，罗丽拉是眼大漏神，还是瞎了？分明是于圣杰找她的麻烦，她被逼得几乎没有退路了。

“我没缠着他。”

“最近怎么回事？他总找你。”

“我哪里知道？他不知听谁说的，他上次逃课跑出去和校外的人打架是我告的密，我压根儿不知道那件事，怎么可能告密？罗丽拉，你和于圣杰关系好，跟他说说，真不关我的事，让他不要再找我麻烦了。”

“我刚才问他了，他怎么没说？”罗丽拉一副不信任项夏的神情，在教室里因为这个话题，于圣杰还发了脾气，这让罗丽拉很恼火。如果项夏说的是真的，凭于圣杰的脾气，不将她大卸八块，也把她逼退学了，可事情的发展似乎没那么残忍。

“谁知道他在想什么。”项夏嘟囔了一句，于圣杰的大脑大多数时间处于短路状态，不能用常人的思维去分析。

“看在你愿意加入我们，信你一次。”罗丽拉决定拉拢项夏加入自己的特别行动小队，暂且不追究于圣杰找项夏麻烦的原因，在她眼里，小结巴平庸无奇，没有资本和她竞争，是她多心了。

第四章
成为“黑粉”

上课铃声响了，项夏和罗丽拉一起回了教室。

回到座位后，项夏把写着靳韩名字的信纸撕烂了，看着散乱的纸屑，她深知这条路已经走不通了，剩下的就只有当面道歉了，可靳韩一副拒人千里的模样，让她没法开口。

这样不行，那样也不行，项夏开始纠结。

靳韩回来了，项夏赶紧拿出物理书，假装认真地看着，实际上一个字都没读进去。

靳韩才坐下，潘多多便走了过来，把一张登记表放在了他的桌子上，项夏偷瞥了一眼，好像是省数学竞赛的登记表。靳韩也有时间参加这种竞赛吗?

潘多多送了登记表后，没有马上离开，而是紧张地抿着嘴，手指揪着裙角，好像有什么东西困扰着她，待靳韩问她还有没有事时，她才尴尬地开了口。

“陈老师今天才告诉我，你也报名了。”

“嗯。”

“我昨天报名的，早知道等你一起填表了。”

“没关系，不晚。”

“哦……你参加过奥数的培训班吗？”

“没有。”靳韩抬起了头，觉得潘多多的话有点儿多了。

潘多多不安地理了一下头发。

“我问这个没别的意思，只是想提醒你，省数学竞赛的题目挺难的，没经过奥数培训，怕得不到好名次……德贤培训有个数学加强班，挺不错的，如果你有兴趣，可以去报名。”

“不用了，我没那么多时间。”靳韩又低下了头。

“哦，这样呀……你填表吧，对了，这里要注意身份证信息，错了就麻烦了。”潘多多热心地指导着。

“知道了，谢谢。”靳韩表示了感谢。

潘多多又热心地指出了报名表填写的两个重点后，才肯离开，转身的一瞬间，项夏在她脸上看到了一抹轻松的微笑。

学霸的时间几乎都用在了学习上，不跟剧、不追星，能这样特殊地关照靳韩，多半是觉得遇到竞争对手了吧。

上课了，物理老师讲解了月考的试卷，提醒大家物理这门学科，一定要理论联系实际，脱离了实际，学起来会有难度。

理论联系实际?

项夏的手指轻轻地转了一下钢笔，好像这个理论也可以用在靳韩的身上，假如她把歉意付诸实际行动，会不会让靳韩感受到她的诚意?

没有别的办法，只能这样了。

项夏决定从今天开始保护自己的偶像靳韩，即便和于圣杰成为敌人也在所不惜。

中午吃饭的时候，项夏第一个冲进了食堂，排在最前面。靳韩来得有点儿晚，他可能猜到于圣杰不会让他好好吃饭，所以没那么积极，靳韩进来后拿着餐具站在了队伍的后部。不到五分钟，于圣杰的几个死党蹭了过来，轻松地把靳韩挤到了队伍的外面。

再凶的老虎也挡不住群狼的围攻，何况靳韩看起来是瘦弱型的。

“过来，到我这里来。”项夏冲靳韩招手，靳韩听见了她的喊声，朝这边看了一眼又将目光移开了。他这是没听见，还是不想过来?项夏心急如焚，眼看就要轮到她打饭了。

“靳韩，到我这里来。”项夏干脆叫了他的名字，结果没喊来靳韩，于圣杰好像大马猴一样跳了出来，不客气地将位置抢去了。

“小结巴，很会做人嘛。照片的事就不和你计较了。”他冲她挤了一下眼睛。

“喂，你……”项夏气恼地瞪圆了眼睛，却不敢把于圣杰拉出去，再看看后面的大批人马，这会儿重新排队，怕靳韩也插不进来了。

靳韩去了另一个窗口排队，于圣杰的党羽江冠臣好像跟屁虫一样挤了过去，张斌也跟着凑热闹，三个人推推搡搡的，眼看靳韩又要被人从队伍里挤出去了。

实在太过分了，欺负人也不能这么欺负呀，项夏运了两口气，心一横，决定和他们来个星球大冲撞。

星球大冲撞发生了，没达成预期效果，却牵连了一个无辜者，一个高一女生刚打好饭出来，被项夏的手臂挥中，饭盆被掀翻飞了出去，不偏不倚地扣在了靳韩身上，早上还一尘不染的清新少年，这会儿成了彻头彻尾的饭桶。

项夏惊呼了一声捂住了嘴巴。

糟糕，她又闯祸了。

靳韩呆呆地站在那里，吃惊地看着项夏，不敢相信“初中生”又让他当众出丑了，先是足球，现在是盒饭，下一次会是什么？

“哈哈哈，干得漂亮！”于圣杰笑得好像鼓风的大葫芦，肚子都快要爆了。

“我不是故意的……”项夏慌张地摸遍了全身，也没找出一张纸巾，高二（5）班的一个女生跑了过来，羞涩地递给了靳韩一包纸巾。

“靳韩，我叫刘苏。”

“嗯，谢谢。”靳韩说了一声“谢谢”后接过了纸巾擦着衣服上的饭菜，远远还能听到于圣杰得意的怪笑声，让人禁不住一下子想到了黑山老妖。

项夏已经第二次好心办坏事了，靳韩更讨厌她了。

孙歆不知何时跑了过来，对项夏的行为进行了一番严肃的批评，并主动请求给靳韩打饭，他已经没什么胃口了，谢过孙歆后离开了食堂。

项夏吃了一肚子的气，哪里还有胃口吃饭？她正准备离开食堂时，于圣杰走了过来，把一个装满饭菜的餐盘放在了她面前的桌子上。

“你的。”

“不吃了！”项夏气恼地绕过于圣杰，又被他提着衣领拽了回来。

“坐下吃饭！”

“不想吃。”

“如果以后都不打算吃食堂的饭，可以。”

于圣杰抬腿坐了下来，张斌把饭送到他面前，他自顾自地吃了起来。赤裸裸的威胁让项夏怒不可遏，却又不敢发誓不吃K高食堂的饭，犹豫了一下后，她把饭盘端去了另一张桌子，老实地坐下开始吃饭了。

于圣杰一边吃一边朝项夏笑着。

项夏气得肺都要炸了，这家伙果然不是人类，他的笑都像浸了剧毒，项夏换了一个座位，背对着于圣杰，总算吃完了饭，她逃一样离开了食堂。

项夏回到教室后，没看到靳韩的影子，他的书桌上放着半盒饼干，同学们东倒西歪的，睡的睡，聊天的聊天，潘多多等几个学习好的同学在研究课外题。

“项夏！陈老师叫你去她办公室一趟。”马浩然跑进来传话。

陈悦雯中午找人谈话多半没什么好事，项夏觉得头皮一阵阵发麻，不情愿地站起来，在众人猜疑的目光中，她去了陈悦雯的办公室。

见到陈悦雯阴云密布的脸色，项夏预感到事情不妙。

“项夏！真没想到，你是这样的人！”

“陈老师？”她没想到陈悦雯一开口是这样一句话，她是哪样的人？她做了什么让陈老师这么愤怒？

“你怎么可以欺负新同学？”

新同学？项夏想到了靳韩，难道陈老师说她欺负了靳韩？

午餐的事故才发生不久，陈悦雯的顺风耳就得知了，表面看来确实如此，项夏不信靳韩会小气地跑去打小报告，一定是孙歆，离开食堂时，她兴奋得手舞足蹈。她是靳韩的黑粉？肯定是为了讨好罗丽拉胡说的。

项夏懊恼地倚着后面的桌子，桌子刮着地面移动了，发出刺耳的声音，虽然看不见自己的脸，但她相信自己的表情一定很难看。

“老师对你很失望。”

陈悦雯认为项夏学坏了，不让同学到食堂吃饭是小太妹的行为，学校对这种霸道行为零容忍，于是项夏被惩罚写两千字的检讨，再围着操场跑四圈，还要擦一个月的教室走廊，她将自己能想到的惩罚几乎都加在了项夏身上，项夏没有理由辩解，只能接受了。

首先要解决的惩罚是跑圈。

自习课，大家都在教室里上自习，只有项夏围着操场努力地奔跑着，她能感受到上千位同学的目光透过教学楼的窗口投向了她，午后安静的操场，被她突兀地侵扰了。

跑完了四圈，项夏气喘吁吁地坐在了台阶上，她全身的衣服都被汗水打湿了，即便有风也解决不了她满心的燥热。

接下来还有检讨，明天放学前必须交出来，内容是关于以前欺负同学的自我反省和对今后好好做人的保证，项夏觉得这个检讨更应该于圣杰来写，怎么会是她？简直没天理。

“真倒霉。”项夏的鼻子酸溜溜的，眼泪差点儿流出来，最近这是怎么了？水逆期也该结束了吧？就算是倒霉月，也不能只盯着她一个人呀。

“项夏。”有人喊了她一声，项夏抬起头，看到赵主任正朝这边走来。她赶紧用手遮住了脸，不想让主任看到她通红的眼睛。“又被惩罚了？”赵主任过来后，坐在了项夏身边。

“嗯。”项夏委屈地点了一下头，不希望赵主任追问陈老师惩罚她的原因，这事说不清道不明的，实在丢人。

好在赵主任不是一个喜欢揭人短的人，很快转移了话题，问项夏还踢不踢足球。

“不踢了。”

“彻底放弃有些可惜了。”

“想踢，也没什么机会。”项夏清楚一个事实，机会一旦错失，想重新来过很难，特别是老妈的态度，不会再多拿一分钱支持她的爱好。

“项夏，有些时候机会还是要争取的，一味地等待……时间可不等人，昨天，我替你争取了一下，你可以进K高校队踢替补。”

“校队？”

校队里都是男生，赵主任是怎么替她申请名额的？校足球队的教练又是怎么同意的？难以想象，校队踢足球的时候，里面有个女生。

“有兴趣吗？机会可只有一次。”赵主任很严肃。

项夏当然知道机会难得，只是这个机会听起来有些尴尬。

她低头牢牢地盯着脚上的足球鞋，白色的鞋带系得整齐。学校里，很多女孩子都喜欢穿漂亮的皮鞋或时尚款运动鞋，只有她坚持将球鞋穿到底，甚至以前穿过的球鞋、运动衫，她都会保留下来，项夏热爱足球，就像热爱自己的生命一样，告别足球，她再没拥有过快乐。

现在机会又来了，她要怎么选择？参加还是不参加？如果参加了，校园里的那些嘲笑声会此起彼伏，还有来自老妈的压力，她拿不出勇气来。

“现在各个初高中都没有专门的女足队，你想踢，只能和男生一起，你觉得尴尬我能理解，所以不用着急答复，回去好好想想，想好了再来找我。”

“谢谢主任。”

“我还是很看好你的，项夏，加油吧。”赵主任拍了拍项夏的肩膀，鼓励着她。

“嗯。”项夏点了点头，她明白和男生一起踢球是个很大的挑战。

记得有一部漫画，画的就是一个女生混在男足里踢球，各种排斥，各种嘲笑，还会不能避免地和男生产生身体上的冲撞，女孩被称为“神经小辣妹”。

K高的足球队里，不仅男生身强体壮，还有一个可恶的于圣杰，他若知道项夏要加入其中，不知又要怎么折磨她了。

但赵主任说的话，在项夏的心里还是生了根、发了芽。

又在操场上坐了一会儿，项夏回了教室，靳韩已经离开了，听说请假试镜去了，陈悦雯的眉头一直紧锁着，对于这些为了特长耽误课程的学生，她很头痛。

“只有半个月就要期中考试了，我希望你们都能拿出最好的状态，别让一些无关的事分了心，学习第一，其他的都给我放到第二位！”

陈老师环视着在座的每个人，目光犀利，作为班主任，她已经连续几年取得了全校第一的好成绩，高考的时候班里也总有状元出现，很多老师都佩服她在教学上的能力。

“于圣杰，你有什么不懂的知识点，多问问潘多多，我不希望你再拖班级的后腿。”陈悦雯进行一对一指派。

“呵呵。”于圣杰撇嘴笑了一下。

“老师，我不知道哪里不会，也不知道哪里会，怎么办？”

“于圣杰！”陈悦雯鼓了一下腮帮子，气恼地让于圣杰站起来，于圣杰慢吞吞地站了起来，可能是因为个子太高了，加上歪斜着身体，怎么看都像一棵歪脖子大树。

唉，陈悦雯无奈地叹了口气，知道这次考试，于圣杰又是全班倒数第一名，他的卷子一向比脸都干净。

看到于圣杰的那副样子，项夏莫名地想笑，一个连一加一都懒得计算的人，还指望他能好好学习吗？

一直罚站到下课，铃声响后，于圣杰才慵懒地坐下来，潘多多拿着一摞笔记本走过去放在了他的桌子上。

“这是我记的笔记，考试之前看看吧。”

“不看。”于圣杰不耐烦地将笔记本都推开了。

“陈老师让我看着你学习。”

“什么看着？”于圣杰瞪圆了眼珠子，“你怎么什么都听她的？能不能有一点儿自己的想法？这些……我不需要，拿走！”

啪，笔记本被扫落在了地上，潘多多呆愣在桌子旁，一时不知怎么办好了，嘴唇在微微地颤抖着。

于圣杰瞥了潘多多一眼，冲张斌招了招手：“帮她捡起来。”

“好嘞。”张斌走过来，帮潘多多把笔记本一本本捡起来放在了她的手中。热脸贴了冷屁股，潘多多红着眼眶回去了。

张斌嘿嘿笑了一下，凑到于圣杰耳边低声提醒着他：“这次要再考倒数第一，陈老师真的要向学校申请了……”

“申请什么？”

“劝退呀。”

“劝退？怎么可能？”于圣杰撇了一下嘴巴，突然说了一句让项夏差点儿吐血的话，“有小结巴在，我不会考倒数第一的。”

真是个浑蛋，项夏气恼地握紧了拳头。她承认她考过全班倒数第一，可那是有原因的，考试前，她得肺炎住了一周的院，老妈和老爸在医院见面，因为照顾她的问题又争吵了起来，让她精神恍惚，在考场上突然晕倒，一个字都没写，不考倒数第一才怪。

“说得也是，嘿嘿，有小结巴呢。”一唱一和，两个人拿项夏寻开心，项夏恨得咬牙切齿，若此时手里有刀子，一定冲过去将他们大卸八块喂鳄鱼。

“今天还修理她吗？”张斌问。

“不了，给她放一天假，我有事。”

虽然于圣杰和张斌说得很小声，但项夏还是听见了，今天于圣杰不打算在校门口堵她了？这可真是一个好消息，项夏紧张的心情瞬间放松了下来。

果然，放学后，于圣杰不见了踪影，连张斌也早早地就走了。

项夏如释重负，背着书包开心地走出校门，穿过了一家蛋糕店，她停在了一个书摊前，无聊地翻看着旧杂志。旁边大约二十米的街道边，几个穿着K高校服的女生出现了，叽叽喳喳地不知在说着什么，眼睛时不时朝这边看来。

刚开始，项夏并没将她们放在心上，只当是同路而已，可当她离开书摊朝前走时，发现那几个女生跟上了她，她快，她们就快，她慢，她们也慢下来。

这是跟踪吗？

项夏隐隐觉得不安，不会是于圣杰不想自己出手，找几个女生来修理她吧？以他的影响力，随便吆喝一声，就会有一群女生愿意为他赴汤蹈火。

项夏拉了一下书包，加快了步子，闪进了一家小超市，几个女生探头探脑地在外面等着，没有离开的意思。

怎么办？好像甩不掉了。

就在项夏想着如何对付她们时，几个女生互相使了一个眼色，呼啦一下冲进了超市，超市太小，又只有一个门，项夏想跑都来不及了。

“喂，你，你们想干什么？”项夏防备地握紧了拳头，看起来今天不打不行了。

只是有个状况不大对劲儿，她们虽然冲进了超市，却没立刻扑上来厮打，其中一个女生还羞答答的，小脸绯红。

这是什么意思？项夏有点儿蒙了。

“你是项夏吧？”

“是，怎么了？”项夏故作镇定地高高抬起了下巴，不管她们是先礼后兵，还是先兵后礼，她都得面对。

“是她，就是她。”后面的女生欢欣雀跃地跳了起来，项夏更蒙了，她们怎么看着好像很开心的样子，眼神中还夹杂着羡慕的神情。

“干，干什么？别过分呀，我也是练，练过的。”

“你误会了，项夏，我们不是来找你麻烦的，问，问一下，靳韩和你是同桌吧？”

“是，是呀。”项夏点点头。

“太好了，我们能求你一件事吗？”女生们用带着恳求的口吻问道，项夏的拳头慢慢松开了，怎么看，她们都不是于圣杰派来的。

“这封信，是给靳韩的，我不好意思，你能帮我送给他吗？”一个女生难为情地掏出一封信递给了项夏，让她代劳交给靳韩。

情书？项夏恍然大悟，原来她们是让她传递情书的，作为明星的同桌，没有谁比她更合适了。

“哦。”项夏尴尬地转过身平复了一下情绪，再面对她们时，已露出了一个友善的微笑，“不好意思，我和靳韩还不熟。”

“不熟没关系，同桌方便，麻烦你了。”

一共三封情书、两件礼物强行塞在了项夏手中，她们千叮咛万嘱咐让项夏务必交给靳韩本人。

“如果你送不到，我们会难过的。”

“是呀，先谢谢了。”

就这样，项夏由靳韩的粉丝变成了靳韩的快递员，今后也很有可能会马不停蹄地接这项服务，只因为她是靳韩的同桌。

把情书和礼物放在了书包里，项夏郑重地答应了几个女生，她们才满意地离开了。

项夏回到家时，老妈已经做好了饭，她的腰好多了，只是脚踝还很痛。

吃过饭后，项夏帮老妈涂完药后回了房间，写了大约一个小时的作业后，她看了一下墙上的挂钟，已经八点钟了，这会儿罗丽拉应该带着几个人偷偷潜入K高了，在几个公告板上大肆张贴靳韩的黑新闻，明天一早，整个K高的学生就会用鄙夷的眼光看靳韩。想到那种情景，项夏的心便烦乱了起来。

又等了大约一个小时，作业写完了，项夏坐不住了，穿上衣服拿着手电筒准备出门。

“项夏，这么晚了，你去哪儿？”老妈正在看电视，见项夏开门要走，连忙喊住了她。

“我的作业本用完了，去超市买一个回来。”

“外面这么黑，明天买不行吗？”

“着急用，别担心，我又不是第一次去超市。”

“等等，我说你……你这孩子……”

在老妈的责备声中，项夏一溜烟跑了出去。

夜间九点多钟，街道上的车辆已经很少了，行人也没几个，小区的周围格外安静，偶尔能听见什么动物在草丛里飞蹿的声音，吓得项夏心惊肉跳。

项夏到了K高之后，学校的大门已经锁上了，除了周边的几盏昏暗的路灯外，整个校园看着阴森恐怖。

运了两口气，项夏爬上了学校的高墙，壮着胆子跳了进去，在校门口的第一块公告板上，她看到了罗丽拉贴的海报。

“这个坏蛋。”咒骂了一声，项夏将海报撕了下来，然后跑去了第二块公告板，果然和第一块公告板一样，在最显眼的位置贴着海报，罗丽拉作为靳韩的黑粉也是够敬业的。

K高一共有六块公告板，最后一块在学校的后身，因为那里的路灯坏了，没什么光亮，项夏只能凭借手电筒的光亮找过去，就在她踮着脚把黑海报摘下来的一刻，一声呼喊划破了夜空。

“谁？谁在那里？”保安大叔不愧是当兵的出身，声音洪亮惊人。

项夏吓得手一抖，手电筒掉在了地上，保安大叔一个凌空飞跃，好像武侠片里的大侠直接将她按在了地上。

“说，什么人？”

“我，我是学生。”项夏惊慌失措地伸手，大叔的力气太大了，再按一会儿她就要没气儿了。

“学生？”保安大叔吃惊地把项夏拽到了路灯下，看清了她穿着的K高校服后才肯放手，“溜进学校想干什么？”

“有，有点儿事。”项夏哭丧着一张脸，让保安大叔放过她，她下次不敢了。

“不行，说，你叫什么名字？”

“项夏……”

“几班的？”

“高二（6）班。”

“班主任是谁？”

“陈悦雯……”保安大叔记录好了所有信息，打电话给了陈悦雯，不到半个小时，陈悦雯开车到了学校，她看到项夏手中的黑海报后，气得脸色铁青。

“你这么晚跑到学校，就是为了贴这个，黑靳韩？”

什么？

项夏傻呆呆地看着手里的海报，瞬间说不出话来，屎盆子好像又扣到她的脑袋上了。

“老师，不是我！”

“不是你，是我吗？还是王保安？”

“我……”

项夏此刻堪比窦娥，为了救靳韩，她摸黑跑来学校，却被误会是黑靳韩的人？而罗丽拉呢，这会儿可能正躺在被窝里呼呼大睡呢。

“气死我了！赶紧回家去，看我明天怎么收拾你！”

已经很晚了，陈悦雯不想让项夏待在外面太久，她虽气得肚子鼓鼓的，但还是把项夏送回了家，在小区门口，她又批评了项夏一会儿才肯离开。

项夏躺在床上，差点儿把头发都扯光了，今天简直太愚蠢了，她怎么会想到这么晚去学校撕海报呢？靳韩的黑新闻网络上一直都有，花样口水战，从来没停过，靳韩还不是好好地活着，照样接演影视剧？罗丽拉的小伎俩不足为虑。

“呜呜……”她把被子蒙在头上，怎么都睡不着了。

这是一个艰难的夜晚，项夏苦苦熬着，墙上还贴着靳韩的照片，她却要由忠粉彻底转黑了，希望保安大叔不要大肆宣扬，也希望陈老师给她留点儿余地。

可事情没项夏想的那么美好，倒霉的事一件接着一件。

天亮时，她磨磨蹭蹭地起了床，想找个借口逃学一次，可偏偏那么巧，老爸突然打电话过来，说他一会儿开车经过这个小区，让项夏搭他的车去上学。

算起来和老爸也分开很久了，上次见面还是三个月前，老爸请她吃了一顿肯德基，鼓励一番后，留了零花钱便离开了，不知这次是碰巧路过，还是想女儿特意过来一趟，项夏希望是后者。

背上书包，项夏离开了家，出了小区的门，老爸的车已经停在了马路边，她拉开车门上了车，项先生拿出一个大盒子递给了她。

“要过生日了，爸爸过两天出差，怕赶不及回来，先把礼物买了。”

“哦。”项夏打开了礼物盒子，里面是一只毛绒小熊，脖子上还系着一个蝴蝶结。唉，在老爸眼里，她永远都是长不大的孩子，可事实是她已经十六岁了，不再是那个喜欢抱玩具的小女孩了。

“喜欢吗？”

“喜欢。”

“就知道你喜欢，呵呵。”老爸欣慰地笑着，“夏夏，刚才上车时，爸爸看着……你怎么好像不高兴呢？”

“没事，遇到了一点儿小麻烦。”

“需要爸爸帮你吗？”

“不用，我可以处理。”

现在谁也救不了她，她只能依靠自己。

“遇到困难要冷静，静下心来想一想再去处理，这样才不会出错，不然就会乱上加乱。记住，任何时候需要帮忙了一定要找爸爸。”

“嗯，爸，给弟弟想好名字了吗？”项夏问。

“怎么突然问这个？”

“爸，让他……叫项尚。”

“这是什么名字？”

“一个已经向下了，总得有个人向上吧？”

一个做什么都失败的人，要怎么才能坚持下去，也许名字只是一个期待。

老爸伸出手，轻轻地抚摸了一下项夏的头发，千言万语都在这个简单的动作之中。她的眼睛刺痛了，泪水禁不住滑落下来。

她将目光转向了窗外，不想让老爸看到她眼中的失望。

K高就在眼前了，校门口三三两两的有学生走进去，偶有驻足的，在交头接耳地说着什么，项夏敏感的神经一下子紧绷了起来，昨天的事不会已经尽人皆知了吧？

下了车，目送老爸离开后，项夏低下头一路小跑着冲进了校门，经过保安岗亭时她小心地把脸遮住，免得被认出来。

项夏好不容易混进了教学楼，陈悦雯出现了，一张脸冷冰冰的。

“跟我来。”

“哦。”

项夏知道该来的一定会来，躲也躲不掉，只是不知道陈悦雯要怎么惩罚她，连同上次一起，变本加厉，她不死都得丢掉半条命。

陈悦雯用力地拍着桌子，表示了对项夏的失望，一个女孩子怎么可以干出那种事来？这件事还惊动了学校，赵主任出现了，虽然他一向对项夏宽容，但这次的态度也不一样了。

“你要树立正确的人生观！”

“要积极面对生活。”

“和校心理老师预约一下，让她和项夏谈谈。”

项夏被直接定性为心理不健康，所有的苦口婆心都是一个意思——不要放弃治疗。赵主任亲自打电话给校心理老师，可见他对这件事有多重视。

项夏此刻好像霜打了的茄子，周围聚集了很多人，她只希望快点儿结束。

主任的办公室里正热火朝天地处理项夏的问题，操场上，罗丽拉跑遍了整个校园，也没找到一张海报。

“见鬼了，我明明记得贴上了。怎么没了？”罗丽拉问孙歆。

“一早我听保安说，项夏昨天晚上九点多跑来学校贴靳韩的黑海报，到底怎么回事？被保安当场抓住了，事闹得挺大。”

“项夏？贴海报？”罗丽拉挠了一下头发，海报已经贴好了，她还来做什么？

“这个臭丫头！”罗丽拉一跺脚，好像明白了什么。

“怎么了？”孙歆问。

“以后给我盯紧项夏，她竟然敢耍我！”

罗丽拉气鼓鼓地进了教学楼，孙歆一头雾水地站在操场上，奇怪罗丽拉昨天还要拉拢项夏，今天怎么好像仇敌一样了？

一直到上课，项夏才被释放出来，进入教室后，大家都用奇怪的眼光看着她。

“厉害了……”项夏经过罗丽拉的身边时，罗丽拉嘲讽地撇着嘴巴。

项夏避开了罗丽拉痛恨的目光，慢吞吞地回了自己的座位。靳韩早就到校了，他好像没受到任何影响，正认真地写着作业。

为了偶像，被冤枉应该也是值得的吧？至少他没因为黑海报而感到烦恼。

无力地趴在桌子上，项夏思索着现在的状况，几次三番弄巧成拙地将自己越抹越黑，她必须采取行动洗白了。

可从哪里开始好呢？

她偷偷看了一下四周，能帮她的人寥寥无几，她只能孤军奋战了。

教室里的安静，很快被几个好事的家伙打破了，他们在议论校园海报的事。

“听说了吗？项夏半夜跑到学校里来，贴靳韩的海报……”

“什么海报？”

“黑靳韩的……”

“我的天哪！”

……

好事不出门，坏事传千里，才半个小时不到，昨天晚上的事就尽人皆知了。项夏觉得头皮一阵阵发麻。

“你就那么讨厌我？”耳边传来靳韩淡漠的声音。

被黑的男主角终于开口说话了，项夏心中万般委屈说不出来。唉，假如她真的讨厌他就好了，也就不会做出那些狼狈的事了，撇不清也解释不清，生活乱得成了一锅粥。

“我会和老师申请，调换座位的。”靳韩又说。

“不用……”项夏连连摇手，让靳韩不要介意她说的话，那天她有点儿迷糊。靳韩有些意外，她的态度怎么变了？她的脸上完全看不到厌恶的神情。面对靳韩不解的眼神，她难为情地笑了一下。

“其实我，我没关系的，不用理。”

“那就好。”靳韩整理了一下作业本，准备看书了。

项夏坐在旁边抓耳挠腮，能和靳韩这样说话，实属不易，不能就这么结束了，必须趁热打铁，把误会解释清楚。

“车窗的事……”

不等项夏说声“对不起”，靳韩就打断了她：“已经处理完了。”

“哦，其实……我也是好心，包括这次……”

“好心？这个？”

靳韩生气地把一张黑海报放在了项夏的桌面上，正是罗丽拉贴在校园公告板上的黑海报，项夏的脸一下子红了。

“这不是我贴的。”

“每次被当场抓住，你都是不承认吗？”

“我，上次……”

不等项夏说完，靳韩便打断了她：“无所谓了，我的黑粉很多，不差一个‘二哈’。”

又叫她“二哈”？项夏的鼻子都要气歪了，她哪里长得像“二哈”了？还是靳韩的脑袋进水了？

“哼。”靳韩哼了一声，对于黑粉，他向来不浪费口舌，随他们怎么说，仅一次风挡玻璃事件，他就认清了这个臭丫头。

和黑粉当同桌，对靳韩来说是一种挑战，他打算接受这个现实。

他不再理会她，开始专心地看书了。

项夏犹豫地摸着书包，里面有昨天那几个女生送给靳韩的情书和礼物，答应别人的事，她就一定会做到，只是现在的情况，她要怎么和他说呢。

距离上课只有五分钟了，靳韩终于看完书了，他把书刚刚合上，项夏便凑近了他，压低声音说：“有，有你的东西……”

“我的？”靳韩蹙眉看来，明亮的眼睛里闪烁着黑曜石一样的光芒，高挺的鼻梁在脸侧投下了一个淡淡的影晕，格外俊朗，和她家里海报的宣传画相比不大一样。宣传画做了一些处理，打了高光，而他本人看起来更接地气一些。

“什么东西？”靳韩问。

“哦，就是昨天……几个女生让我把这些给你。”

项夏把情书和礼物从书包里拿了出来，放在了靳韩的桌子上，靳韩很随意地看了一眼，将目光移开了。

“以后不要做这种事了。”靳韩把情书推到了一边，拿起两件礼物看了看，直接放在了项夏的桌子上，“给你吧。”

“给我？”项夏吃惊地指着自己的鼻子，两件礼物看起来都不错，一个是价值不菲的钢笔，一个是精致的钥匙扣，他竟要都给她？

“不好吧？”项夏笑得有些不自然。

“随你处置，不喜欢的话，扔了也行。”

“哦。”项夏看着桌面上的礼物，虽然不是送给她的，但扔掉太可惜了，正好她的钢笔不好用了，她试了一下，别人送给靳韩的钢笔书写时很流畅，钥匙扣是一只水晶小熊，亮晶晶的，蛮可爱。

似乎和明星当同桌还有一个最大的好处，就是有好多礼物收，相信今后她还会有不少礼物要接手。

教室门外，潘多多捧着一摞作业本进来了，每个人的作业本，她都好好地放在对方的桌子上。等轮到项夏的时候，她眼皮一挑，手一甩，作业本凌空飞起扔在了项夏的桌子上，可能力气大了一些，作业本在桌面上一滑，连同其他几个本子一起掉在了靳韩的脚边。

“不好意思。”潘多多翻了个白眼，继续发其他人的作业了。

项夏知道潘多多还在对红皮笔记本的事耿耿于怀，她俯下身去捡作业本的时候，靳韩已经把本子拿在了手里，一张纸片从作业本中飘落下来，刚好正面朝上，上面书写着四个大字。

“东施效颦！”

顷刻间，项夏的脸白了。

这是潘多多写的吗？毫无疑问，是她的字迹，她在暗自嘲讽项夏。

靳韩的手停在空中许久，才抬头看向项夏，他对字条的内容有很多的疑问，“东施效颦”的字面意思很明显，难道“二哈”在模仿别人？

“她乱写的。”项夏慌乱地把作业本抢了过来，又把字条抓起，懊恼地揉碎在手心里。

被偶像看到这样的字条，项夏无地自容，咽喉间好像堵塞了什么，呼吸困难，眼睛刺痛。

项夏虽然生气，却没法怨恨潘多多，项夏模仿她是事实，她觉得难堪也能够理解，特别是于圣杰生日那天，他扔掉她送的笔记本，转而向项夏索要礼物，狠狠地打了她的脸，她的心态失衡了。

靳韩直起了腰，虽看不出什么情绪，但项夏能想象，她在偶像心目中的形象更糟糕了。

“东施效颦”四个字，好像钢针一样扎进了项夏的心，她觉得自己是时候改变了，模仿已经让她穷途末路了。

第五章
偶像烦恼

因为校园海报事件，项夏出名了，她不但在同学中间臭名远扬，连K高的教职工都认识她了，特别是戴着老花镜的语文老师，提问时第一个叫了项夏。

“项夏，解释一下这段文字，作者想表达的思想是什么？”

平时上课，老师从来不点她的名字，所以她都是不带心听课的，别说什么作者表达的思想，连老师问的是哪一段她都不清楚。站起来后，她呆呆地戳在原地，尴尬得满脸通红。

“心思没用在学习上吧？”

虽然老师的责备很委婉，但她也能听明白其中包含的意思，她垂下了头，手指死死地揪着衣襟。

“坐下！”老师斥责了她，叫起了靳韩。

偶像就是偶像，项夏对他佩服得五体投地，就算平时要背台词、试镜、参加各种采访，他在学习上仍旧出类拔萃。

好听的声音、流利的表达，靳韩好像洞彻了作者的心思，把中心思想挖掘得很透彻。他站在她身边，光芒四射。

项夏不觉自惭形秽，她从小就崇拜靳韩，收集了关于他的各种信息，却连他的皮毛都没学到，她是不是该有所改变了？

靳韩出色的表现，引来了不少羡慕的眼光，只有一个人略显不安，潘多多低着头，拼命地翻看参考书，希望从中找到他所回答的答案，证明他是提前背过了，可惜参考书上什么都没有，她心慌了。

作为K高的学霸，考第一是潘多多的目标，也是她的荣誉，当这种荣誉受到了威胁，她便失去了安全感。

靳韩的优秀，不仅仅体现在语文课上，数学课、物理课上也是一样，他的脑袋好像有神一样的力量。

“我太崇拜他了，那么优秀。”

才仅仅两天，靳韩就在K高圈了不少粉丝，“高岭之花”的美誉也向他逐渐倾斜了过去。一向拍于圣杰马屁的张斌，见到靳韩时的表现也不一样了，这让于圣杰很恼火。

中午吃饭的时候，项夏又早早跑去食堂排队了，她发誓这次一定小心谨慎，帮靳韩占据一个好位置。

为了提防于圣杰，项夏特意戴了一顶帽子，将帽檐儿压得很低，防止被于圣杰发现。可惜她排了大约半个小时，也没看到靳韩的身影，他这是放弃在K高食堂用餐了吗？

打了饭菜，项夏一边吃一边朝食堂门口看着，于圣杰端着餐盘大步走了过来。

“看不出来呀，你这丫头还挺嚣张的。”他的手指用力弹了项夏的脑门儿一下，她气恼地摸着额头，却不敢大声发作。

“不知道你在说什么。”

“大晚上跑过来贴海报，胆子够大的，小心遇到鬼……”于圣杰做了一个“见鬼”的动作，虽然看着挺滑稽，项夏却一点儿都笑不出来。

“如果我说是罗丽拉贴的，我跑去是撕海报，你信吗？”

“可信度不高。”于圣杰摇了摇头。

“就知道没人信我……”项夏嘟囔了一句后猛塞了一口饭，却怎么都吞咽不下去，不被人信任的感觉很寂寞，她急需一个支持者。

“我知道你是去撕海报的。”于圣杰突然来了一句。

“你知道？”项夏张大了嘴巴，米饭差点儿从嘴里喷出来，于圣杰嫌弃地做了一个闪避的动作。

“你不会激动得喷饭吧？”

“不，不，你怎么知道的？”

“废话，罗丽拉那种猪脑子，什么事能瞒住我？”

“既然你知道，能不能去陈老师那里帮我解释一下？”项夏好像遇到了救星一样，恨不得马上拉着于圣杰去见陈悦雯，帮她洗清嫌疑。

“你的脑子也变成猪脑子了？”于圣杰拍了项夏的脑袋一下，他凭什么帮她解释？臭丫头现在得寸进尺了。

“呜呜……”项夏委屈地抹着鼻子，眼眶含泪地看着于圣杰，“主任觉得我有心理障碍。”

“不错呀，免费治疗，你也该吃点儿药了，好好的帮那小子干什么？”于圣杰站了起来，得意地吹着口哨走开了。

“可恶的家伙！”项夏懊恼地咒骂了一句，再没胃口继续吃下去了。

她回到教室，靳韩还没回来，他的桌子上放了不少好吃的，有饼干、薯片，还有鸡米花，堆得好像一座小山，书桌里还放着几盒不同口味的酸奶。项夏禁不住笑了一下，没想到靳韩对自己还挺好的，只是他买的零食是不是有点儿多了？他不会把学校的小超市搬空了吧？

“刚才（4）班的王琳琳送酸奶来了，唉，当明星真好，一分钱不花，什么好吃的都有，真让人羡慕。”

“一个中午就没消停过。”

……

项夏竖着耳朵听着，敢情这些零食不是靳韩买的。

十二点半的时候，靳韩回来了，看到满桌子的零食，表情没项夏想象中那么开心。

张斌笑嘻嘻地凑上来，问靳韩能不能分享一点儿，这么多零食一个人也吃不了，靳韩干脆把所有的零食都给了他。

“拿去吧，我不喜欢吃零食。”

“太好了，有口福了。”

张斌把零食大包小裹拿走后，借花献佛地分给了教室里的每一位同学，其中一包薯片到了项夏手中。

和偶像当同桌，除了当快递员辛苦点儿之外，偶尔也有那么一丁点儿好处，就好像现在……看着手里的薯片，又看了看身边的靳韩，项夏哭笑不得。

靳韩清空了桌面，拿出一份打印好的文件一页页看着，时不时会皱一下眉头。项夏偷偷瞥了一眼，好像是什么剧本，这次不知靳韩又要出演什么角色了。虽然是靳韩的忠实粉丝，但项夏也得承认，靳韩这两年参演的影视剧不多，而且大多数角色都是给大牌明星配戏，有的还是昙花一现，几句台词罢了。

才看了一会儿，靳韩便不耐烦地将剧本合上了，从他紧锁着的眉头可以看出，这个剧本并不能吸引他，身为被光环围绕的明星也有烦恼吗?

项夏回忆关于靳韩的采访与报道，他的笑容始终那么阳光，和现在真的不一样。

“这年头，知人知面不知心呀。”

耳边传来罗丽拉充满嘲讽的声音，项夏抬起头，正好和她的目光相撞，她的小拇指朝下比画了一下。

项夏不安地把目光移开了。

罗丽拉抿着唇瓣，慢吞吞地整理着桌面上的书本，拿起数学练习册的时候，什么东西从里面掉了出来，看着好像是一封信，如果项夏猜得没错，应该是某个男生写给她的情书吧?

在K高，罗丽拉很有男生缘，可是女生都对她敬而远之，甚至对她有些厌恶，罗丽拉身上，深刻地展现着同性相斥、异性相吸的真理。

罗丽拉心情不好的时候，什么事都做得出来，这封情书来得不是时候。

正如项夏猜测的那样，罗丽拉抽出信纸简单看了一眼便走上了讲台，毫不客气地大声读了出来。

“亲爱的罗丽拉，我仰慕你已许久……哈哈！”

末尾的笑声有些歇斯底里，充满了不屑，刘浩然的脸白了。

虽然是一封匿名情书，但出自谁的手，罗丽拉一下子便猜出来了，她就是不给他面子，让他在全班同学面前出丑。

她这样公开情书的内容已经不是第一次了，最初，大家还表现得十分惊讶，不理解她的行为，时间长了也就习惯了，甚至还有女生拿这个来开玩笑。

当然，项夏也收到过情书，只有一句“我爱你”，她激动了一个晚上后才知道是孙歆的恶作剧。礼尚往来，她也回敬了孙歆一封，终日打鹰的孙歆，面对同样的伎俩竟然无法识破，被鹰啄了眼，傻呆呆地憨笑了好久，至今项夏也没说那封信是她写的。

“偷偷摸摸，见不得光，做贼不心虚吗？你敢不敢大声承认？哼，敢做不敢当，当别人是瞎子、傻子？”

罗丽拉当场将情书撕成了两半，扔在地上，还不忘踩上一脚，刘浩然羞恼得快钻到桌子底下了。

表面看来，罗丽拉在痛斥一封匿名情书，可项夏怎么听出了一丝丝影射的味道？海报事件应该让罗丽拉发觉了什么吧？

读完情书后，罗丽拉的一双眼睛直射向了项夏，项夏用书挡住了脸，她几步从讲台上走下来，一把将项夏遮脸的书拿掉了。

“别以为我不知道你干的好事，哼，现在你还有时间想一个好的解释，我们放学见。”

“什么解释？”

项夏装糊涂，罗丽拉冷冷一笑。

“你心里清楚，记住，解释不好，我会让你好看。”

罗丽拉冲项夏挥了一下拳头，不屑地甩了一下长发转身离开了，随后，孙歆冲项夏狐假虎威地做了几个发狠的动作。

项夏烦恼地捏住了额头，她明白罗丽拉想要的解释是什么，就像罗丽拉刚才嘲讽说的，偷偷摸摸，敢做不敢当，好像许久之前她就这样了，不仅仅不敢面对自己喜欢的足球，还有暗地里模仿潘多多，甚至不敢当面承认是靳韩的粉丝……她做了许多违心的事。

虚伪，这是罗丽拉让孙歆传给她的字条上写的。

项夏扪心自问，她真的虚伪吗？也许是吧，在人生的十字路口，她一直徘徊不前，明明是缺乏勇气和信心，却要找那么多的借口为自己搪塞。至今她都不知该去哪个地方，才原地转着圈圈。

罗丽拉约项夏放学后在校门口见，校主任和心理老师也安排了“预约”，班主任还要和她做最后的谈话，项夏瞬间成了K高最忙的人，分身乏术，她还听说靳韩的几个忠实粉丝还要对她进行一次毁灭性的打击，她必须处处小心谨慎。

整个下午，项夏都没什么精神，真想找个坑把自己埋了。

第一个预约，她要去心理辅导室，校心理老师刘刚已经等她十几分钟了，据说刘老师三年前获得了心理咨询师资格证书，治疗了不少患者，当然这些患者都是K高的学生，对于心理辅导这种事，项夏是很排斥的，总感觉见了心理老师，就说明她心理不健康。

“坐吧。”

椅子摆放好了，还准备了一杯茶，刘老师这是打算长期作战了。

项夏乖乖坐下来，好像待宰的羔羊，等待锋利的小刀子对她进行细致的肢解。

刘刚果然能说，一个多小时不带重复的，项夏原本就一夜没睡好，听他这样口若悬河，她更是困得东倒西歪，偶尔一激灵，她才能听进去几个字，眼巴巴地看着刘老师嘴唇翕动，项夏在想这是他给她做心理辅导，还是她听他的倾诉呀？项夏就差倒立在墙壁上了，一个半小时后他终于停了下来。

“说说你的心理感受吧，对比我刚才说的。”

心理感受？项夏现在只想找个地方静一静，她闷了好一会儿，才吞吞吐吐地说了一句话：“我要说的，您已经替我说完了……”

“喀喀，好吧，我们来做沙盘游戏。”

“还要做游戏？”

沙盘游戏是一种心理治疗方法，在心理治疗师的陪同下，患者将各种玩具模型摆放在细沙容器里，创造出一个脑补的场景，由这个场景，心理治疗师进行病情分析，虽然项夏不知道沙盘治疗有没有用，但她很想大声对心理老师说，老师，我没病！

项夏的沙盘游戏做得一塌糊涂，刘刚紧锁着眉头，觉得眼前的女生病得不轻。

“我听你班主任说了，你曾想过自杀……”

项夏差点儿背过气去，深刻地感受到在心理老师的眼里，她已经不再只是有心理障碍的孩子了，而是一个抑郁症晚期、不可救药的神经病。

“我是不小心掉下去的。”

“嗯，很多孩子这么说。”

无力反驳，也懒得反驳了，项夏叹息了一声，只盼着心理治疗早点儿结束。

好不容易从心理咨询室逃脱出来，走在校园的林荫路上，项夏感到芒刺在背，每次回头，都能看到三三两两奇怪的目光，连平时和她关系稍微好点儿的几个女生也疏远了她，好像她是随时可能咬人的僵尸。

第二个预约者是校主任，谈话的内容，大体是这样，赵主任之前费力给项夏安排的校足球队名额，因为她“病情”严重，要重新考虑了。

“你先接受心理治疗吧。”

“我没病……好吧，我知道了。”

项夏想和主任极力辩解一番，可想想心理老师的长篇大论，还是放弃了，也许这样更好，免去她无谓的心理挣扎了，对项夏来说，最惨烈、最糟糕的情况已经经历了，还怕失去一个校队替补的名额吗？

“项夏，我感到很遗憾。”

“没什么好遗憾的，像心理老师说的那样，我的这个行为在一瞬间爆发是由很多因素积累而来的。”

虽然项夏还不知道那些因素是什么，但他们已经强加给她了，在老师们眼里，这是一个必然要发生的行为，与靳韩来不来没多大关系。

校主任突然沉默了，这位肯与青春期少女站在一起的男人大约听懂了什么吧？

“好了，你回去吧。”

“谢谢主任。”

离开了主任办公室，项夏第三个要见的人是班主任陈悦雯，也是最让她感到头痛的。

陈悦雯一向都是急性子，见到项夏时的那种失望、愤怒溢于言表，毫不掩饰。

“本打算夸奖一下你这次的数学周考，却没想到你能干出这种事，你太让我失望了。”

“哦。”

项夏垂着眼睛，噘着嘴，心里比谁都明白，就算没有海报事件，陈悦雯也不会夸奖她的，陈悦雯早就将她拉进黑名单了，夸奖这种事是不存在的。

“检讨写完了吗？”

“检，检讨？”项夏这才想起，她还有一份检讨没有交，昨夜忙于撕靳韩的海报，又被保安抓住，她哪里还有时间写检讨？

“没有。”

“项夏！”

一声如雷的怒吼后，陈悦雯忍耐的底线被打破了。

项夏早已练就了避而不听的神功，任由陈悦雯的嘴巴一张一合，可以完全无视她的声音，让自己的思想神游天外，她甚至在脑补一个画面：校门口，罗丽拉带着她的“打手”堵住了大门，孙歆凶神恶煞，其他两个女生也虎视眈眈，而项夏则像一只待宰的小绵羊，怯怯地站在她们面前，任由她们左一刀右一刀地开始切割，直到她奄奄一息跪地求饶。

可她会吗？当然不会，面对校园欺凌，她怎么都要反抗一下，不行就跑，凭借她的两条飞毛腿，罗丽拉及其党羽是追不上的。

兵来将挡水来土掩，项夏决定一会儿和罗丽拉来个鱼死网破。

“我刚才说的，你听懂了吗？”

陈悦雯终于说完了，项夏用力地点着头。

“听懂了。”

“回去写五千字的检讨，两次写在一起，一个字都不能少，明天给我。”

“五千？明天？”

项夏瞪圆了两颗大眼珠子，陈悦雯这是不打算让她睡觉了吗？五千字的检讨要写到什么时候？就算抄袭也得能找到同款呀。

面对陈悦雯的坚决，她无法反驳，只能默默接受。

项夏没精打采地回到教室，靳韩已经请假离校了，听说他妈妈亲自开车来接走了他，据说靳韩又要试镜了。

最近他的经纪人有点儿烦恼，稍微好一点儿的制作团队，即便是配角，他也很难进去，一般的制作团队，她又不想儿子参与，高不成低不就，挑三拣四，他在荧屏露面的机会越来越少了。

娱乐圈就是这样，大家都在混脸熟、混人气，若你长时间不在荧屏上出现，慢慢也就淡出了人们的视线，被遗忘是迟早的事，这也是韩晓波担心的，所以她才会这么频繁地约见导演，频繁地让靳韩去试镜。

靳韩也是疲于应付，一边要听从老妈的安排，另一边又要完成学业，当两者发生冲突时，他只能放缓学业。这样的形势让陈悦雯很上火，她和项夏谈完话之后直接去了主任办公室反映情况，就学生为了发展特长经常迟到、早退甚至旷课的问题和主任进行了说明。

“主任，你不能再怂恿孩子们发展特长了，看看现在都成什么样子了？只有一年就要高考了，却拿不出一点儿备考的状态，有的学生想走就走，完全忽略了文化课的重要性。”

“你在说靳韩？”

“是的，靳韩是一个有潜力考上清华、北大的学生，如果再把精力都放在表演上，很可能会荒废学业，我怕他到时候，表演和文化课都扑空。这就好比雾里看花，每个人都在抓似是而非的部分，却无法分辨哪些是混混沌沌的，哪些是清楚明白的，作为老师和长者，我们有义务去帮助他们。”

“可我们也要听听学生的心声，他们的选择。”

“他们的选择是盲目的。”

“孩子们有能力判断自己想要的是什么。”

“您这是纵容！”

“是尊重！”

“赵进！知道你有多固执吗？”

陈悦雯愤怒地按住了赵进的办公桌，眼睛圆瞪，银牙紧咬，赵进微微挑了一下眼眸，笑了。

“关于我的个性……大学时你就知道了。”

陈悦雯的脸红了，这还是她和赵进共事这么多年，他第一次提到大学时的事，那时他们还是情侣，关系十分密切。

话题变了，气氛也就不同了，争论的话题由酷暑跌入寒冬。

陈悦雯张合了两下嘴巴，竟一个字都说不出来，气氛僵持了一会儿后，她找了一个借口狼狈地退出了主任办公室。

陈悦雯走后，赵进掏出烟盒，抽出了一支烟，在手心里戳了两下，又收起来了，学校有规定，老师不能在办公室里吸烟，主任也不例外。

关于陈老师和赵主任为什么会分手，版本很多，仅张斌能说出来的就有三个，什么性格不合、移情别恋，连始乱终弃都出来了，可真正的原因，只有当事人自己知道。

预约谈话结束，项夏还要接受惩罚，打扫高二（6）班负责的卫生区。

教室里，大家都在安静地上自习，只有项夏一个人提着水桶、拿着拖把费力地拖着地，平时这个活儿都是要三个人一起完成的，两个人负责提水，一个人拖地。因为项夏接二连三地闯祸，陈悦雯格外“关照”她，让她一个人承包了整个走廊。

项夏累得腰酸胳膊痛，眼看胜利在望，孙歆却在这时推开教室的门出来了，这家伙好像过节一样，揣了一兜的零食，一会儿掉点儿瓜子，一会儿扔点儿薯片，还嘴漏地不断地滴酸奶。

“孙歆，你掉渣吗？”项夏停住了拖把，不悦地看着她。

“你说谁掉渣？你才掉渣。”

孙歆打开酸奶，一下喝了进去，然后将酸奶盒子直接扔在了地上，刚擦过的地面又是一片花。

“你，你你……”项夏气得小脸发青。

“怎么？生气了？”孙歆得意地仰起下巴，指了指教室，“告诉你吧，是罗丽拉让我这么干的，有本事你进去找她呀，实在气不过，打我也行，来来来！”孙歆挽起袖子，一副要冲过来的架势。

“打就打！”项夏已经出离愤怒了，她用力将拖把扔在地上。

孙歆惊得眨巴了一下眼睛，今天小结巴这是怎么了？敢和她叫板？

“哎呀，和我打架？你想不开吧？”

四下里瞄了两眼，没见老师的影子，孙歆迈开步子向项夏冲了过来。作为K高最雄壮的女生，孙歆怎么可能怕项夏？一具庞大的身体飞奔起来，走廊的地面都在震动，项夏吞了口气，提起了水桶，对准孙歆的脚，半桶水泼了出去，再看孙歆，哎哟一声怪叫，双臂在空中有节奏地摇动着，脸上的肥肉还在颤抖，坚持了不到两秒钟，便四仰八叉地摔在了地上。

“快来人呀，孙歆摔倒了！”

项夏不等孙歆爬起来，大声地冲着教室喊了起来，她就是要大家看看孙歆是怎么出丑的，看她以后还敢不敢欺负人。

可能是孙歆平时树敌太多了，教室门一开，一群人争先恐后地跑出来，看到她狼狈的模样，都哈哈大笑起来。

罗丽拉推开人群走过来，气得鼻子都要歪了。

“笨！”

孙歆躺在地上，胖脸通红，因为身体太重，摔得又狠，挣扎了两下又躺下了。

罗丽拉气恼地跺了一下脚，骂了一句没用，转身又回教室了。几个男生跑上来，连拉带拽地将孙歆从地上拖了起来，她揉着胯骨，痛得良久没敢动一下。

“你等着，小结巴！”孙歆吃了大亏，不甘心地瞪着项夏。

“等着就等着！”项夏拿起拖把用力甩了一下，孙歆吓得慌忙躲开，不敢再走上前一步。

拖完了走廊的地面，放学的铃声也响了，项夏收好了水桶和拖把却迟迟没敢离开教室，她在担心罗丽拉和孙歆，虽然她几次探头看去，校门口都没有什么可疑的人，但她敢肯定，罗丽拉和孙歆一定藏在某处，只等着她出去，给她一个下马威了。

可时间到了，学校要清理在校学生的，她又不得不硬着头皮离开。

大门不能走，只剩下跳墙了，收拾好了书包，项夏避开了保安溜到了学校的后门，决定翻墙回家。

可她万万没有想到，跳出墙的一刹那，罗丽拉出现了。

“翻墙？算定你会这么干！”罗丽拉抱着手臂阴险地笑着，她的身后，孙歆和另外两个女生怒目而视，恨不得马上扑上来把项夏掐死。

她们这是生了顺风耳还是千里眼，怎么会知道她要跳墙的？

项夏紧张地退后了一步，左右看了看，这里是学校的死角，别说老师，连个学生的影子都看不到，她自认缜密的心思反而害了自己。

“撕海报？项夏……你真行，敢骗我是靳韩的黑粉？”罗丽拉怒火中烧，甚至能听到自尊破碎的声音，作为K高的校花、大姐大，她对欺骗零容忍。

项夏一直觉得自己活得像个乌龟，缩在壳里，连头都不愿探出来，能躲就躲，能避就避，即便是违了心，也不愿去面对，可这次海报事件，她不想再缩了，必须连头带脚都伸出来。

“我没骗你。”项夏抬高了下巴。

“我问你的时候，你没否认。”

“不想和你争辩。”

没承认，何来的欺骗？在那样的情况下，项夏能做的就是离开。

“你是靳韩的粉丝？”

“死忠粉！”项夏点头承认了，作为死忠粉，她不允许罗丽拉抹黑靳韩，在力所能及的范围内，她会不惜一切代价阻止罗丽拉。

罗丽拉的脸色更加难看了。

“死结巴，长胆子了！”

“崇拜谁，不崇拜谁，是我的自由，你没权利管。”

项夏试图从孙歆身边溜出去，却被孙歆一把揪住了。

“别想走。”

“你们，敢胡来，我喊，喊人了。”

“喊吧，看谁敢救你。”

保安都在正门那边，路过的学生就算听见喊声，知道是罗丽拉在这里，也不敢多管闲事，项夏今天只能自求多福了。

“你们还愣着做什么？让这个死忠粉尝尝包庇靳韩的苦头！”

罗丽拉下了命令，孙歆早就等不及了，没了水桶和拖把当防身武器，项夏就是一个软柿子，她想怎么捏就怎么捏。

项夏回头看了看高墙，想翻回去已经不可能了，她只能背水一战。

孙歆扑上来，用庞大的身躯将项夏笼罩住了，另外两个女生左右包抄，不知是哪个不要脸的，还撕扯她的头发，才几分钟，项夏的脑袋就成了鸡窝头。

孙歆是真不要脸，扯她的头发也就罢了，还拽她的衣服，校服一旦撕坏了，还得再花钱买，到时候老妈又要唠叨她打架闹事了。

“别，别撕我衣服，最多，最多给你们打两下。”项夏用力推着孙歆的手，死肥婆太沉了，快把她压死了。

喘不过气，说不出话，项夏感觉自己像可怜的小鸡，正在被人扔进滚烫的热水中一点点拔着毛。

孙歆大嘴一咧，伸出爪子捏住项夏的脸蛋儿时，高墙上面突然跳下来一个人。

“原来你在这儿。”

声音听起来有点儿耳熟呀，项夏透过孙歆的肩膀看了过去，竟是于圣杰。

看到于圣杰来了，罗丽拉赶紧把准备拍在项夏身上的爪子收了回来，快速整理了一下衣服，装出了一副淑女状，和刚才判若两人。

项夏气恼地看着罗丽拉，这死丫头简直就是一个千面狐狸，想怎么变就怎么变，泼妇秒变淑女，本事果然不一般。

“你找我？”罗丽拉忸怩地问于圣杰。

“不找你，找她！”于圣杰的手指指向了项夏，看到她被孙歆压得五官扭曲的狼狈模样后，他竟啧啧地赞叹了起来。

“这是今年流行的新脸型吗？发型好像也不错。”

于圣杰走到项夏面前，按住了孙歆的手臂，她翻着白眼想要争辩，可接触到于圣杰阴森的目光，只能吞了口唾沫，乖乖地松手退后了。她放弃了，另外两个女生也只好灰溜溜地离开了。

项夏以为于圣杰是来落井下石，联合罗丽拉一起修理她的，却没想到他是来救她的。

“这么看着我干吗？还不走？”于圣杰冲项夏瞪着眼。

“什么？”

她有点儿丈二的和尚摸不着头脑，她怀疑于圣杰是不是要出什么幺蛾子，他今天的行为不符合他平时做事的风格。

“怎么？还想让我请你吃饭呀？”于圣杰伸手打了项夏的脑袋一下。

“真的，让我走？”

“不然呢？”于圣杰反问。

“哦哦，我走，马上走。”

她求之不得，怎么可能留下来？迈开步子，她撒腿就跑。

她一边跑，一边想，太阳这是从西边出来了？于圣杰也有乐于助人的时候，在她眼里，他就是一个无恶不作的浑蛋，去年逼得一个男生退学，那个男生哭哭啼啼的样子她现在还记得，现在这样帮她？她完全摸不透他的心思。

会不会是她上次不小心撞见他哭，手里有了他的把柄？他担心她说出来，这样帮她不过是卖个人情？

越想越觉得这种可能性很大，项夏竟有些心安理得了。

一口气跑回了家，才冲进小区的大门，就和一个人撞了一个满怀，啪嚓，什么东西摔碎了，许是冲击力太大了，项夏只觉得眼冒金星，好长时间才看清眼前的人，怎么又是靳韩？

他换了一身米色的休闲装，呆若木鸡地站在项夏面前，双手还擎在身前，只是手中已空空如也，地上是一堆碎瓷片，那是一只花瓶吗？

“这……”项夏抓了一下头发，脸红了。

靳韩惊愕地半张着嘴巴，直勾勾地看着项夏，他想不通为什么会这样，每次遇到这个鲁莽的丫头，他的境遇都会这般狼狈。

这是他母亲刚从古董店买回来的古董花瓶，是明清时期的珍品，打算让他亲自送给王导演，结果，昂贵的礼物还没出小区的大门，就这么葬送在了项夏手中。

“项夏！”靳韩的手指慢慢合拢变成了拳头。

“不好意思，我没看见。”项夏抱歉地笑了一下。

“没看见？”靳韩的一张脸紧绷绷的，牙关紧咬，这丫头是不是故意的？上次是风挡玻璃，这次是古董花瓶，下次还会发生什么？他严重怀疑自己遇到了克星。

“我真不是故意的，刚才……跑得太快了，我，我帮你……捡起来。”

项夏懊恼地蹲下来，发愁地看着满地的碎瓷片，不知该从何捡起，这至少摔了十几片，已经没了捡拾的价值。

“走开！”靳韩气恼地推开项夏，大步流星地向小区大门走去。

“喂，花瓶，不，不要了吗？”项夏冲靳韩的背影喊了一声，他头都没回一下，脊背僵硬得好像铁板。

花瓶摔碎了还有什么用？她觉得自己刚才的话听着有幸灾乐祸的嫌疑，唉，又做错事了。

项夏愁眉不展地蹲在地上，一边捡花瓶碎片，一边想，靳韩怎么会出现在他们小区？如果说是路过，有些讲不通呀。

“哎哟，是小夏夏呀，放学了呀？”刘奶奶牵着她的小泰迪宝贝过来了，眯着一双皱巴巴的小眼睛冲项夏笑着。

“嗯，放学了。”项夏一块一块捡着碎片，刘奶奶倒十分热心，怕她扎了手，颤颤巍巍地拿来一把扫帚，一股脑儿将碎片扫进了一个撮箕，经过二番折磨的花瓶碎片更没法看了。

“我替你扔掉吧，你回家乖乖写作业。”

刘奶奶要把碎片倒进垃圾桶，项夏赶紧拦住了她。

“别，别，还要的。”

“哦。”刘奶奶把碎片还给了项夏，就这样，靳韩的破碎花瓶进了项夏的家。

躲进卧室，项夏把碎片一片一片地摆在了桌子上，看着满桌子的碎瓷片，她发愁了，这要恢复原貌该是一个多大的工程呀，她上网查阅了一下古董修复技术，感觉自己遇到了一个棘手的问题。

“项夏，吃饭了。”老妈的喊声从外面传来，项夏赶紧把碎瓷片收起来，然后去了餐厅。

今天夏秀珍的心情特别好，一边吃饭一边和项夏聊天，她说起了最近搬来的一个新邻居。

“真是巧了，隔壁楼搬来的新邻居，你猜是谁？”

“谁？”项夏问。

“你砸了风挡玻璃的那家……”

“噗！”

不等夏秀珍说完，项夏一口饭喷了出来，夏秀珍连眨了好几下眼睛，看着满桌子的饭粒子，好心情一下被喷没了。

“你这孩子……干什么呢？”

“靳，靳韩住在这个小区？”

项夏震惊地站了起来，至少一分钟，她处于心神呆滞的状态中，怎么会这样？她不但和偶像成了同桌，还成了邻居？难怪在小区里会撞见他。

“我说……那孩子怎么看着那么眼熟呢，你墙上贴着的不就是他吗？”

“妈……”

项夏严肃地看向老妈，关于她是靳韩粉丝的秘密一定不能传出去，特别是贴了满墙的照片，如果被靳韩知道这件事，会不会笑破肚皮？

“我马上把墙上的照片都拿下来，不要说出去呀……”

“哦。”夏秀珍观察了一下项夏，似乎想到了什么，露出了一副担心的神情。

“项夏，妈先给你说好了，贴照片、追星，怎么样都行，就是不能早恋，这孩子已经来了我们小区……”

“妈！”

项夏瞬间无语，老妈的想象力果然丰富，联想能力也很强，话还没说几句，又跑到“早恋”的问题上了，先是于圣杰，现在又是靳韩，只要有男孩子出现在她身边就都有嫌疑。

唉，轻叹了一声，老妈和班主任也太看得起她了，一个平庸的小结巴，就算想早恋，也轮不到她呀。

第六章 有大计划

耷拉下了脑袋，项夏没精打采地回了房间，摆着“大”字趴在了床上，抬起眼皮，刚好能看到靳韩的照片，他在笑，张扬着青春，挥洒着阳光。

为什么现实中的靳韩和照片里的不大一样呢？现实中的靳韩，眼中隐含着一种说不出的忧郁，而照片里的他，却什么都看不出来，到底有什么事困扰着他，让他烦恼呢？记得第一次和他相遇，她把他当成了路人甲，那时的他看起来有些沉闷，他们第二次相见是在K高的校门口，他的眉头紧锁着，第三次……他走进了高二（6）班的教室，虽然还算阳光，但也是冷冷的不愿多说一句话。

作为粉丝，项夏希望靳韩永远活得朝气蓬勃，她能为他做的，一定会去做。

看着靳韩的照片，项夏想到了刚刚放学回来时的尴尬，抽屉里还放着花瓶的碎片，她又犯了错误。

虽然不情愿，项夏还是爬了起来，写完作业后开始东拼西凑那五千字的检讨，什么“对不起”“很抱歉”“下次一定改”之类的话不知写了多少，可数数字数还差一半多呢。

眼看三点半了，项夏困得眼睛都睁不开了，可检讨还差了不少呢，没办法，她只好打开电脑开始抄袭，为了凑数字，她甚至连歌词都写上去了，抱着一种侥幸心理，项夏期待陈悦雯老师只是走马观花一眼掠过。

拼凑完了检讨，项夏疲惫地爬上了床，连衣服都没脱便见周公去了。

她睡得晚，起得却比鸡还早，老妈在厨房里做饭，闹铃疯一样狂吼着，项夏双眼赤红地爬起来，穿衣洗漱，又利用上厕所的一点点时间背晨考知识点，晨起争分夺秒，吃饭狼吞虎咽，鸡飞狗跳的一天又开始了。

知道靳韩搬到这个小区后，项夏出门时格外小心，时刻警惕着周围的声音，眼睛也睁得很大，好像做贼一样。

靳韩起得比项夏还早，她出小区的门时，靳家的车已经开走了，透过后车窗隐约还能看到他的影子。

从小区到学校只有几站路，去除拐弯抹角的小路，穿小巷口、翻绿化带大约不用二十分钟，住在这个小区的K高学生几乎都是走路上学的，只有靳韩，好像被保护得很好的少爷，走到哪里都有人接送，听说他最红的时候还有保镖。

马路边，项夏一边溜达，一边踢石头子儿，到了商业街附近时，看到靳家的车停在一间咖啡屋外，靳韩的母亲韩晓波正在和一个头发花白的男人说话，靳韩站在她身后，无聊地双手插兜，两眼望天，似乎对母亲和男人之间的话题没什么兴趣。

韩晓波又在安排靳韩的档期吗？

“还真是忙呀……”

项夏探头朝那边看着，当发现靳韩扭头看过来时，她立刻避开目光，假装什么都没看到的样子继续朝前走。

走出去不远，项夏看到了一个形迹可疑的女生，那个女生穿着K高的校服，正藏在街道的拐角处，举着手机在偷偷拍照，而她拍照的对象是靳韩。

项夏经常看娱乐新闻，某某明星遭遇狂热粉丝跟踪，不堪其扰，更有甚者，粉丝痴缠明星，对其进行骚扰甚至偷拍一些私人照片到处传播。

难道这是个跟踪狂？

女生还在专注地拍照，偶尔翻看一下手机露出让人厌恶的笑容。

“真可恶！”

项夏无法做到袖手旁观，她一个箭步冲过去，一把将女生手中的手机抢了下来，女生毫无防备，先是吓了一跳，当发现是项夏时，立刻怪叫了出来。

“你干什么抢我手机？”

“谁让你偷拍的？”

项夏一张张翻看着手机里的照片，果然是个变态跟踪狂，全是抓拍的靳韩不帅的一面，什么闭眼、张嘴、咳嗽，甚至还有擤鼻涕的照片，没有一张是正常的。

“你有病吧？拍这些做什么？”

“关你什么事？”

女生发疯地来抢手机，项夏一边躲一边删，女生抢不过她，竟抓起了竖在墙边的一根大木棍，冲着项夏的脑袋狠狠砸了过来。项夏惊恐躲避，照片被删得差不多了，将手机一甩，撒腿就跑。

她跑出去很远之后，那个女生还在叫嚣。

“别以为我不知道你是谁。项夏，你等着。”

项夏听着身后的喊声，禁不住笑了出来，等着就等着，K高的于圣杰她都招惹了，还怕一个跟踪狂吗？

帮靳韩处理掉一个跟踪狂，项夏的心里踏实了许多，觉得自己总算为靳韩做了一件好事，希望以后也是如此，不再弄巧成拙。

到学校后，项夏做的第一件事就是去班主任的办公室，上交了五千字的检讨，早上的时间老师最忙，不是开会就是背教案，哪儿有闲工夫读这么长的废话，等一天的工作忙完了，估计她也把这件事忘记了。果不其然，陈悦雯简单扫了一眼检讨，直接塞在了书架里。

“先回去吧，等有时间再找你。”

“哦。”

项夏装出一副乖巧听话的样子，心里却在暗暗盘算，不出三天，陈老师就会把她黑靳韩的事忘掉，马上就要期中考试了，陈老师哪里有时间管她的琐事？

检讨蒙混过关了，项夏还面临着一个窘迫的状况，就是同桌靳韩，她昨天不小心撞碎了他的花瓶，他一定很生气，不知会不会和之前一样，不依不饶地追她要赔偿？一块风挡玻璃要五万元，一只花瓶大约值多少钱呢？

怀着忐忑的心情，项夏回了教室，她才推开教室的门，就听见一声刺耳的尖叫，接着飞来了一块香蕉皮……

马上就要到晨考的时间了，老师就要来了，谁这么大胆搞这样的恶作剧？

眼看香蕉皮就要打中项夏的面门，她一个灵猴闪身避开了，香蕉皮呼啸而过，不知谁那么倒霉，刚好站在项夏身后，被香蕉皮打了一个正着。

哈哈哈，项夏抱着看热闹的心情转过身，和陈悦雯打了一个照面，香蕉皮在陈老师的鼻子上停留了片刻掉落在了地上。

尴尬，项夏的笑容凝固了，脸上的肌肉连抖了好几下。

“老，老师？”

感觉形势不妙，项夏舌头一伸，转身就跑。

“谁干的？”

陈悦雯怒火中烧地看着教室，桌子倒了，椅子翻了，空中飞的都是书本，还有人叫嚣着上了讲台，在黑板上胡乱地画着。乱糟糟的涂鸦中，项夏看到了两个字——靳韩，又是因为靳韩吗？

明星来了K高，班里就没消停过，门槛儿差点儿被人踩平不说，每天都有不一样的剧目上演，安静的学习氛围被彻底打破了，黑粉和忠粉暗中较劲儿，连带一些不追星的同学也利用这个机会发泄情绪了。

靳韩走了进来，他站在陈悦雯身后，也被眼前的一幕惊呆了。

至于到底发生了什么事，项夏和他们一样疑惑。

“造反吗？”陈悦雯愤怒地吼叫着。

教室里一下子安静了下来，大家你看看我，我看看你，该搬桌子的搬桌子，该捡书本的捡书本，项夏看了一眼靳韩的书桌，不知谁把他的东西都翻了出来，还在桌子上洒了五颜六色的墨水，地上还扔着黑靳韩的海报。

靳韩走了过来，站在书桌旁，目光扫过地上的海报，然后挑起眉看向项夏。

“不，不是我干的，我也才来。”

项夏不想再背锅了，这海报跟她半毛钱的关系都没有。

靳韩皱了皱眉头，把书包从肩头上拉了下来，掏出纸巾一点点地擦着桌子，桌子上的墨水太多了，纸巾很快用完了。

“我……帮你。”

项夏拿出了一块抹布，想帮靳韩擦桌子，可想想自己每次的好心都办了坏事，还是老实地把抹布放在了靳韩的桌子上。

靳韩抬头看了项夏一眼，稍微犹豫之后，接过抹布继续擦桌子了。

这还是第一次，靳韩肯接纳项夏的好意，虽然他嘴上没说什么，但她已然心花怒放，觉得自己和偶像的关系有了一个还算好的开端，接下来，她要好好表现了。

至于那个花瓶……

项夏思来想去，还是不提它为妙，应该是不值钱的东西，不然靳韩怎么能这么安静？他擦干净了桌子要去清洗抹布，项夏赶紧抢了过来。

“不用，不用，我去洗。”

拿着抹布跑进了水房，项夏还开心地想笑，他终于不冲她瞪眼睛了。

洗干净了抹布，项夏回到教室又主动把黑板擦了，然后拿起扫帚扫地，几张黑靳韩的海报被她撕了个粉碎，关于靳韩的黑新闻一扫而光。

“真勤快呀。”罗丽拉走到项夏身边，看了看垃圾桶里被撕碎的海报，不屑地哼了一声。

项夏不想理罗丽拉，放下扫帚要走，却被她伸手拦住了。

“你以为于圣杰真的是在帮你吗？他只是抽风而已，等他不抽风了，第一个收拾的人就是你。”

“谢谢提醒。”

项夏不想听罗丽拉分析什么利害关系，希望她有什么本事尽管使出来。

项夏最近掌握了于圣杰一个大的把柄，没什么好怕的。

“如果于圣杰知道你是靳韩的粉丝，不知道会有何感想。整个K高的人都知道，他们两个是死对头。”

“你想告诉于圣杰？”

“当然！”

“随便，他也不敢把我怎么样。”项夏撇嘴笑了一下。

“他不敢？”

“对，他就是不敢。”

“你是智障吗？”罗丽拉吃惊地张大了嘴巴，觉得小结巴今天有点儿不知天高地厚，怕她明天怎么死的都不知道。

在罗丽拉疑惑的目光中，项夏回到了自己的座位。

第一次在罗丽拉面前挺直脊背，项夏觉得呼吸都比平时顺畅了许多，眼睛也亮了，这还要感谢于圣杰送给她的大秘密。

教室门口，孙歆探头探脑地看了好一会儿，然后凑近罗丽拉悄声问：

“你觉不觉得，最近小结巴的翅膀硬了？”

“还用你说！”

罗丽拉翻了个白眼，愤恨地咬了一下牙关，她必须采取行动教训一下这个小结巴了，不然她在K高怎么站住脚？最近几次在小结巴面前败下阵来，孙歆明显没以前那么畏惧她了。

“哼，她开心不了几天了。”

罗丽拉决定向于圣杰告发项夏，然后坐等好戏看。

班里一早就乱成了一锅粥，陈悦雯虽然及时制止了，却还是被学校扣了分，她大发雷霆，誓要揪出罪魁祸首，却没一个人敢说出那个人的名字，项夏猜测很可能和罗丽拉有关。

陈老师走后，张斌告诉项夏，是罗丽拉一大早故意黑靳韩，刚好外班的一个铁粉来教室给靳韩送东西，听见罗丽拉的高谈阔论直接反驳了回去，罗丽拉一向被人捧臭脚习惯了，怎么受得了这个？两个人在教室里争吵了起来，至于为什么会演变成全班的大灾难，他也说不清，好像有人生气扔了书，接着桌子倒了一个，随后就是一阵叮叮当当了，外班的女生见形势不妙溜掉了，可班里的战争却怎么都停不下来了。

“我也参与了，哈哈，洒了靳韩满桌子的墨水。”张斌向项夏显摆他的卓越战绩。

“神经病。”

项夏低低地嘟囔了一句，觉得这家伙应该去精神病院，这种卑劣行为也干得出来！

全班大乱斗，几乎所有人都被牵连了，唯独没有牵连到于圣杰，到现在也没看到他的影子，真是奇怪，打架这种事怎么少得了他呢？

“于圣杰呢？”项夏问张斌，马上就要上课了，怎么还不见于圣杰的影子，这家伙不会又要逃课吧？陈悦雯已经给出最后通牒了，他敢再逃课，她就直接把他扔到教导处。

“老大一会儿就回来，嘿嘿，项夏，你过来，我告诉你一个秘密。”

张斌冲项夏勾了勾手指头，项夏凑近了他，生怕少听了一个字。

“老大正在酝酿一个大计划。”

“大计划？”

“对付靳韩的，让他灰溜溜地滚出K高。”

“滚出K高？”

项夏重复着这几个字，耳边有什么声音在嗡嗡地响，好像有无数的大鼓在敲，于圣杰终于要使出撒手锏了，好像逼退曾经那个男生一样，让靳韩离开K高。

怎么办？她不能坐视不管，必须想办法阻止于圣杰。

窗外晴空万里，项夏的心里却似阴云密布，她很不安，目光扫过四周，似乎每一个角落、每一道身影的背后都隐藏着于圣杰布下的天罗地网，靳韩无处可逃。

她的目光最后落在靳韩身上，他正低着头做数学题，好像外界的纷纷扰扰都和他没什么关系一样，关于昨天花瓶的事，他只字未提，应该是不会追究了吧？

晨考之后，于圣杰回来了，他穿的衣服有点儿奇怪，上身是K高的校服，下身却是一条洗得发白的牛仔裤，一双旅游鞋上沾满了泥土，所过之处都是土渣。他蹙着眉眯着眼，一缕发丝不羁地遮挡着额头，双眼透着说不出的寒意，记得上次逼退那个男生时，也是这种眼神——“高岭之花”要爆发了。

项夏赶紧低下头，假装没看到他进来，于圣杰偏偏要引起她的注意，走过来用力拍了一下她的桌子，她吓得一激灵。

“你，你来了？”

“你不会一夜不见瞎了吧？”

“你才瞎了……”

项夏噘起嘴巴嘟囔了一句，唉，假装看不见都不行吗？

于圣杰嘿嘿一笑，在项夏的脑门儿上用力弹了一下，然后大摇大摆地走了过去。坐回座位后，他把书包砰的一声扔在了桌子上，腿一伸，把后面的过道堵死了。

项夏懊恼地摸着额头，疼得龇牙咧嘴，才咒骂了一句浑蛋，靳韩便扭头看来，她尴尬地笑了一下，低头假装看书去了。

一早的大乱斗风暴后，班里恢复了平静，一切都按部就班，看起来没什么异动，于圣杰坐了整整一个上午，除了去卫生间，不曾离开。罗丽拉也很老实，收到的情书都低调处理了，就连爱吹牛的张斌也不吹牛了。

这是暴风雨的前兆还是于圣杰打算偃旗息鼓了？项夏更希望是后者。毕竟他现在的处境也不乐观，陈悦雯一双眼睛死死地盯着他，稍有不慎，就要被打入十八层地狱，他哪里敢在这时候造次？

破天荒的，靳韩中午去食堂吃饭没遭到于圣杰等人的刁难，倒是有不少女同学找各种理由坐在了他身边，平时四五个人的餐桌能挤下七八个人，一些是靳韩的粉丝，另一些纯是好奇明星是怎么吃饭的，至少几十双眼睛盯着他。如果换作项夏，肯定一口都吃不下，可靳韩却很自如，该吃什么吃什么。

罗丽拉坐在距离靳韩七八米的地方，正低声和孙歆说着什么，孙歆一副见到食物不要命的模样，一边含混地应着一边狼吞虎咽，至于罗丽拉说了什么，她估计一句都没听进去。罗丽拉气得打了她一下，她委屈地眨眨眼，把一块排骨塞进了嘴里，嘴角流着油。

项夏低头看着餐盘里的排骨，瞬间什么食欲都没了。

午间的食堂里气氛十分祥和，没有争端也没有挤对，靳韩吃过饭准备离开时，被几个等待已久的女生围住了，好像十万个为什么的知识竞赛拉开了帷幕，她们有问不完的问题等着靳韩回答。

项夏放好了餐具，假装离开食堂，从靳韩身边经过时，她竖起了耳朵，想知道这些女生都问了些什么问题。

一个女生的问题有些奇葩，她问靳韩有没有暗恋的女生。关于这个问题，项夏也十分好奇，靳韩曾经红极一时，不少女生喜欢他，在他身上发生早恋这种事，也不稀奇吧？

靳韩的脸红了："能问别的吗？"

"我们就想知道这个。"女生很任性，撒娇地抓住了靳韩的手臂。

靳韩尴尬地把女生的手拉了下来，清咳了一声。

"没有。"

"怎么可能？我看过你的网络新闻，有个叫……"

女生说得绘声绘色，靳韩的眉头紧紧地皱了起来。对于网络上的娱乐八卦，他有心无力。八卦杂志说他暗恋比自己大十五岁的明星姐姐，还玩什么割腕自杀，又说某某女生和他相互喜欢之类的话，为了他离家出走，这些无稽之谈，他都视而不见。

"是不是真的？那个明星叶子华……"

“对不起，我赶时间。”靳韩对这个问题有些厌烦了，说了一句“赶时间”，绕过几个女生大步向前走去。

“怎么就走了？”女生噘起了嘴巴。

“一定是说到他的痛处了。”

“有可能，昨天我还翻了以前的新闻，他追求叶子华，可惜叶子华已经结婚了，那女的比他大了十五岁呢。”

“我的天哪，还有什么八卦，说来听听。”

“嘿嘿，我记在一个小本子上了，一起看看……”

几个女生互相凑近，拿出一个小本子叽叽喳喳地闹了起来，偶尔还会发出奇怪的笑声。

项夏觉得这几个女生有点儿虚伪，刚才还一脸崇拜地追问靳韩问题，他才走了不到一分钟，她们就在背后耻笑他，这种粉丝不如没有。项夏故意走路打了一个趔趄，直接撞在了她们身上，一个女生猝不及防，差点儿摔倒在地上。

“哎呀，你走路不看人吗？”

“哦，我眼神儿不好，以为不是人。”

“喂，你骂谁呢？”

几个女生听出了项夏话中的嘲讽，挽起袖子，要给她点儿颜色看看。

“喀喀！”食堂门口传来一阵咳嗽声，于圣杰拿着纸巾一边擦嘴，一边走了过来，他瞥着几个女生，眼神极具挑衅，“这是要打架？”

K高的学生都知道，于圣杰有个原则，那就是有什么人想教训他们班的同学，必须提前知会他一声，理由合理、时机合理，他就不会管，但如果理由不合理，时机又不恰当，他可就不给面子了。

吃饱喝足的K高老大，这会儿应该不想看到什么人打架吧？

“走，走了！”几个女生互相使了一个眼色，避开项夏，快步跑下台阶离开了。

女生们走后，于圣杰走到项夏身边，探头凑近了她，瞄了她好几眼，突然龇牙笑了出来。

“傻子，想以一打四吗？”

“不关你的事。”项夏转身要走，却被于圣杰揪住衣领又提了回来。

“我让你走了吗？”

“你不怕有人看到我和你一起，被人笑吗？”

“哦，对呀，你这么丑，又结巴。”于圣杰嫌弃地推开项夏，哈哈大笑起来，项夏痛恨地咬了一下牙关，小拳头暗暗握紧。

“天天拿我寻开心，你没别的事可做了吗？”

“还真被你说对了。”于圣杰笑得更加张狂了。

“有病……”

项夏嘟囔了一句，然后撒腿就跑，跑出了十几米还能听到于圣杰的吼声。

“小结巴，你说谁有病呢？你给我回来！”

回去？那是不可能的，她跑得更快了。

一口气跑回教室，她还是气鼓鼓的，她自觉做人不够讨喜，却也不至于让人嫌弃，于圣杰笑话她又丑又结巴不知多少次了。她真想把那家伙的秘密当众说出来，让他感觉一下被报复的滋味，可想想他那天哭得那么伤心，她又于心不忍了。

整个中午，班里的气氛都很和谐，看不出一点儿于圣杰酝酿大计划的征兆，项夏一颗悬着的心逐渐落地了，什么叫杞人忧天？也不过如此吧，天下间哪儿有没完没了的仇怨，于圣杰也有疲惫的时候。

项夏希望能维持现状，大家相安无事。可罗丽拉却不这么想，她恨不得班里出几件大事，逼于圣杰暴跳如雷，天塌下来才好。

项夏离开后，罗丽拉从食堂里跑了出来，她没有直接回教室，而是不远不近地尾随在于圣杰身后。

于圣杰最初没理会她，以为她跟着跟着，觉得无趣就会放弃，可到了操场之后，他发现她还跟在自己身后，便火了。

“你跟着我干什么？”

“怎么？不能跟着吗？”罗丽拉歪着脑袋，笑着问道。

“不能！”于圣杰回答得十分直接，他不耐烦地冲罗丽拉挥挥手，让她赶紧走开，现在他不想和任何人说话，别惹他发火。

“关于小结巴的事，你也不想听吗？”

罗丽拉挑眉抱住了手臂，等待于圣杰做出不同寻常的反应，可她失望了，于圣杰不屑地笑了起来。

“她？为什么我要听？”

“上次，你不是帮了她？”

“帮她？我还想打死她，你信吗？”

“呵呵，如果你听了我现在说的，就更想打死她了。”

罗丽拉欲言又止，故意卖关子，于圣杰的耐心被磨光了。

“有话就说，没话就滚蛋，拐什么弯抹什么角？累不累？”

“好，我说。”罗丽拉一副掌控了项夏人生的得意模样，说得慢条斯理，生怕含糊了一个字，“项夏，是靳韩的粉丝，死忠的那种。”

“哈哈哈哈！”听完了罗丽拉的话，于圣杰哈哈大笑起来。

“你笑什么？”罗丽拉很恼火。

“有才！”于圣杰拍了拍罗丽拉的肩膀，语重心长地说道，“罗丽拉，我知道你在想什么。上次我帮了小结巴，你心里不服是不是？也能理解……不过说这些话没什么意思，有这个闲工夫不如多照照镜子。”

“于，于圣杰！”

什么叫“多照照镜子”？说得好像她不知天高地厚一样，罗丽拉连翻了好几个白眼，恨不得马上让于圣杰相信，小结巴的世界没他想象的那么简单。

“是真的，小结巴有不可告人的秘密，那天学校公告板里的海报是我贴的，她跑去是撕海报的，还有……食堂里，她帮靳韩排队打饭你没看出来吗？她还处处维护他，这些行为，可不是普通的同学关系，你就一点儿都不怀疑吗？”

“她是靳韩的粉丝？怎么可能？”于圣杰嗤之以鼻，当初是小结巴主动请求，让他教训靳韩的，所以她不可能是靳韩的粉丝。

“是真的！今天，她亲口承认了，她是靳韩的粉丝，天地良心，撒谎……撒谎不是人！我知道这件事后，第一时间跑来告诉你，就怕你还蒙在鼓里。”

“她承认了？”于圣杰疑惑地皱起了眉头。

“不信你去问她，知道吗？她还很嚣张，我说把这件事告诉你，你猜她说什么？”

“说什么？”

“她说你不敢把她怎么样！”

罗丽拉绘声绘色地把项夏的话重复了一遍，最后还加入了一些夸张的修饰，大体的意思就是小结巴不服K高老大，要和他决一死战。

于圣杰虽然对项夏是靳韩粉丝的事实感到吃惊，但听说她敢和罗丽拉反驳，还说了那样不知深浅的话，更为震惊，这丫头是不是疯了，敢公开和他叫板？

“哎呀，臭丫头，翻天了。”

“你再不压制一下她的气焰，说不定哪天她就要骑在你脖子上拉屎了。”

罗丽拉在一边煽风点火，又给项夏加了一些莫须有的罪名，于圣杰眯着眼睛，渐渐听出了其中隐藏着的门道，冲罗丽拉撇嘴一笑。

“挑拨离间，咱们班里没人比你更强。”他冲她竖起了大拇指，罗丽拉的脸由红变白，晓得自己的描述有点儿夸张了，他不是傻子，岂能听不出来？她支吾了两声，想重新组织语言，他却打了一个响指，说了一声“拜拜”，转身向篮球场走去。

“喂，我还没说完呢！”

“等你编好了，再来找我。”

篮球场里，一个男生把篮球扔给了于圣杰，他接过之后，一个迅猛的起跳，三步跨篮，篮球呼啸着飞进了篮筐。

精彩的三步跨篮吸引了不少人的目光，其中一个是潘多多，她抱着一摞辅导书站在篮球场边，看得目不转睛，罗丽拉走过去拍了一下她的肩膀，吓得她差点儿把书都扔在地上。

“喂，我们的大学霸，看什么呢？”

“没什么。”

潘多多慌乱地收敛了目光，抱着书低头向教学楼走去，罗丽拉撇了撇嘴，嘟囔了一声“书呆子”之后便继续看于圣杰打球了。

潘多多急匆匆地走进了教学楼，确定罗丽拉没跟上来，才放缓了步子，长舒了一口气。她站在走廊里，呆呆地看着对面的墙报，魂魄好像飞出了身体，周围的声音也都离她远去了。

关于潘多多关注于圣杰的秘密几乎没人知道，她也害怕这个秘密被人发觉，特别是陈悦雯老师，一旦让陈悦雯知道，“早恋”这个帽子她脱也脱不掉了。

潘多多说不清自己对于圣杰是什么感觉，也许更多的是倾慕他能活跃在体育场上、总是那么精力充沛，又或者在他身上，有她缺少的东西。

“唉。”叹了口气，潘多多转过身，慢吞吞地走向教室。

到了教室门口，刚巧项夏从里面走出来，两个人打了一个照面，潘多多脸上立刻阴云密布。超市买同款笔记本的事，让她又怒又恼，一直以来她都在怀疑项夏模仿她，现在这个怀疑成了事实。

被人模仿的感觉并不好，潘多多的内心强烈地排斥着，甚至觉得有点儿恶心，所以她在项夏的作业本里留了警告的字条。

“东施效颦”，应该没有什么话比这四个字更合适了吧？

除了项夏模仿她的烦恼外，潘多多的心头还压着一块石头，就是即将开始的数学竞赛。为了这个，她终日寝食不安，好像得了忧郁症，经常一个人坐在书桌前发呆。特别是在知道靳韩也报名参加竞赛后，前所未有的威胁感让她透不过气来。昨天，陈老师直接告诉她，靳韩也是个学霸，这让她更加紧张了。

她担心自己考不过靳韩，万一失败，会不会被同学们耻笑？陈老师怎么看？老爸老妈怎么看？街坊邻居怎么看？

潘多多身后，靳韩走了过来，三个人一起堵在教室门口，局面有些尴尬。

似乎“东施效颦”的副作用在这个时候彻底发酵了，一个是模仿的女生，一个是被模仿的女生，一个是知道秘密的旁观者，三人相遇的局面有多尴尬可想而知。

项夏的脸热辣辣的，好像着了火，生怕被靳韩看透了心思，发现她模仿的人是潘多多。然而，就是这种不安和闪避，让他看懂了什么。

他审视着眼前的两个女生，一个是学霸潘多多，一个是平庸的项夏。表面看来，这种模仿理所当然，可在他看来，这种模仿却是蹩脚的，因为小结巴项夏身上有很多潘多多没有的闪光点，只是她自己没注意罢了。

“你先……”

“你先……”

项夏和潘多多在谦让。

靳韩皱了皱眉头，斜了一下身子从项夏身边走了过去。

门口，只剩下潘多多和项夏两个人面对面，潘多多向左迈了一步，不巧，项夏向右迈了一步，两个人又互相挡住了对方的去路。

“还是你先走吧。”

项夏退了两步，让开了门口，潘多多抱着辅导书走了进去。

回到座位，潘多多一本本地把辅导书放好，余光不自觉地瞥向靳韩，他进门后，好像有什么急事，从书包里拿出了一个笔记本又匆匆离开了教室，潘多多探头朝门外看了好几眼，确定他已经走远了，才起身快步走到他的座位前。

潘多多觉得自己要疯了，无法控制自己荒唐的行为，她翻遍了靳韩的辅导书，想知道他是怎么准备数学竞赛的。桌子上的辅导书看起来没什么特别的，她开始翻看他的数学笔记，当看清上面的数学题时，一张小脸白了。

潘多多愣在靳韩的桌子前，刚好被出去洗手回来的项夏看了个满眼。

“你要找什么？”

“没，没什么？”潘多多回过神来，解释早上作业本发错了，她看看在不在靳韩这里。

“哦。”作业本发错了吗？为什么翻靳韩的辅导书？

“好像没有。”

潘多多放下靳韩的习题本，故作轻松地回了座位，坐下时她的手还在微微发抖，无法掩饰内心的慌乱和不安。

虽然不知道潘多多为什么翻靳韩的书本，项夏却可以肯定，她没发错作业本。

因为潘多多翻得匆忙，靳韩的桌面显得有些凌乱，出于好心，项夏打算帮忙整理，可她的手才伸过去，靳韩便从外面进来了。

人倒霉的时候，喝凉水都塞牙，现在就是这样的情况。

靳韩敏锐的目光直射向他的桌面，一向爱整洁的他，不管任何时候书本都是整整齐齐的，这样的凌乱只说明一个问题——有人翻了他的东西。而这个人就是正把手伸向他桌子的项夏。

靳韩黑着脸走过来，把项夏的手打开了。

“想找什么？”他冷声问。

“不是，我想帮你……”

“帮我？呵，谢谢了。”

他怎么会相信她的话？他更愿意相信她又要做什么恶作剧了，把书桌从里到外检查了一遍，确定没什么异常之后，他紧锁着的眉头才舒展开来。

他在防备她？

项夏自知做事不够谨慎，才会让靳韩误会这么多，特别是昨天还撞坏了他的花瓶，他虽没说什么，却不等于原谅了她。

也许她应该主动提一下。

“昨天的花瓶，我可以赔的……”项夏的声音好像蚊子一样，她很心虚，生怕靳韩说出一个天价来，让她骑虎难下。

“不用。”靳韩回应了很简单的两个字。

“多少钱，我的储钱罐……”

又是五块五吗？靳韩目露凶光地看向项夏，那两只眼睛好像两把利刃，要将她刺穿一般。

“我说了不用！”他的声音比平时高了不知多少分贝，项夏的耳膜都跟着一起振动了起来，旁边的男生奇怪地看了过来，不知发生了什么事。

靳韩自知失态，赶紧低下头，项夏也红了脸。

“凶什么凶，不就是一只花瓶吗？”项夏气恼地嘟囔了一句，虽然风挡玻璃的事，她很感激靳父既往不咎，但靳韩现在的态度让人有些难以接受。

“二十万，转账还是现金？”靳韩的声音在她耳边响起。

二十万？

项夏的脑袋嗡的一声，差点儿晕过去，那只花瓶值那么多钱？还是靳韩故意这么说，好刁难她？不管是哪个原因，“二十万”这个数字一说出来，项夏差点儿给自己一个耳光，好好的，为什么要提花瓶呢？这不是给人家碰瓷儿的机会吗？

靳韩真的要碰瓷儿吗？还是花瓶本身就值那么多？

“喀喀，我忘记了，走廊还没拖……”

项夏找了个借口，逃一样跑出了教室，拿起拖把拖地时，她的心还在怦怦地狂跳着，万一那只花瓶真的值二十万怎么办？老妈砸锅卖铁也赔不起呀。

呜呜，项夏抿紧嘴巴，就差大声哭出来了。

第七章
一山二虎

拖把在地面上蹭来抹去，始终没离开两米的范围，一双白色旅游鞋停在了拖把边，项夏晃了两下拖把，“旅游鞋”也没有让开的意思，她茫然地抬起头，看到了于圣杰。

于圣杰双手插兜，斜着眼睛，一副吊儿郎当的模样，项夏深吸了一口气，觉得于圣杰这表情不大对劲儿，于是她慢慢放下拖把转身要跑，后领子被于圣杰的手指头勾住，硬生生地被拽了回来。

“往哪儿跑？”

“没，没跑，擦地，去打水，没水了。”

“这地都快让你擦破皮了。”

于圣杰又拉了一下，项夏觉得衣服要被拉破了。

“有，有话好好说，拽我衣服干什么？”

“给我好好站着，你是不是傻？别动！”

别动？不动才是傻子，项夏奋力摇动着双臂，希望能挣脱出去，但于圣杰的力气太大了，若再拼命挣扎，衣服怕真要破了，这大庭广众之下破了衣服，可就尴尬了。

“嘿嘿。”

项夏皮笑肉不笑地转过身，看着于圣杰那张戏谑的脸，这家伙干吗又找她的麻烦，她不是解释得很清楚了吗，没有照片。

“我有事问你。”

“等……”

那个“等”字还没说出来，项夏的嘴就被捂住了，人被塞进了水房，接着水房的门砰的一声关上了，张斌和另外两个男生好像门神一样挡住了水房的进出口，一些来提水的学生见形势不妙都纷纷避开了。

于圣杰老大要收拾谁，谁敢吭声？更别说告密了，都是远远地看着，生怕连累了自己。

项夏胆战心惊地靠着墙壁，试探着寻找什么可以防身的东西，可惜水房里什么都没有。

于圣杰走过来，单臂支撑在项夏的头边，将她圈在一个狭小的空间里，她想逃都没可能了。

“什么事？我，我们慢慢说……”

项夏硬挤出了一个友好的微笑，希望于圣杰明白，她绝对拥戴K高老大，不管什么问题，一定配合到底。

“现在态度还不错。”于圣杰很满意项夏这个妥协的表情。

“我发誓，对天发誓，我没说，关于……你哭的事，一个字都没说……”

提到“哭”字，于圣杰的脸变了，臭丫头真是哪壶不开提哪壶呀，每每这个时候，他都恨不得拿根针将这丫头的嘴巴缝上。

“闭嘴，你还说！”

“哦……”

原来不是因为那件事呀，项夏心虚地缩了一下脖子，猜测于圣杰拦截她的目的，仔细回想了一下，最近她表现得很乖，没做什么惹他不开心的事呀。

于圣杰轻咳了一声，脑袋一歪，斜视着项夏。

“我听说，你是靳韩的粉丝？”

“呀？”

“呀什么呀？到底是，还是不是？”于圣杰瞪圆了眼珠子。

“我……”

项夏恍然大悟，原来于圣杰来追究她是靳韩粉丝的事了。一定是罗丽拉，她果然迫不及待地告密了。

“是……”仅仅一个字，项夏拖了几秒。

听到项夏亲口承认这个事实，于圣杰脸上的肌肉连抖了好几下。

“那个弱鸡？你崇拜他？脑袋有问题！”

于圣杰用力戳了一下项夏的脑袋，项夏疼得怪叫了出来。

“他是明星，崇拜也是正常的，又，又不是我一个人追星。”

“还顶嘴！信不信我把你塞到水槽里？”

“于圣杰……”

“我告诉你，项夏，就算他是你偶像，也不能阻止我大修他，你别跳出来碍事，不然连你一起收拾。”

“大修？”

项夏感觉浑身的毛孔都惊得张开了，冷汗汩汩地流淌了出来，原来张斌不是危言耸听，于圣杰真的要对靳韩下手了。

一山不容二虎，终究要斗一个你死我活。

虽然心里畏惧于圣杰，害怕他的拳头，可为了保护偶像，项夏深吸了一口气，挺直了脊背：“他不是……坏人……”

“他不是坏人？可我不是好人呀。”于圣杰哈哈大笑了起来，样子十分张狂，项夏禁不住打了一个寒战，知道恳求是不能让他放弃的，她只能使出让他胆寒的撒手锏了。

“你，你敢动他，我就，就把你的秘密公布出来，匿名信、海报，还有……”

项夏咬牙切齿地说着各种折磨他的方法，他听得眼睛都绿了，臭丫头这几天个头儿没长多少，胆子却大了不少，竟敢威胁他了？

他要爆炸了，可生气归生气，他更在乎自己的形象，害怕她真把他的秘密说出去。

“你，你……想死是不是？”

他将拳头举了起来，一副凶神恶煞的模样，项夏吓得身子一低，抱住了脑袋。

“你，你敢……”

他确实不敢。

“滚！”于圣杰气恼地吼道。

吼完他就将手臂放开了，项夏好像刑满释放了一般，赶紧冲出了水房，头也不回地跑掉了。

项夏跑掉之后，于圣杰恼火地捶了一下洗手池的墙面。

“靳韩！”

于圣杰怒火中烧，最近那小子的人气很旺，气焰也很嚣张，他的K高“高岭之花”的称号已渐渐向靳韩倾斜了。校园里，只要他和靳韩同时出现的场合，他的光彩便会被靳韩全部夺走。他无法忍受这种情况，更不能让靳韩动摇自己的地位，所以靳韩必须滚出K高。

“老大……”

水房的门外，传来张斌小心谨慎的声音。于圣杰转过身，看到张斌的脑袋从门外探了进来。

“老大，我打听过了，上次向陈老师告密的真不是项夏，不如……我们就放过她吧？”

“关你屁事！”

于圣杰瞪了张斌一眼，现在不是告密那么简单了，项夏已经掺和进了他的计划，不是想踢掉就能踢掉的，何况她还是靳韩的粉丝，这个绊脚石是铁定存在了。

“还有……靳韩的事……”张斌想确认一下，是不是还按照计划进行，“靳韩现在是K高红人，不是一般学生，所以老大，我觉得……”

“别废话，一切按照计划来。”

“哦，好吧。”张斌摸了一下后脑勺，露出为难的神情来，以前于圣杰风光的时候，他站在于圣杰背后都觉得高人一等，现在可好，靳韩成了大家瞩目的焦点，而于圣杰背后除了阴影，什么都没了。

但瘦死的骆驼比马大，就算靳韩光彩夺目，也不敌于圣杰在K高积累的威望，张斌在等待机会，看看这一局到底谁能赢。

“有一件事……”于圣杰犹豫了一下，还是提醒了张斌和另外两个男生，“避开项夏，只要她在场，所有行动就都要停止。”

“那个傻丫头？”

包括张斌在内，几个男生都蒙了，怎么老大怕了一个黄毛小丫头？面对这样质疑的目光，于圣杰发火了。

“让你们避开就避开，有什么好奇怪的？滚，滚，都给我滚！”

把水房外的人都赶走了，于圣杰打开水龙头，朝脸上泼着冷水，于圣杰虽然嘴上不承认，心里却很清楚，想逼退靳韩并不容易，他在K高有不少人追捧，还是个学霸，单凭这一点，陈悦雯一定会袒护他，和他对着干，就是和老师甚至学校对抗，于圣杰认为自己必须深思熟虑才能行事。

转身出了水房，于圣杰甩着手上的水，张斌从门后笑嘻嘻地走过来。

“老大，万一项夏跟着捣乱怎么办？”

“不是告诉你了吗？避开她。”

“若是她不巧看见呢？”

“不会等她不在的时候动手吗？”

“哦，万一呢……”

“有万一的情况，也别惹那死丫头！”于圣杰吼了出来。

张斌龇牙一笑，问了于圣杰一个问题，项夏那弱不禁风的样子，老大只要一个手指头都能把她打散架了，干吗要怕她？

于圣杰尴尬地翻了个白眼：“我怕她？一个不识好歹的死丫头，我这么做，是……是不和女孩子一般见识！”

“哦哦。”

张斌摸了摸脑门儿，觉得于圣杰的回答有些奇怪，从什么时候开始，他当项夏是女孩子了？

“老大，你不会……喜欢她吧？”

“喜欢你个大头鬼！你脑袋里装的是屎吗？”

啪，于圣杰打了张斌的脑袋一下，张斌吃痛地缩了一下脖子，哪里还敢胡说八道！

无法阻止于圣杰，又不能让靳韩向于圣杰道歉，一个过肩摔好像毒瘤一样长在了于圣杰的体内，项夏进退两难，为了避免更大的冲突，她只能拿于圣杰的秘密来要挟了。

罗丽拉知道于圣杰把项夏堵在了水房里，幸灾乐祸了小半天，当知道于圣杰没把项夏怎么样，还处处让着她时，心里立刻不平衡了。

“你确定于圣杰是这么说的？”罗丽拉问张斌。

“差不多。”

张斌绘声绘色地把于圣杰的话重复了一遍，罗丽拉的脸青了，K高谁不知道，“高岭之花”和校花的关系，有“高岭之花”的地方，就有校花，有校花的地方，偶尔也能看到“高岭之花”的身影。

这种关系是什么时候建立起来的？罗丽拉记不清了，一些极为相似的处境，让他们互为影子，罗丽拉若是被谁欺负了，于圣杰第一个站出来，有人敢说于圣杰的不是，罗丽拉也会挺身而出，可现在的形势有点儿不一样了，罗丽拉觉得在于圣杰心目中，她远远不如一个小结巴了，又或者，她和于圣杰的关系从未真的亲近过。

整个下午，罗丽拉都紧盯着项夏，生怕错过一个细节，而项夏的关注点却是另一个人，她在观察靳韩，想着怎么才能帮助他。

于圣杰一直进进出出没闲着，张斌跟在他身后也是鬼鬼祟祟的，项夏更加担心了。

经过小半天的思想挣扎，项夏终于做了一个决定，为了偶像，她要战斗，充当偶像的保护神。在于圣杰采取行动前，她必须做好防备措施，让于圣杰无从下手，这种战斗付诸行动就是时刻围绕在靳韩身边，说句更明白的话就是——跟踪他。

为了达成目的，项夏开始观察靳韩的作息习惯，他每天上学、放学都有车接送，所以上学和放学的途中是安全的，怕就怕于圣杰利用在校的时间动手，不过项夏也不是很担心这个时间段。校园里，有老师和学生经常出没，于圣杰不敢做得太明显，所以她不必花费太多的时间去跟踪靳韩，平时留意他的动向就可以了。

项夏在留意靳韩，而张斌却在留意她，奉于圣杰之命，张斌要随时确认她的位置，每次不小心和她撞见，张斌都装出一副惊讶的样子。

“这么巧，你也在呀。”

“你要不要跟我进女厕所？”项夏嘲讽地问张斌。

张斌兰花指一跷，一副不以为然的神情：“又不是没进去过，没啥大不了。”

“你能不能别跟着我？”项夏气恼地推开张斌，快步朝前走去，张斌甩了一下手臂，捏着嗓音哼了一声。

“哼，如果不是老大有话，谁爱跟着你？糙丫头。”

张斌不管说好话还是坏话，都会龇牙一笑，露出他的镶钻大门牙，据说这是今年的流行款，在牙齿上镶钻，每次咧开嘴时，都会放射出刺眼的伽马射线。

可能是因为项夏总围着靳韩转，于圣杰一直没什么具体行动，这让她更加确定，她的威胁奏效了。

她把一切想得都很周全，时间、地点、可能出现的人，却忽略了一个问题，计划不如变化快。一连跟踪了靳韩三天，都相安无事，第四天，她发现了一个糟糕的状况，靳韩竟徒步走出了小区的大门，门外没有靳家的车。

“怎么回事？”

项夏早饭都没吃几口就跑出了小区，远远地跟在靳韩身后，中途也没看到靳家的车，会不会是靳韩的母亲临时有事？还是靳韩以后都不坐车上学了？

生怕被靳韩发现她跟踪他，项夏走走停停，偶尔还要躲进胡同口，经过第一个十字路口的时候，还相安无事，到了第二个十字路口，他突然停住了步子，转过身，猝不及防，她被他抓了一个正着。

“你跟踪我？”

“跟踪？怎么可能……”项夏先是慌了一下，但很快镇定了，“我，我们住在同一个小区，又在同一所学校上学，走同一条路也算跟踪吗？你不会是太……自恋吧……”

最后两个字，项夏说得很小声也很含糊，靳韩却听得清清楚楚的，他的脸一红，一时竟无言以对。

“不然我走前面，你走后面？”项夏提议。

“不用。”

靳韩拉了一下肩头的书包，转身继续朝前走了，他的步子迈得很大，走得也很快，项夏需要小跑着才能追上他。

“等等。”

“你走你的，我走我的。”他走得更快了，好像避瘟神一样躲避着她。

项夏暗吞了一口气，厚着脸皮又追了上去，和他肩并肩走在了一起。

“既然遇到了，那就一起走吧？”

“随便你。”他丝毫没有放缓步伐，她跟得很吃力。

“对了，你怎么不坐车了？你的车呢？”

“不想坐。”靳韩的声音听起来有些落寞。

“我听说这条路不太平，经常有小偷出没，还有抢劫犯，去年还发生了一起命案，哎呀，我的天哪，人死得那叫一个凄惨……”

项夏夸张地讲述着，好像她亲眼看到了一样，说完之后，她自己都觉得惊恐，浑身的汗毛都竖了起来。

可惜，靳韩没有配合她的表演：“你想提醒我什么？”

“哦，可能坐车上学更安全一些。”

她不惜浪费口舌编造故事，无非是想让靳韩放弃走路上学，谁知他不但没害怕，还笑出了声。

“哈哈，你不是好好的吗？”

“我？你和我怎么比？”项夏伸出了手臂，想展示一下自己强大的力量，可伸出的手臂稍显纤细，看不到一点儿肌肉。

在靳韩轻视的目光中，她赶紧把手臂收了回去，找了另外一个理由：“我是本地人，对这里的环境熟。”

靳韩对项夏的这个理由并不感兴趣，他转移了话题。

“知道我最讨厌什么吗？”

“什么？”

“跟踪狂。”

“……”

项夏直接被靳韩定性为“跟踪狂”，好像那天的女生一样，不但跟踪他，还拿着相机疯狂拍照，然后回家到处散播照片，疯狂的程度令人发指。

作为明星，靳韩最讨厌的就是被人跟踪，不仅仅因为粉丝的纠缠，还因为很小的时候发生过一件事，让他耿耿于怀。

那一年，他才十二岁，处于星运爆发期，红得发紫，有个小女生特别崇拜他，为了他几乎茶不思饭不想，每天做的事情只有一件，就是跟踪他。她活像个小僵尸，双眼发直，面色无光，每次他见到她都吓得噩梦连连。后来小女孩的父母找到了他，恳求他劝说一下女儿，他出于好心，独自一人在街口等着女孩，结果被伺机守候的歹徒绑架，差点儿丢了性命。侥幸被救之后，他就特别厌恶跟踪他的人了，不管对方出于何种目的。

项夏也看到过这则新闻，但当事人和旁观者的心态不同，她无法感同身受。

“走开！”靳韩冷冷地驱赶着她。

再没继续跟下去的理由了，项夏停住了步子，眼看着靳韩消失在了马路对面的楼宇之中。

唉，做好人真难，项夏犹豫着要不要放弃，就在这个时候，一道鬼鬼祟祟的身影在她面前闪了过去，看着有点儿眼熟，这不是那天跟踪靳韩的女生吗？她怎么又来了？

女生一边张望一边躲避，偶尔还猫着腰，好像做贼一样，看到女生猥琐的样子，项夏不觉想到了自己，在靳韩眼里，她和这个女生没什么两样吧？

狗改不了吃屎，项夏痛恨地咬牙切齿。

昨天空闲时，项夏调查了这个女生，她是高二（7）班的王家妮，是一个颇有人气的微博博主，专门收集一些明星的绯闻，最近挂了不少靳韩的丑态照片，配以荒唐的文字，成了网友喜闻乐见的独家新闻。她靠这个哗众取宠已经有 年多了。

当王家妮发现项夏在身后时，好像猫见了老鼠，一溜烟跑没了影儿。

“哼，算你跑得快！”

项夏发誓，如果下次再被她遇到，她一定让这个丫头好看。

靳韩走后，项夏加快了步子，很快到了学校，她刚走进大门，就看到张斌和三个体育生，一人手里拿着一张卷着的报纸，不知报纸里藏着什么东西。

张斌见靳韩出现了，立刻和三个男生围了上去，就在他们准备有所行动的时候，项夏突然跳了出来。

“这么早？怎么没看到于圣杰？”

“小结巴……”

张斌冲那三个男生使了一个眼色后，三个男生立刻若无其事地吹着口哨走开了。

“老大还没来。”

“哦，再不来可要迟到了。”

项夏假意看了一下时间，表面看着好像很关心于圣杰的样子，实际上，她在拖延时间，让张斌没机会接近靳韩。

待靳韩进了教学楼后，项夏心头紧绷着的弦儿才放松下来。

张斌嘲弄地挑了一下唇角，走到项夏身边：“别犯糊涂了，帮靳韩对你有什么好处？”

“我什么……时候帮他了？”项夏尴尬地辩驳着。

“小心惹火了于圣杰，你也跟着一起滚出K高，这可不是开玩笑的。”

张斌的话，让项夏一阵阵胆寒，如果于圣杰真的破罐子破摔，不在乎自己的面子，她那点儿秘密算得了什么？

“我，哪儿有……”

项夏的口齿又不伶俐了，她低下头，心虚地绕过张斌，飞快地跑进了教学楼。

于圣杰虽然来晚了，但还是赶上了第一节课，下课的铃声才响，张斌便屁颠屁颠地跑过去和于圣杰嘀嘀咕咕地说了好一会儿话，随后于圣杰把目光投向了项夏，她吓得一整天没敢回头看一眼。

就这样，项夏坚持跟踪了靳韩三天，虽然他的态度还是冷冷的，甚至言辞犀利，但她始终锲而不舍，不肯放松一步，直到第四天放学的时候，他彻底伤了项夏的心。

那天，放学的铃声刚响，天就下起了雨，雨水好像瓢泼一样从空中倾倒下来，整个校园都迷蒙在烟雨之中。

因为雨下得太大，很多家长都来接孩子了，韩晓波一向很娇惯儿子，这样的天气不可能不来接的，项夏也难得轻松，不用跟踪他了。

同学们渐渐都离开了学校。

为了照顾远道、没带伞的同学，老师临时调换了值日生表，项夏和几个带了伞的女生留了下来。等她们打扫完卫生离开教室的时候，教学楼里已经没几个人了，外面的雨还在哗哗地下着，偶尔还能听到震耳欲聋的炸雷声，天色渐渐暗了下来。

不知是不是产生了幻觉，项夏总觉得身后有轻微的脚步声，可每次回头看去，却又一个人都没有，莫非这雨混淆了她的视听？

项夏匆匆走到了教学楼门口，撑开了伞，才迈出两步，便意外地看到了一个人。

那是靳韩吗？

教学楼的台阶上，靳韩单肩背着书包站在那里，手里拿着手机，一边打电话一边焦虑地看着前方，雨水从他头顶的玻璃顶棚边流下来，在他面前形成了一道密不透风的雨帘。

靳韩很忙，每天的时间都安排得很满，除了睡觉，分分秒秒不闲着，放学对别人来说是最轻松的时刻，写完作业就可以休息，可对他来说，却是另一个行程的开始，这样无所事事地等待还是第一次。

有人从教学楼前经过，撑着伞行色匆匆，这样的天气，谁也不会为谁停留。

站在靳韩身后，犹豫了好一会儿，项夏才鼓起勇气走上去，把伞举起，送到了他的手边。

“靳韩，给你伞。”

靳韩缓慢地转过身，带着一身的焦躁面对着项夏，他眯着眼睛，额前的一缕发丝浸透了潮气。

项夏的手指紧握着伞柄，冲他点了点头，伞又向前送了几分。

靳韩眸子里的情绪有了变化，由淡漠逐渐变得阴郁，深邃的黑瞳中透着一股森冷。

台阶下，雨水狂躁地奔流着，台阶上，空气因冷而凝结，时间仿佛都停止了。

“我等一下……雨停了再走，我的时……时间没你那么紧张……”

项夏说出送伞的理由，靳韩没有任何回应，目光却犀利地打量着她，她的口齿更加不伶俐了。

“我，我真……没什么事……你拿着吧，不然，大，大家都……”

项夏尴尬得有些语无伦次了，这家伙怎么不说话？就算不说话，也该有一点点动作吧？若不是人还站在这里，她简直会怀疑自己面对的是空气。伞一直举着，项夏的手臂都酸麻了，她后悔这样主动跑上来献殷勤了，人家似乎根本不领情，心里不知嘲笑了她多少遍。

一声惊雷在头顶炸响，项夏吓得缩了一下脖子，手中的伞抖了抖，她陷入了一种进退两难的境地。

终于，靳韩有了动作，他伸出了手……

项夏心中一阵躁动，他准备接受她的好意了吗？当靳韩的手指紧握伞柄的那一刻，项夏浑身的细胞都雀跃了起来，他终于接受她的好意了。

对她来说，能为偶像做一件他认可的事，是一种安慰，她长长地舒了一口气，憋闷的胸口一下子畅快了起来。

她抬头看了一眼天空，乌云仍旧厚重，闪电在云中挣扎、爆裂，隆隆的雷声由远及近，这雨暂时不会停了。

“一会儿……雨更大了，赶紧回……”

项夏催促靳韩回家，可最后一个字还没出口，靳韩的手指突然松开了，伞从他的手中脱离开去……

那种不屑、鄙视甚至厌恶的表情，深深地刺痛了项夏的心，她那沸腾的血液也在那一刻凝固了，靳韩扔掉了她的伞。

伞掉在了地上，随着风雨在地上翻滚了好几圈，停在了楼前的一个花坛边。

“哼！”

清冷的一声后，靳韩傲慢地转过身，大踏步走下台阶，豆大的雨点从天空坠落，砸在他的头上、肩上，渗入他的发间、衣服后又流淌下来。

这是一个让她猝不及防的局面，她呆若木鸡地站在台阶上，已然不能思考了。

一个人到底有多厌恶另一个人，才会宁愿冲入冰冷的暴雨，也不愿和她在台阶上多待一分钟？躺在雨水中的伞似乎也在嘲笑她，大傻瓜，这次知道什么叫热脸贴冷屁股了吧？

雨下得更大了，伞又翻了一个跟头，挂在灌木中不动了。

有什么东西从项夏的脸上滚落下来，混着雨水，难以感觉到它的滚烫。

“为什么？为什么要这么对我？！”

扯着嗓子狂吼了一句，项夏的双手握成了拳头，她生气、难过，委屈得不知该怎么发泄，失魂落魄地走下台阶，她捡起了花坛边的雨伞，却无力将它撑起，大雨哗哗地冲刷着她的身体，泪水混着鼻涕、冷雨从脸颊上流下来。

“浑蛋！我已经尽力了。”

项夏呼呼地喘息着，肩头因愤怒而颤抖着。

她自认已经尽最大的努力去弥补过失了，希望能取得靳韩的谅解，不奢望和他肩并肩走在一起，至少不被他厌恶，可结果呢？不管她怎么做都是错的，在食堂帮他打饭是错，撕黑他的海报是错，现在送他伞也是错吗？

咔嚓！

一声炸雷劈落，离项夏不远处的一棵大树被击中劈断了，她吓得一声尖叫，整张小脸都白了，不会吧？连老天都不愿听她的抱怨，打算劈死她？

“我，我只是……”

她的话还没说完，幽暗的天空出现了一道耀眼的闪电，天好像被撕开了一条缝，倾泻着让人惊恐的洪水。

项夏紧握着伞，慌不择路地冲出了校门，一直飞奔，总觉得雷电在追赶着她，随时准备收了她这个闯祸精。

回到家后，项夏成了落汤鸡，冷气由外而内地侵入她的身体，她的牙齿都在打战，老妈埋怨着她，怎么有伞还淋成这个样子。

“你也不小了，什么事都让妈操心，还不去洗个热水澡？”老妈推着她去了浴室。

洗完澡，换了衣服，项夏感到饥肠辘辘，进了餐厅后，她发现桌子上除了做好的饭菜外，还放了一盒京式糕点。

“这糕点，是靳韩的妈妈送来的，邻居都有份儿，说是去北京了，她的儿子最近接了一部新的电视剧。”

是靳韩妈妈送来的吗？想到靳韩刚才的态度，项夏气恼地把糕点移开了，闷头开始吃饭。

“你说说，靳韩那孩子怎么那么出色，方方面面都出类拔萃……”

老妈又开始了，别人家的孩子如何如何好、如何如何优秀之类的词汇她可以一口气不重样地罗列出来，却唯独吝啬用在自己女儿身上。

如果是从前，老妈说靳韩的好，项夏会乐不可支，可现在她很难受。

“呵呵，我还和靳韩的妈妈说呢，我女儿是他儿子的粉丝……”

“你说……什么了？”项夏嘴里的米饭差点儿喷出来。

“你不是他的粉丝？他的照片你就差贴到客厅里来了。”

“可你也不能……不能说出去呀……”项夏含混地嘟囔着。

“我说的也是事实，你房间只要出现一张画报，那就是靳韩的，现在想想，还真是……那孩子和别的明星不一样，不浮躁，还优秀，你崇拜他……呵呵，挺好的。”

老妈一边说一边笑着，那语气好像丈母娘看女婿，越看越顺眼，项夏无语了。

“什么时候呀，我做点儿好吃的，你把靳韩叫过来，唉，就怕那孩子没什么时间，听他妈妈说，他很忙的，连吃饭的时间都是挤出来的。”

老妈啧啧赞叹着，几乎忘记自己曾经是怎么数落项夏追星的了，说影视剧里的明星都虚有其表、贪慕虚荣，除了会摆弄一点儿演技外，几乎一无是处，还数落靳韩那么小的孩子就该学习，当什么明星。

“我听说潘多多和靳韩都要参加省里的数学竞赛了？啧啧，真是厉害……如果他们能取得好成绩，高考还会加分呢。说不定就保送到重点大学了，项夏你……没事，你吃饭，吃饭。”

老妈虽然没有明说，但项夏能听出她话中的羡慕和遗憾，为什么别人家的孩子那么优秀，她的孩子却如此平庸？同样生活在蓝天白云下，有的种子发芽了，有的种子怎么霉变了呢？

项夏本来很饿，可才吃几口，就被老妈的喋喋不休塞饱了，若不是小姨突然打电话来，她还没机会逃回自己的房间。

“吃饱了吗？”老妈在她身后喊着。

“饱，很撑！”

项夏觉得自己再听下去，很可能会奓毛，为了家庭的和睦，她决定暂避一下风头。

回到房间，项夏的情绪许久才平复下来。

九点多的时候雨停了，到处一片湿润，有些低洼地段积了水，车辆艰难地行进着。项夏站在窗口，看着靳家的车披着一车的冷雨开进了小区，韩晓波下了车，还在匆忙地打着电话，她好像没有一刻停歇过。

回到书桌前，才拿起辅导书，项夏便看到了桌面玻璃板下压着的照片，那是靳韩十二岁时参演的一部玄幻剧的剧照，他的微笑，不管什么时候都那么阳光，十二岁、十六岁一如既往，只是今天……

项夏掀开玻璃板，把照片扣了过去。

她的脑海里，还萦绕着靳韩嘲讽的冷笑，他在笑她自作多情，笑她东施效颦、獐头鼠目。在他眼里，她一无是处吧。

唉，项夏站了起来，走到墙壁边，有心把照片通通摘下来，可伸出去的手又无力地收了回来。

复习了一下数学和语文，项夏快速洗漱钻进了被窝，盖好被子，辗转难眠时，她在想一个问题，关于靳韩所面临的困境，是不是没那么严重，她是杞人忧天了？

在K高，于圣杰虽然是老大，党羽众多，可靳韩也不是什么普通的男生，无论是从力量还是智力上去比拼，都不比于圣杰差。两个人若真的较量起来，谁输谁赢还不一定呢，一个完美的过肩摔就充分地说明了问题。

“对，我管的闲事太多了。”

项夏自言自语了一句，她痛定思痛，下定决心，不再过问靳韩的事了，关于于圣杰的大计划，她也准备旁观一次了。

想好了之后，项夏美美地睡了一觉，连梦都没做一个。一早起来心情大好，关于昨晚靳韩扔伞的不愉快也淡出了她的脑海。

收拾好了之后，项夏精神饱满地出了小区，才走出了不到五米，她竟又看到了靳韩。

在她的正前方，靳韩单肩背着包步履缓慢，像在欣赏风景，又有些心不在焉，不似从前那么行色匆匆。

想想昨天被扔掉的雨伞，项夏下意识地放慢了步子，转身面对墙壁咬牙沉思了足有一分钟，她怎么处理这个情况，走在他后面？靳韩百分百认为她又在跟踪他，若走在他面前，必须小跑着追上去！那不是更让他误会了？

这样也不行，那样也不行，最后项夏决定舍近求远，避开这个自恋的家伙。

下定了决心后，项夏快速掉头往回走，穿过整个小区的楼宇出了后门，这样绕路，要多走一条街，多过一个红绿灯，就算靳韩走得再慢，他们应该也相隔了至少一条街。

东拐西绕，项夏大费周折，待她重新回到主道上时，发现靳韩还是在她前面大约十几米处。

这是见鬼了吗？

项夏揉了一下眼睛，确定那是靳韩，他是蜗牛吗？这么一点儿距离要走这么久？还是这家伙昨天被暴雨淋坏了脑子，中枢神经不受支配了？

项夏看了一下时间，不能再绕路了，不然上学就要迟到了，猛吞了一口气，她决定超越他。

靳韩走得慢，项夏走得快，她头不抬眼不斜，健步如飞，很快就超越了他，并远远地走在了前面。

按照现在的速度计算，不出十分钟，就可以拉开她和靳韩之间的距离，他再怎么怀疑，也不可能说她是跟踪狂了吧？

十分钟后，项夏放缓了步子，得意地回过头，她以为靳韩的身影一定变成了小蚂蚁，却不想他还在她身后，绝对是放大版的蚂蚁王。

项夏先是一惊，接着脸红了，很快又白了。

“你，你跟踪我？”几乎是不假思索的，项夏瞪圆了眼睛指着靳韩。

靳韩停住了脚步，眉头拧成了一个疙瘩。

“这条路……”

他想解释什么，项夏根本不给他机会。

“你想说‘我们住在同一个小区，又在同一所学校上学，走同一条路也算跟踪吗’是吧？这台词我昨天才说过，你再说还有意思吗？事实胜于雄辩，我已经绕路避开你了，你还能跟上来，不是跟踪是什么？”

“二哈……”

“哈什么哈，说吧，为什么跟着我？是不是昨天扔了我的伞，觉得愧疚？没关系，道歉就行，不用这么鬼鬼祟祟的。”

项夏发现她不紧张的时候，可以做到口若悬河，靳韩被说得哑口无言，没反驳一句，项夏顿时来了精神，准备继续抨击靳韩的时候，马路对面一个男人穿过人行道跑了过来，他大约四十岁，一边跑一边擦汗，看起来很着急。男人到了靳韩面前，从背包里掏出了一份文件。

“不好意思，小靳，约好在你们小区门口见的，又临时改在这里，实在是堵车堵得厉害，这是你要的剧本……”

“谢谢马叔叔，辛苦了。”靳韩接过剧本。

“不辛苦，不辛苦，若不是有事耽搁了，应该亲自送到你家的。”

项夏听着男人和靳韩的对话，又看了看靳韩手中的剧本，觉得情况不对，靳韩没有跟踪她，而是在等人。刚刚还趾高气扬的神气劲儿一下子蔫儿了，她悄悄地退后了一步，趁着靳韩和男人说话的机会转身就跑。

一边跑，项夏一边懊恼、自责，刚才实在太丢人了，怎么可以冲动说了那样的话？于情于理，偶像也没有跟踪她的理由呀。

到了学校后，项夏垂着头进了教室。

项夏才坐下没一分钟，罗丽拉就走进了教室，她把书包扔在了座位上，掏出一本小说津津有味地看着，偶尔还发出奇怪的笑声，听说那是一本最近流行的校园小说，很多同学都在传看。

“罗丽拉！”

操场上有人在喊罗丽拉的名字，罗丽拉放下小说跑到了窗口，撅着屁股朝外看着。

项夏竖起了耳朵，辨别了一下刚才的声音，好像是张斌。

平时罗丽拉和于圣杰打得火热，张斌这个马屁精，为了讨好于圣杰，没少围着罗丽拉转，他罗姐长罗姐短的，喊得项夏耳朵都生茧子了。

只是这一大早的，马上就要上课了，张斌不赶紧进教室，在操场上溜达什么？

罗丽拉在窗口做着各种手势，偶尔还回头看项夏一眼，不知在搞什么名堂。项夏已经决定不管他们的闲事了，故意对此视而不见。

十分钟后，靳韩进了教室，项夏立刻用书本挡住了脸，他看左，她便朝右，他朝右，她便看左，直至他把一盒薯片放在了她的桌子上。

什么意思？

项夏没忍住把书从脸上移开了，靳韩冲她笑了一下，露出一口好看的牙齿。

“给你吃。”

“我不要。”

项夏不悦地把薯片又放回了他的桌子上，别以为这点儿小恩小惠就可以贿赂她，她是个有节操的人，昨天晚上加上今天早上，他已经让她无地自容了。

为了面子，项夏吞了一下口水，把目光移开了。

不知道是靳韩固执，还是项夏不够坚持，薯片很快又回到了她的桌子上，当看到陈悦雯老师走进教室时，项夏赶紧把薯片收了起来。

“看一下昨天的作业，质量太差，上课前都给我改好。”

陈悦雯让课代表把数学作业发下去，例行晨训之后开会去了。

数学作业分发下来了，靳韩翻开作业本，一封书信从里面掉了出来，刚好被项夏瞥见，她猜大约又是哪个女生送来的情书吧？她这个快递员最近不够尽责，已经没有女生愿意找她了，女生们变被动为主动，对靳韩展开了热辣难挡的攻势。

按照项夏以往的观察，每次遇到这种情况，靳韩都会把信扔掉，可今天不知为何，他把信打开了，认真地看了起来。

哼，还说什么清高？看来也不过如此，面对女生们的爱慕眼神，他也动摇了吧？

偶像的私生活，本和项夏没什么关系，可看到靳韩认真读信的样子，她心里还是觉得不是滋味儿，可能是对他期待太高吧。

“出淤泥而不染，濯清涟而不妖”，这是项夏对靳韩的评价，即便其间出现了诸多的误会，她也没有变过这种想法。

读完了书信后，靳韩起身走出了教室。

项夏知道自己不该有那么多好奇心，更不该趁着靳韩走了偷看他的信，毕竟那是靳韩的隐私，即便她是他的忠实粉丝，也无权偷窥。可偏偏，他很大意，走的时候忘记把信收起来了，它此刻就躺在桌子上。

项夏瞥了一眼，又瞥了一眼，忍不住挪了一下屁股，歪了一下肩头，故意靠近了靳韩的书桌，又假意帮他整理书本，眼睛却一眨不眨地盯着那封信，当看清信封上的文字时，她浑身的汗毛都竖了起来。

这哪里是情书，分明是一封挑战书，而且上面赫然写着“战书”两个字。

这是谁给靳韩下的战书？

项夏急切地把信拿了过来，快速打开，书信的内容不长，言辞挑衅，并注明了决斗的时间、地点，下面的署名是于圣杰。

于圣杰这种学渣，怎么会有这么好的文采？项夏确定他为了彻底激怒靳韩，找了文字枪手，靳韩中计了。

明的不行，来暗的了，于圣杰这是为了避开她，教训靳韩？

昨天项夏还下定决心不管偶像的事，现在看到这样的文字立刻动摇了，于圣杰这个时间约靳韩出去太明智了，第一节课，老师都在上课，操场上也没有学生走动，就连保安也不会在这个时间巡逻，他想干什么都不需顾忌了。

项夏回头看了一眼，于圣杰的座位是空的，张斌的座位也是空的，她觉得要出大事了。

第八章
强强对峙

项夏好像屁股着了火，放下信，跳起来就往教室外跑，却被开会刚回来的陈悦雯挡在了门口，她问项夏要去哪里，项夏支支吾吾地说不出来。

“我，我……”

“去哪儿？看看你的数学作业，没一道题是对的。”

“老师，我肚子疼。”

“忍着。”

“我……”

“别找借口，马上回座位去！”陈悦雯瞪圆了眼睛。

“哦。”

胳膊拧不过大腿，陈悦雯看透了项夏的心思，所以项夏只能耷拉着脑袋，灰溜溜地回了座位。

陈悦雯站在了讲台上，目光冷冷地扫射下来，发现靳韩和于圣杰的座位都是空的，连张斌也不见了影子，立刻火了。

“于圣杰和张斌呢？怎么靳韩也不见了？有谁知道他们干什么去了？马上就要期中考试了，还有没有点儿组织性、纪律性了？”

听到老师点了他们的名字，项夏意识到机会来了，立刻举手站了起来。

“老师，我知道他们在哪里。我去把他们找回来。”

项夏才要迈腿离开座位，罗丽拉便站了起来。

“老师，项夏怎么可能知道他们在哪儿？她这样跑出去，是想名正言顺地逃课吧？不如我去吧，我知道于圣杰和靳韩在哪里。”

可恨的罗丽拉，项夏迈出的脚又收了回来，她愤恨地咬着牙关，正准备和罗丽拉进行一番争辩时，陈悦雯开了口。

“行了，项夏，你先坐下，罗丽拉，你出去把他们找回来。”

“好嘞。”

罗丽拉得意地冲项夏仰了一下脖子，然后兴高采烈地跑出了教室。

项夏丧气地坐下了，果然道高一尺魔高一丈，于圣杰怕她扰乱他的大计划，竟派罗丽拉看死了她。

讲台前，陈悦雯噼里啪啦地开始讲题，项夏却神游到了教室外，想着罗丽拉跑出去，一定是给于圣杰呐喊助威去了，哪里会叫他们回来？作为黑粉，罗丽拉恨不得靳韩马上滚出K高。

项夏如坐针毡，靳韩现在是什么情况呢？

K高的后大墙外，一股冷冽的风刮过，卷起了地上的草屑，惊飞了一群麻雀。

噔噔噔，一阵脚步声由远及近，一双限量版的耐克火星鞋停在了一棵大树边，尽管尘埃被踏起，鞋子仍一尘不染。

靳韩缓缓抬起头，目光凝重地看着周围，这里除了偶尔刮过的风声，什么都听不到，静悄悄的。

挑战书写的地址就是这里，于圣杰不会临时做了缩头乌龟吧？

“出来！”他低吼了一声。

“果然够胆大。”

砰！一声响，于圣杰从一辆卡车的后车厢上跳了下来，随后闪出七八个男生来，除了几个本校的体育生外，还有一个是社会上的小混混，这个人光着手臂，隐约能看到刺青的图案，是于圣杰混社会认识的。

于圣杰低垂着眼眸，一缕头发垂至额前，遮挡住了他的眼眸。

“还以为你不敢来呢。”

“既然约好了，何必畏首畏尾？”

靳韩撇了一下嘴巴，笑于圣杰干吗要藏起来，于圣杰哈哈大笑起来。

“你不会认为我要搞偷袭吧？我这就告诉你，我！于圣杰！明人不做暗事，有什么都会直接来，拐弯抹角有什么意思？当然……我也不会让一个小丫头站出来替我出头。”

“什么替我出头？”靳韩没听懂。

于圣杰冷笑了一声，他不会装糊涂吧？

张斌是最后一个从车厢里出来的，他先是探头探脑地观察了一下情况，觉得对自己还算有利，立刻挺起了胸膛，却没敢真的冲到靳韩面前。

“你敢说你不知道小结巴在帮你？那个吃里扒外的死丫头，为了你，和我们老大作对！若不是我们老大不愿意和女生一般见识，她早就死得很难看了。”

“项夏？”

靳韩皱起了眉头，他想到食堂里的闹剧、雨中的花伞，难道是他误会了什么？

“装，你就装！”

于圣杰拿出了两个核桃，啪啪捏碎了，吃了核桃仁之后，不耐烦地把核桃壳甩在了靳韩身上。

靳韩伫立在原地，目光由于圣杰身上落到了地上的核桃壳上，这家伙有些放肆了。

“你以为我真的怕你吗？”

“哈哈，这才是重点。”

于圣杰哈哈大笑起来，他要的就是靳韩害怕、屈服甚至认输，假若这小子现在道歉求饶还有机会，如若不然，这小子就必须滚出K高。

一山不容二虎，于圣杰的“高岭之花”地位不能被任何人动摇。

前天，于圣杰走在校园里，听见几个女生在议论，说“高岭之花”应该换人了，还啧啧赞叹靳韩又帅又酷，相对来说，于圣杰好像只呆鸡。

呆鸡是什么东西？于圣杰的鼻子都要被气歪了。

昨天，他放学回家，碰见了几个平时见了他好像老鼠见了猫的男生，竟敢有说有笑地从他身边走过了，隐约能听见，他们在说什么过肩摔、狗吃屎之类的话。

狗吃屎是什么鬼姿态？于圣杰当真抓狂了。

今天一大早，他进入校门后，叽叽喳喳的有什么人在说话，意思好像是K高老大遇到强敌了，他左右瞄了好几眼，也没看到是谁说的，叽叽喳喳，有男生，也有女生，难道是全民造反？

毛骨悚然，于圣杰觉得必须处理掉靳韩，重振他的威风了。

狂笑了几声后，于圣杰的面孔变得阴沉，让靳韩跪地求饶是今天的重点，可于圣杰没什么信心，眼前的家伙好像茅坑里的石头臭硬到了极点，他会屈服吗？

“这小子给脸不要脸了吧。”那个光着手臂、文着刺青的男人有些不耐烦了，他让于圣杰不要和这小子废话，动手就是了。

“打他？便宜他了。”

于圣杰知道，靳韩出身名门，见过世面，也接触了各种各样的人，骨子里傲慢得好像开屏的孔雀，对付这小子，不能像对付其他高中生那么简单粗暴，光靠打是不行的，砸钱？他也没靳韩有经济实力，琢磨了好几天，他终于想到了一个大计划。

胳膊拧不过大腿，这个道理谁都懂，现在的形势是，大腿是于圣杰，胳膊是靳韩，但不出一个月，形势很可能发生翻天覆地的变化，于圣杰想想就觉得心惊，他可不想沦落成胳膊，他决定趁热打铁……

缓缓向左迈开一步后，于圣杰冲靳韩勾了勾手指头。

“每天你只要做一件事，我就不找你的麻烦。”

“什么？”

靳韩的目光扫来，看向了于圣杰的腿，面色骤然变了。

高二（6）班的教室里，项夏扭扭身子，挪挪屁股，怎么坐都觉得不舒服，偶尔，她还会探头朝窗外看一眼。

讲课的老师发现项夏一副心不在焉的模样，生气地拿起粉笔头使劲扔来，她至少已经被打了七八下了。

“项夏，你是不是心落在操场上了？”

何止心落在操场上了，项夏觉得自己的人也在外面，可惜，她走不出去，她沮丧地耷拉下了脑袋，唉声叹气着，于圣杰怎么会放过这个机会？靳韩应该已经被打成肉酱了吧？

罗丽拉还没回来，多半是狐假虎威，和于圣杰一起欺负靳韩去了。

这些浑蛋，真希望他们通通被雷劈成乌眼青。

K高的校园外，罗丽拉好像一阵香风，从校门口飘了出来，看到于圣杰后，她欢天喜地地飞奔而来，却不小心被一块石头绊了一下，扑通一声摔在了于圣杰脚下。

“哎呀，我的鼻子……”

她狼狈地抬起头，看到了于圣杰那两条修长的腿。

于圣杰自认这个姿势已经很完美了，却因为罗丽拉这么一摔，长腿不自觉地抽了两下，加上摔在他胯下的美女，看起来有那么一点点猥琐。

“你来干什么？”

“我……来帮你。”罗丽拉狼狈地爬了起来，摸着摔红了的鼻头，眼皮都不敢抬一下。

于圣杰气恨地瞪了瞪眼，让罗丽拉该干吗干吗去，不要给他添乱，罗丽拉还想说什么，被于圣杰的手臂挡在了身后。

于圣杰重新把腿迈了出去，指了指胯下，冲靳韩轻蔑一笑。

“你每天从我胯下钻过去一次，我就让你留在K高，不然就给我滚出去！”

每天钻一次？这是何等的羞辱，一次就已经很过分了！

于圣杰的大计划早就酝酿在脑海里了，靳韩这种硬骨头，是打不服的，唯一的办法就是羞辱他，假若他真从于圣杰的胯下钻过去了，这事传遍校园，靳韩不但颜面扫地，失去粉丝不说，还会成为全校的笑柄。还有一点，于圣杰十分肯定，自己“高岭之花”的地位不但稳固了，靳韩也会因为舆论滚出K高，没有什么报复比这个更过瘾的了。

想让靳韩主动从他的胯下钻过去是不可能的，所以于圣杰叫来了一群帮手，这些家伙都是打架的好手，任靳韩怎么厉害，也敌不过这么多人一起扑上来，他要靳韩忍受胯下之辱的照片，他虽不至于卑劣地发布到网上，但也是可以让K高里的一些人知道的。

靳韩没料到于圣杰会来这一手，看来这个挑战书不能随便接，他轻敌了。

主动不行，就来强迫，今天站在这里，靳韩已经没有其他的路可以走了。

“张斌，相机。”于圣杰冲张斌打了一个响指，张斌欢快地应了一声，拿出了相机，为了这一刻，他们做了周全的准备。

“来吧，要痛快的还是不痛快的？别想着有人帮你，这个时间，小结巴正在教室里上课呢。”

于圣杰抱住了手臂，气氛再度紧张了起来，有刺青的那个家伙一步步走向了靳韩。

时间一分一秒地流逝着，项夏的心揪成了一团，第一节课下课的铃声终于响了。

老师刚走出教室，项夏就立刻站了起来，还不等她有所行动，教室的门外，于圣杰进来了，他嘴里叼着一盒酸奶正喝着，接着靳韩进来了，双手插在兜里，表情没什么特别之处，走在最后面的是张斌和罗丽拉，张斌还是一副嬉皮笑脸的模样，罗丽拉翻着白眼，嘟嘟囔囔地抱怨着。

项夏揉了一下眼睛，再定睛看去，进来的人都很正常，没一个有外伤的。难道是功夫太高，都打成了内伤？

于圣杰走到项夏身边，冲她打了一个响指："急坏了吧？"

"有，有什么可急的……"项夏厌恶地瞪了他一眼，这家伙偷偷摸摸，趁她不备向靳韩下了战书，算什么英雄？但转念一想，自己这几天的行为，似乎也不光彩，只能偃旗息鼓了。

"哼，靳韩滚出K高，只是时间的问题了。"说了一句大话后，于圣杰大摇大摆地回了自己的座位。

什么意思？

项夏听了这话，心里一阵阵发毛，于圣杰的口气，好像对整件事胸有成竹了？难道他真的将靳韩打出内伤了？

项夏抬起头，眼睛一眨不眨地盯着靳韩，他好像没什么异样，从走过来到坐下，动作麻利顺畅，不似哪里疼痛的样子。

靳韩坐下后，拿出书本，唰唰地写了起来，又在算数学题吗？

上课铃声响了，项夏又观察了靳韩一节课，也没发现他哪里不对，难道是她多心了？

大约一节课的时间，他们出去干了什么？项夏怎么也不相信，于圣杰那种人会和靳韩握手言和！而靳韩也不喜欢于圣杰，两人针尖儿对麦芒儿。

唉，想想自己的鲁莽行为，项夏的肠子都悔青了，她期待靳韩和于圣杰握手言和，但这种可能性太小了。

下课后，于圣杰被老师叫走了，罗丽拉也出去了，靳韩把挑战书撕碎扔在了垃圾桶里，然后继续做数学题，他好像格外喜欢数学。

做完了数学题，靳韩又开始整理那张巴掌大的书桌，他把作业本从左面移到右面，又把书从右面移到左面，一个边角摆放歪斜了，都要仔细正过来，每一个动作、细节都透出了强迫症患者的心态。

当靳韩又重新整理的时候，项夏实在忍不住了，她咳嗽了一声，开口询问靳韩。

“刚才……你们出去……干什么了？于圣杰有没有为难你？”

“你说上节课？”靳韩低声问。

“嗯。”

“你很关心这件事？”

靳韩停止了动作，扭头看向项夏，他想到了张斌的话，小结巴在维护他吗？当时他还半信半疑，听到项夏开口这样问，他有些信了。

“不是……我只是听说了，问问而已。”项夏心虚地辩解着，不敢承认关心他的事实，她怕靳韩笑话她不自量力，就她这个天天被人欺负得哭哭啼啼的小丫头，也妄图帮助靳韩？

“那就不要问了。”靳韩继续垂眸整理书本。

项夏咬了咬唇，不肯让好不容易开始的话题就这么结束，于圣杰到底干了什么？假如她能帮忙，就一定不会袖手旁观。

“于圣杰做什么了？也许……我能说说他的……”

项夏这话说得一点儿底气都没有，却还是硬着头皮装勇敢。

靳韩停止了动作，反过来问了项夏一个问题。

“你和于圣杰不是一伙儿的吗，也希望我滚出K高？现在问这些细节算什么？笑话，还是有什么其他的目的？”

“一，一伙儿的？”怎么可能？项夏赶紧摇手，声明她和于圣杰啥关系都没有，“我和他真的半毛钱关系都没有，他也天天欺负我的。”

“不然，你怎么知道他要为难我？”靳韩又问。

“这个……我，我看到了挑战书，还有……张斌说于圣杰有大计划，所以我才担心的……不过我不知道大计划的内容，不然我……”

不然她能怎么样？项夏的声音越来越小，她不能跑去告诉老师，也不能和于圣杰对抗，能做的也只能是偷偷摸摸地跟踪靳韩了。

“不知情吗？”靳韩笑了，他仍不大相信项夏的话，撒谎精的脸，在撒谎的时候向来都是这样不红不白的，他已经领教多次了。

"真的不知道，我也问了于圣杰，他什么都不告诉我……那家伙……"

项夏懊恼地噘着嘴巴，若不是抓住了于圣杰的小秘密，她现在应该都死了好几次了。

她这番苦口婆心的解释，靳韩听后只是笑了一下，他拿出了一张纸，在上面快速地画了一个图案，项夏瞥了一眼，他画的好像是一只哈士奇。

靳韩又涂抹了两笔，画龙点睛地把哈士奇的可爱模样展现得淋漓尽致，然后把图画递给了项夏。

"送你。"

"送，送我？"

他画了一只傻乎乎的哈士奇，然后送给她？项夏的脸瞬间就红了，她想到了靳韩给她起的外号"二哈"。

"不要吗，二哈？"靳韩又说出了那两个字。

项夏抿着嘴，吞着气，隐忍着胸口即将喷薄而出的烈火，她一番好意关心他，他竟嘲笑她，可恶，实在可恶！

"不要算了。"

眼看着靳韩要把那张纸扔掉，项夏快速把纸张抢了过来，虽然他画的哈士奇有点儿嘲讽，但画工还是不错的。

"你……"

这回轮到靳韩不好意思了。

"开玩笑的，撕了吧。"

"撕掉？"

"嗯，难道你想留着？"靳韩反问。

"谁，谁要留着……"

项夏尴尬地翻了个白眼，犹豫了一下之后，她把图画三两下揉成团扔进了垃圾桶。许是动作太快了，扔得毫不留情，靳韩轻咳了一声不再说话了。

纸团一直躺在垃圾桶里，随着废纸越来越多，渐渐被掩埋了。

项夏的眼睛一直盯着垃圾桶，怎么也无法移开。

课间十分钟，同学们千姿百态，罗丽拉在唱歌，张斌在拍桌子，还有人在这种嘈杂的环境中呼呼大睡。值日生过来收垃圾了，项夏眼睁睁地看着画着哈士奇的纸由垃圾桶进入了垃圾袋，离开了教室。

靳韩似乎不大喜欢这样的喧闹，坐了一会儿便起身离开了教室。他一走，项夏就好像弹簧一样弹跳了起来，疯了一样向外冲，张斌走过来要和她说什么，被她一把推开了。

“喂，有话和你说，你去哪儿？”

“碍事的家伙，我很忙。”项夏扔下这句话，快步离开了教室。

“碍事的家伙？”

张斌抓了一下头发，他什么时候成了碍事的家伙了？小结巴果然越来越嚣张了。

“喂，项夏，你等等……”张斌追了出去。

项夏一口气跑到了教学楼外，刚好看到值日生送完垃圾回来，她奔过去一把抓住了值日生的手臂。

“垃圾袋呢？”

“送进学校的垃圾桶了，怎么了？”值日生有点儿蒙。

“没事。”项夏放开了值日生，继续向前跑去。

学校的垃圾桶放在教学楼西侧的花坛外，一共三个，盖着盖子，平时各个班级有垃圾都会送到这里，第二天一早，环卫工人会开车过来把垃圾清走，因为都是一些废纸什么的，偶尔也有大爷大妈通过保安的特殊关系进来回收卖钱。

项夏赶到的时候，一个穿着黄色马甲的大爷正在挑选可回收垃圾，她赶紧跑了上去。

“等等，大爷，我找东西。”

“找什么呀？丫头，这里乱糟糟的，我帮你。”老大爷很热情。

“不用。”

项夏快速掀开了一个垃圾桶的盖子，虽说不是什么生活垃圾，但是味道也不怎么好闻，她皱了皱眉头，伸手在垃圾桶中翻找着，平时不太在意这些垃圾，今天这么一翻才发现，原来学校里的垃圾五花八门，有纸屑、废笔、果壳，还有嚼过的口香糖。

“真恶心。”

翻垃圾桶的感觉真不好，项夏恶心得想吐，憋着气，她把三个垃圾桶都翻找了一遍，终于在第三个垃圾桶里找到了被她揉成团的画着哈士奇的那张纸。

“嘿嘿，哪里跑？”

她小心翼翼地展开纸团，靳韩画的哈士奇展现在了她眼前，真没想到，他这么有才华，不但演技好、学习好，连绘画技术也这么出色。又发现了偶像的一个优点，项夏喜不自禁。

“虽然你最近有点儿讨厌，但你还是我的偶像。”

盯着纸上的哈士奇，项夏喜滋滋地自言自语了一句，转身正要走，突然发现身后站着一个人，她一点儿心理准备都没有，吓得一激灵。

“张斌，你有病呀，站在这儿干什么？”

“你干什么呢？翻垃圾桶，那是什么，给我看看！”

张斌好像猴子一样跳上来，作势要抢项夏手中的纸，项夏急忙避开，把纸快速折好塞进了衣兜。

“试卷，扔错了。”

“真的假的？你都快考零蛋了，还在乎一张试卷？”张斌讽刺着，眼睛却死死地盯着项夏的衣兜，想知道她在里面藏了什么秘密。

“你还不如我呢，哼。”项夏不悦地绕过张斌朝前走去，张斌笑嘻嘻地跟了上来。

“问一句，你还打算帮靳韩吗？”

“干吗？关你什么事？”

“我可看见了，他昨天扔了你的伞，你这是热脸贴他的冷屁股，何必呢？”

张斌的话，让项夏不自觉地停住了脚步，他怎么知道靳韩扔了她的伞？难道他在跟踪她吗？最近好像挺流行跟踪的，她跟踪了靳韩，张斌跟踪了她。

“你干吗跟着我？”

“没有的事，我为什么要跟着你？”张斌在狡辩。

“哼，那么大的雨，你干吗不走？”

“这个，嘿嘿。”张斌不再掩饰了，他四下里瞄了瞄，凑近了项夏，“你以为我愿意跟着你吗，是老大授意的。”

“于圣杰？”

“嗯哼，不然那么大的雨，你以为我有病吗？哎哟喂，回家我还多敷了一张面膜，这脸被风吹得……”

张斌摸了摸脸，又弹了弹，夸赞这次买的面膜不错，敷了之后皮肤又水又嫩。

项夏嫌弃地翻了个白眼，男生这么爱护理皮肤，又臭美又不要脸，世界上怕没有第二个了。

“我给你推荐一款面膜，补水效果超好……”

“不不，还是谢了，我不用，不过……张斌，我警告你，以后不准跟着我，不然我会让你好看。”

“我已经够好看了，不用你帮。”

扑哧！项夏直接被逗笑了。

张斌嘿嘿一笑，然后压低了声音试探项夏：“老大让我跟踪你，随时汇报你的行踪，不会是……看上你了吧？啧啧啧，就你这长相，这皮肤……老大真不挑……”

“张斌，你想死吗？”

项夏愤怒地握紧了拳头，她这长相怎么了？皮肤又怎么了？虽不及罗丽拉好看、水嫩，可和张斌比，怎么也算是上品了吧？

看着项夏举起的拳头，张斌赶紧求饶：“你优秀，优秀。”

张斌解释于圣杰让他跟踪她，是为了找机会对靳韩下手。

“唉，老大信誓旦旦地说要收拾靳韩，可每次出手，都拿人家没办法，浪费心情……”

“浪费心情，什么意思？”

项夏感觉张斌这话值得推敲，莫非今天早上于圣杰又吃了瘪？想想靳韩那个精彩的过肩摔，于圣杰的亏还没吃够吗？竟又是单打独斗？

张斌就喜欢炫耀自己知道的秘密，特别是关于于圣杰的，以此来刷存在感。项夏趁机追问一大早于圣杰是不是找靳韩的麻烦了，虽然表面看来他们没有互相伤害，但应该发生点儿什么了吧，毕竟一节课的时间不可能就那么面对面地站着。

“没有，什么都没有，我也什么都不知道。老，老大今天早上只是迟到了。”

“迟到了？”

张斌还嘴硬，项夏把于圣杰给靳韩下挑战书的事说了出来，他这才招认了。

“老大下的战书，我只是奉命执行。”

“然后呢？”

“然后就是……”

张斌抓耳挠腮地描述了今天早上发生的事，于圣杰确实下了挑战书，并布好了天罗地网等着靳韩，他不但找了学校里的体育生，还找了社会上的混混，一个个摩拳擦掌准备大干一场。于圣杰这次确实使出撒手锏了，想让靳韩明白，谁才是K高的“高岭之花”，要么老老实实地在K高待着，要么就滚出K高。

“他还真去了？”

“可不是吗？”张斌点点头，靳韩能应约出来，还真是有勇气，“那小子单枪匹马地来了，我还以为他脑子有问题呢。”

“你的脑子才有问题呢。”项夏不喜欢张斌用的这个词，以靳韩的聪明头脑，敢一个人去应该是提前想好了对付于圣杰的办法。

“嘿嘿，老大真是厉害，找了个有刺青的家伙，虎背熊腰的，靳韩就算有两下子，也没法和老大对抗了。”

“刺青？”听到“刺青”两个字，项夏立刻就想到了警匪片里的亡命之徒，心下一紧，更加担心靳韩了。

“于圣杰没病吧？学校里的事，找外人做什么？”

“那叫气势……不过说了你可能不信，靳韩那小子还真不怕，眼睛都没眨一下。”听口气，张斌像是越来越佩服靳韩了。

“不怕？”项夏的脸上起了黑线，觉得靳韩鲁莽了，于圣杰是谁？K高的活阎王，这次他侥幸逃脱，下次就不知道有没有这么幸运了，还是识时务的好，鸡蛋怎么能往石头上撞？

“老大确实是个狠茬儿。”

“怎么说？”

“他让靳韩从他胯下钻过去，还要拍下来。”

“什么？”

项夏脸色大变，于圣杰的“大计划”就是这个？这也太险恶了吧？靳韩是明星，这照片若是被居心叵测的人放到网上，他还怎么在娱乐圈里混呀，罗丽拉那样的黑粉，会趁机抹黑抹黑再抹黑。

靳韩不会真的钻了吧？

古有韩信受胯下之辱，今有靳韩，可他们所处的时代不同，性质也完全不同呀。

瞬间，项夏的冷汗流了下来。

“他不会钻的，他又不傻。”

“不钻？他有那个力气反抗吗？要知道，老大叫的人都不是吃素的。”

“于圣杰这个浑蛋，他想干什么？”项夏一时间心乱如麻。

难怪于圣杰和靳韩回教室时，他们身上都看不到一点儿外伤，莫非靳韩妥协了？怎么可以妥协呢？在项夏眼里，没有靳韩克服不了的困难，也没有他对付不了的人。

明知道以靳韩一个人的力量抗衡不了那么多人，项夏心里还是有所期待，希望他能扭转乾坤，可事实是，他放弃了最后的反抗。

沮丧地抬起头，项夏觉得整个世界都昏暗了，偶像的光环在渐渐变淡。

“真没想到，靳韩能那么说。”张斌站在一边摇着头。

项夏恍然回神，靳韩说什么了？

“他不是妥协了吗？”

“妥协什么？那小子硬得很。”

“快说说看。”

“嗯，你一定感到意外，我也意外……”

第九章
偶像反常

场景似乎又回到了一个多小时前。

阴风刮起的乱屑中，靳韩站在于圣杰面前，于圣杰抱着手臂，张开了两条大长腿，等着靳韩从他胯下钻过去。靳韩一直保持着冷漠的姿态，没移动一下步子，于圣杰等得不耐烦了。

“机会已经给过你了，你没珍惜，接下来，就别怪我不客气了！”

于圣杰一挥手，那个社会人冲了上来，甩着刺着刺青的胳膊，准备大干一场了。

靳韩没有动。

社会人摩拳擦掌，一步步逼近。

靳韩还是没有动。

于圣杰想不通了，是什么让靳韩如此镇定，难道这种羞辱还不够吗？

刺着刺青的家伙站在了靳韩面前，准备动手了，靳韩笑了。

“你认为这么做的结果是什么？”

清冷的声音自前方传来，于圣杰微微一愣，结果？难道不是他所想的吗？还是……

“等等。”于圣杰伸出了手，制止了那个社会人。

靳韩不是一般人物，若没准备，岂能赴约？会不会是他小看了靳韩，还是自己的计划不够狠辣？

于圣杰想听听靳韩要说什么。

那个社会人悻悻地退至一边，靳韩很随意地轻掸了一下校服上的尘埃，然后抬起头，云淡风轻的表情，让于圣杰有些不安。

“从你的胯下钻过去，不过是一个动作，主动也好，强迫也罢，都会让我颜面扫地。”

“你知道就好。”于圣杰对于靳韩的分析甚为得意。

“假如我这样做了，结果是什么？”

“当然是你滚出K高了。”

“呵呵。”

靳韩又笑了，笑中带着丝丝嘲讽：“你听说过‘破罐子破摔’这句话吗？”

“什么意思？”于圣杰当然听过这句话，可它和靳韩离不离开K高有什么关系？

“既然我已经没有名誉可言了，还离开K高做什么？证明你成功了，还是我败得一塌糊涂？我从小到大，有个倔脾气，就是从哪里摔倒就从哪里爬起来。”

“哈哈，你吓唬我？”于圣杰用大拇指指了指自己的鼻子，他也不是吓大的，从小学到高中他一直都是校霸，就没怕过谁。

“你觉得现在的形势，我能吓唬你吗？你摆这个阵势，无非是想逼我退学，呵，手段也不算光彩，说卑鄙也不过分。单打独斗，你没有胜算，若这么一股脑儿地扑上来，逼我就范，成功的概率是百分之百，但你又会觉得心安吗？”

“我从来不知心安是什么东西。”

于圣杰虽嗓门儿很大，但没什么底气，这事的确不光彩，没什么可津津乐道的。

“我有个提议。”靳韩说。

“提议？你还想挣扎？”于圣杰不是傻子，一个过肩摔，证明靳韩和他一对一赢面很大，他怎么可能接受单挑？靳韩这是白费口舌。

“敢和老大这么说话的你是第一个。”一边站着的张斌竖了竖大拇指，说在K高，于老大就是天，还没人敢对他说的话提出异议，“你真厉害，我看好你，难怪有那么多粉丝。”

“滚！”于圣杰一巴掌拍了过去，张斌一下就闪开了。

张斌说话断断续续的，唠叨了半天，也没说靳韩到底想出了什么对策，项夏急得如热锅上的蚂蚁，就差钻进张斌心里看个究竟了。

“靳韩到底钻没钻呀？你快点儿说行不行？”

“别急嘛。”张斌耸耸肩，告诉项夏，结果出乎所有人的意料，“没钻，也没打，和平解决。”

“怎么可能？”

“嘿嘿，虽说没钻裤裆，也没打，可好戏还在后头呢。”张斌告诉项夏，虽然今天没打起来，不等于这事就过去了，靳韩和于圣杰做了一个更大的赌约。

“什么赌约？”会比胯下之辱还过分？

能让于圣杰放弃酝酿已久的大计划，同意另外一个赌约，这个赌约应该对他十分有利，不仅如此，还可以使他名利双收。

于圣杰虽然学习不怎么样，心里装着的整人的鬼主意却很多，靳韩怎么可以傻乎乎地掉进他的圈套呢？

张斌仰起下巴，冲足球场努了努嘴。

“靳韩让于圣杰选一项他擅长的体育运动。”

“比体育竞技？”

“对，体育竞技。”

“什么？”

于圣杰擅长什么？当然是足球了！

项夏一脸茫然，靳韩的脑回路没问题吧？这不是正中于圣杰的下怀？这样一来，他不但可以赶走靳韩，还可以向K高的全体同学展示他的魅力。

“两个人分别组建小队，在球场上对垒，如果靳韩输了，二话不说滚出K高，但是他赢了……以后于圣杰不能再找他的麻烦。”

“这算什么赌约？不是送分题吗？”

“对，就是送分来的，我猜靳韩是被吓傻了，老大毫不犹豫地选了足球。”

项夏低低地咒骂了一声，于圣杰真不要脸，这样的便宜也好意思占，他就不能推托一下吗？靳韩平时忙于拍片，哪里有时间踢球？也许他连基本的传球都不会。

“我觉得靳韩这是作死，老大随便招呼一声，立刻就能组成一支球队，靳韩到哪里去找人呢？就算上场也是孤军奋战吧？”

“别说了。”项夏实在听不下去了，心里好像堵了石头一样难受，她心神不定地朝前走去，张斌还在后面叽叽喳喳地说着。

“哈哈，至少他不用钻裤裆了。”

关于于圣杰和靳韩之间定的赌约，项夏很忧伤，一直到放学离校，她都魂不守舍的。

韩晓波又来接靳韩了，母子两个站在校门口保持着不远不近的距离，从韩晓波的脸色来看，有什么事让她很不开心，靳韩也是一脸严肃，他们上车后，朝另一个方向开去，大约又有什么应酬了吧。

项夏不是明星，不懂明星的档期是怎么安排的。靳韩好像是一个永不停歇的机器人，不知奔波的疲惫。

无聊地踢着路上的石头子儿，项夏走得缓慢，当回头看到于圣杰走出了校门时，她憋足了力气，一哈腰，背着书包拔腿就跑。

“死丫头，我又不打你，跑什么？”校门口，于圣杰摇着头，几个好哥们儿出来后，他们一起去了游戏厅。

回到家，老妈一如既往地唠叨，说的是这次期中考试，她希望女儿的成绩不要再垫底了。厨房里锅盆乒乒乓乓，项夏听也听不清，只好回了房间。

项夏将画着哈士奇的那张纸藏在了日记本里，合上日记本时，她禁不住笑了出来，家里除了偶像的海报画外，还真没一样靳韩送给她的礼物，这算是第一件吧？

人在青春期时，总会做那么一两件让人笑掉大牙的事，翻垃圾桶算是其中一件吧？

项夏合上日记本的那一刻，有意义的一天永远留在了她的记忆里。

期待新的一天有新的变化，可每个清晨的到来都有那么一点点不如意，这次也不例外，项夏精神饱满地冲出楼梯口，看到了靳韩，也看到了他怀中的一只暹罗猫。

小区里的人都知道，项夏害怕一切长毛的小动物，特别是野猫，每次它们从草丛里跳出来，都会把她吓得魂飞魄散，所以遛猫、狗的大叔大婶见到项夏都会把猫、狗牵走。

靳韩抱着的暹罗猫好像故意和项夏作对，突然喵的一声怪叫，飞扑了上来，项夏惨叫一声撒腿就跑，连前方是小区的喷泉池也没注意，直接跳了进去。

扑通一声，项夏又成了落汤鸡。

暹罗猫跳出去后，追逐草丛里的一只蝴蝶不见了踪影。

项夏狼狈地扑腾了两下，从水池里爬了起来，浑身都在滴水，样子别提多搞笑了。

“靳韩！”

项夏怒吼了出来，有没有搞错，一大早带猫出来做什么？银牙咬了又咬，她不确定这算不算靳韩的反击。

“嘿！”

靳韩友好地和她打着招呼。

咦？这是什么表情？项夏的心狂跳了一下，她甩了一下手臂上的水，疑惑地打量着靳韩，这家伙一反常态地温和，连声音也不一样了，莫不是想给她一个甜枣，再打一巴掌？

“二哈也怕猫吗？”靳韩居高临下地站在喷泉池边，挑着嘴角。

他在笑吗？

是的，靳韩在笑，而且笑得十分开心，晨光照在他脸上，和海报上的照片一样光彩夺目。

二哈？

项夏觉得鼻腔热乎乎的，好像有火随时要喷出来，这算是靳韩给她起的外号吗？上次在教室门口，他也叫了一次。

她哪里长得像傻乎乎的哈士奇了？想到靳韩画的那幅画还藏在日记本里，项夏的脸红了。

“我不叫二哈，项夏，我叫项夏！”

项夏气恼地蹬着水，想从池边爬上去，却无奈手滑，又扑通一声掉了回去。

“天天向下吗？”靳韩搞怪地笑出了声音。

这还是第一次有人和她的想法一样，觉得这个名字代表着一个非凡的意义。只是这话从靳韩嘴里说出来，更具嘲讽的意味。

闷哼了一声，项夏走向了喷泉池的另一边，继续努力往上爬。

“手给我。”

靳韩走了过来，朝项夏伸出了手。

项夏以为自己听错了，这家伙恶作剧后，打算好心拉她一把吗？还是准备将她拉起后，再狠狠地推下去？

“不用。”

项夏又换了一个方向，靳韩又跟了过来，他蹲在池边，看了看手表，语重心长地说道：“我真不是故意的，看，快七点了，赶紧上来，上楼换衣服，不然铁定要迟到了。”

“要你管？”项夏噘着嘴。

“你确定？我可走了。”

说完，靳韩站了起来，似乎真打算扔下项夏上学去了。

“喂，等等……”

项夏抽了一下鼻子，喊住了他。靳韩说得没错，她的时间不够了，再赌气就迟到了。

虽然心里憋着气，但项夏还是冲靳韩伸出了手。

项夏崇拜了靳韩很久，却从来没和偶像有过任何的肢体接触，当他紧握她的手时，一股热力好像电流一样涌向她的全身。

这绝对是一个治愈系男生，项夏感觉身体里堆积了几天的怒火都熄灭了。

靳韩毫不费力地把她拉了上来，放开了她的手。

“快上楼吧。”靳韩提醒着项夏。

“谢……谢谢。”

这声谢谢说得真委屈，站在池子边，项夏难掩心中澎湃的情绪，手心里还残留着一丝炙热，她狼狈地看了靳韩一眼，转身飞快地跑进了单元门。

回到家里，项夏还是难以平复情绪，刚才发生了什么？她凌乱地扯了两下头发，觉得自己应该是想太多，出现幻觉了。靳韩怎么可能拉她？他没再多踹她一脚就不错了，可事实上，他确实帮了她。

昨天加上今天，太阳是从哪边出来的？靳韩的脑袋没问题吧？

用力拍了一下自己的脸，项夏混沌的大脑清醒了许多。

项夏匆匆忙忙地冲了个澡，换了衣服，差不多七点半了，现在从小区出发，就算一路狂奔到学校也铁定要迟到。

背好书包，项夏火急火燎地出了小区的大门，却又意外地看到了靳韩，他正双手插兜，站在大门外，无聊地踢着地上的石头子儿。

项夏用力眨了一下眼睛，再眨了一下，确定自己没看错，就是靳韩，他怎么没去上学？他是又有应酬请假了，还是在等什么人？项夏左右看了两眼，靳家的车不在，也没看到韩晓波的身影。

唉，又要和他走同一条路了，项夏心里还是很有压力的。

靳韩听见了脚步声，蹙眉看了过来。

“快点儿。”他在催促着。

他在喊她吗？项夏停住了步子，想确定身后是不是还有人，可回头看了一眼，连个人影都没有。

“能不能快点儿？”

靳韩焦虑地瞥了一眼手表，好像等得不耐烦了，转身大踏步朝前走去，走出了大约十米，他又停住步子，这次直接喊了项夏的名字。

“项夏，怎么不走？迟到了！”

“你先走。”

既然都已经迟到了，走快走慢都一样。

“一起走吧，有我在，陈老师不会批评你的。”

“……”

项夏身体里一度衰败的细胞又活跃了起来，平时躲避她还来不及的靳韩，竟愿意和她一起上学？

“一起，快点儿，我今天还有比赛要参加，错过就麻烦了。”他冲她晃晃头。

天哪，是真的，他在叫她和他一起走。

三秒思索，三秒猛醒，项夏兴奋得差点儿跳起来，觉得靳韩刚才说话的嗓音宛如天籁。

这可是破天荒的第一次，靳韩主动和她说话，而且态度十分友好。

她抬头看了一眼天空，太阳正从东边缓缓升起，白云悠悠，碧空如洗，一夜的暴风骤雨，带来的是明媚的阳光和清新的空气。

莫非是她的诚意打动了老天，让偶像睡了一夜突然得了失忆症，忘记她用足球打过他的头？忘记她砸了他家车子的风挡玻璃？还忘记了那只名贵的花瓶，甚至不记得她跑去校园张贴过什么海报了？

失忆真好，项夏希望靳韩永远不要醒来。

紧走了两步，项夏和靳韩肩并肩，走在偶像身边，她怀里好像装着一只梅花鹿，蹦蹦跳跳的，一刻也不消停。

“一直想问你，那天的足球，你是怎么踢的？”

靳韩突然发问，项夏惊得差点儿转身就跑。他没失忆！

“我，我，足，足球吗？”

那天的足球她是怎么踢的？就是那么很随性的一脚，她把他的头当成了球门，没有守门员，当然就直接进球了。

这个想法也真是欢乐，项夏却不敢说出来。

“我……只想拦住小偷。”

“呵，我不是小偷。”

“我也是后来才知道的。”

懊恼地抓了一下头发，项夏的脸微微发烫，今天应该是最好的时机，话题展开了，节奏也不错，该轮到她正式向他道歉了。

“靳韩，那天的事，我一直想说对不起的，希望你能原谅我。”

“原谅你了，二哈。”他愉快地接受了项夏的道歉。

又叫她二哈？

项夏脸上的肌肉猛抽了两下，偶像能不能不破坏这么好的气氛？还是他心里的戏份太多，时刻不忘记表演？当她是一条走在自己身边的哈士奇？原谅一条不懂事的狗，比原谅一个人容易多了，可她不是二哈！

“我叔叔家养了一条哈士奇，你很像它。”

“……”

项夏把脸扭向一边，苦闷地咬着牙，很想就地画个圈圈诅咒他，这么说话真的好吗？还是明星的脑袋和平常人不一样，联想也很奇葩呢。

“呵呵……”项夏发出了一声连自己都接受不了的笑。

接下来，靳韩打开了话匣子，他说他很喜欢哈士奇，也喜欢猫，若不是没时间，他肯定也养一条和叔叔家一样的哈士奇。

“你喜欢狗吗？”靳韩问。

“不！”

“猫？”

“不！”

“拒绝一切长毛的动物，你该去看心理医生。”

“……”

项夏翻了个白眼，却一个字都说不出来。

“知道吗？哈士奇很可爱的，它有一个最大的特质，就是特二，按我们的话说就是一个二傻子……”

他就不能不说了吗？项夏怎么感觉靳韩一直在说她呢？

一路上，靳韩都很平易近人，他似乎在故意制造话题。

项夏很激动靳韩能有这样的转变，但她也产生了一个疑问，偶像为什么一夜之间变了呢？到底是什么事影响了他？

一直到走到学校大门口，靳韩才停止关于哈士奇的话题，项夏整个人都云里雾里的，连怎么跟着靳韩进的教室都记不清了。

陈悦雯高八度的声音不但能压住教室里的喧嚣，还能穿透玻璃，让外面的人也听得十分真切，所以她还有一个绰号，叫“女高音”。

和靳韩一起迟到果然不用担心太多，虽然陈悦雯老师的眼睛快喷出火了，但还是让项夏回了座位。

“她和靳韩一起来的？”

张斌的尖细嗓子即便很小也能听到，罗丽拉和她的死党朝项夏的方向指指点点的，那些平时笑点很低的女生莫名其妙地笑了起来，头脑迟钝一些的男生四顾茫茫，半晌才反应过来，是在说项夏和靳韩。

项夏对于周围的嘲讽已经习惯了，多一句少一句，无关痛痒，倒是靳韩受到这样的牵连，心里不大舒服吧？毕竟和小结巴走在一起，没那么光彩。

回到座位上，项夏故意向外拉了拉椅子，拉开和靳韩的距离，让大家睁大眼睛看清楚，她和靳韩没那么要好，一起走进教室纯属偶遇。

可让项夏感到尴尬的是，靳韩毫不介意那些眼光，递给了她一支笔。

“猫吓你的时候，笔掉了，路上忘记给你了。”

“哦。”

项夏无法揣摩靳韩的心思，为什么选在这个时候归还这支笔？

和小结巴走得太近，会出现两种可能的局面：一种是被人笑作智障；另一种是瞬间失去所有朋友。关于这一点于圣杰就做得很好。

“这些辅导书，你也可以看。”靳韩指了指他桌面上的辅导书。

“哦。”

项夏瞄了一眼靳韩的桌面，好像又多了不少辅导书，这家伙的脑袋里到底装了多少东西，容量应该很大吧？

一阵窃喜后，项夏觉得自己受到了偶像的独宠，瞬间，她脑补了很多画面，靳韩大帅哥成了她最好的朋友，两个人每天迎着阳光，一起上学一起放学一起温习功课，他还会买很多好吃的给她，和她说很多话，鼓励她，帮助她，每次他笑的时候，眼睛好像两弯月亮……

“嘿，二哈……”

耳边的一句“二哈”，将项夏脑袋里各种想法都打散了。

哎呀妈呀，口水怎么流出来了？她用力一吸，应了一声。

“干啥？”

“没事，就是想起了二哈。”

靳韩垂眸一笑，项夏的脸红了，他又在逗她吗？凭什么她这样的女生，能让他联想到二哈那种狗呢？

从项夏进入教室开始，张斌就獐头鼠目地朝这里看着，眼珠子骨碌碌地乱转。

下课后，张斌跟着项夏出了教室。

“你跟靳韩怎么回事？”

“住一个小区，遇到了，有什么好奇怪的？”

“遇到了？嘿嘿。”

张斌奸诈一笑，听着含义颇深，项夏翻了个白眼。

“张斌，你一天到晚，没八卦听就会死吗？”

“还真会死，关于靳韩的，我都想知道。”

“靳韩？”

项夏诧异地看着张斌，这小子睡一个晚上转性了吗？他怎么关心起靳韩了，难道是路人转粉了？

“你不是讨厌靳韩吗？”

“哪儿有的事，他来的时候，我还要过签名呢，只是碍于老大的面子……你知道的啦。”

“这么扭扭捏捏的，想知道什么？”

果然被项夏猜中了，张斌有转热粉的可能，作为靳韩的粉丝，项夏当然愿意替他拉拢人心了，多一个朋友好过多一个敌人嘛。

张斌抓了抓头发，放低了声音。

“我想当演员，不知他有没有路子，路人甲乙丙丁都不在乎。”

“死了领饭盒那种也行？”

“也行。”

“这个嘛……自己去问！”

项夏暗自一阵狂笑，她终于可以报复张斌了，谁叫他平时给于圣杰当狗腿子，欺负她时，他也出过不少馊主意，看他此时一脸黑线的模样，她的肠子都笑开花了。

“算你狠，项夏。”

张斌翻了个白眼，悻悻地走开了。

靳韩和项夏一起进入教室的事件逐渐升级，一些喜欢搬弄是非的女生好像看懂了什么，又进行了一番升华，直接得出结论：项夏有了新靠山，就是靳韩。

项夏有点儿想不通，十六岁是盲从的年龄吗？这些缺乏判断能力的大脑，让他们看起来好像是外星异种，从他们嘴里传出的话，更像病毒，可以很快一个传一个，最终演变成了大范围的感染。

唉，一群糨糊一样的人，无药可救。

项夏决定不和他们一般见识。

靳韩只上了一节课，就和潘多多一起离开了教室，据说是坐车参加省里的数学竞赛去了，作为数学年级组的组长，陈悦雯十分重视这件事，亲自跟车，班级虽有代理班主任，大家还是觉得解脱了，可以放松一整天了。

靳韩走后，罗丽拉以及她的死党变得有恃无恐，目中无人地开始公开奚落项夏，甚至有人嫉妒地往她桌子上扔纸团、橡皮还有果壳，整个上午，项夏都好像活在垃圾桶中。

第三节课的时候，项夏在书桌里发现了一个精致的小盒子，外观装饰得十分好看，应该是手工八音盒之类的礼物。

“会不会又送错人了？”

项夏和靳韩是同桌，送错礼物常有发生，每次项夏都会自觉地把东西放在靳韩的书桌里，只是这次靳韩不在，礼物也有一点儿特别，没什么包装。

项夏拿起小盒子仔细地看了一下，上面写着三个字。

“项夏收”！

咦？竟是给她的！

项夏好奇地打开了盒子，嗖的一声，一个拳头状的东西弹了出来，直接打中了她的鼻子，接着耳边传来一阵狂笑。

“哈哈，傻子！”

这是孙歆的笑声，只有她的笑像女巫一样张狂。

这次过分了吧。

项夏把小盒子重重地放在桌子上，扭过头愤怒地看向孙歆，孙歆撇着嘴巴，一副“你能把我怎么样”的表情。

项夏几乎连犹豫都没有，小盒子带着恶作剧的拳头直接扔了过去，和当初踢到靳韩的足球一样准，只听孙歆哎哟一声怪叫，额角流出血来。

“项夏杀人啦，杀人啦！”

孙歆看着手上的血，杀猪一样喊叫了起来，几个同学把她架着送去了医务室，没出五分钟，项夏就被请去了主任办公室。

尽管赵主任再三追问，项夏都坚称不是故意的，她只是想把孙歆送的礼物还回去而已，不知孙歆会用脑袋去接。

“咯咯，你们这些孩子，能不能给我消停一天？”

赵主任的脑袋很大，门外还站着五六个初一的调皮鬼，手机响了至少三遍，老师刚刚通知，他的儿子发烧生病了，让他尽快接孩子回家，因为实在抽不开身，赵主任只能给他母亲打了电话。

好在孙歆只是额头擦破了皮，没什么大碍，赵主任才算松了口气。

“行了，回去跟孙歆道个歉，晚一点儿找你还有事。”

“找我……什么事？”

项夏有些发慌，不会因为心理咨询的事吧？心理咨询老师苦口婆心地让她定期进行治疗，她也答应了每天都会去，可每到关键时刻，她就临阵脱逃了。

“主任我……”

项夏想说一下没去心理咨询室的原因，赵主任不耐烦地挥了挥手。

“我还有事，你先回去。”

“哦。”

项夏退出了主任办公室，径直回了教室。

至于道歉？她认为事情是因孙歆而起，出现这样的恶果孙歆理应接受，假若有什么不服，可以继续去主任办公室告状，她奉陪到底。

孙歆因为项夏而挂了彩，罗丽拉第一个跳出来表示不满。项夏把带着拳头的盒子放在了罗丽拉面前，她只瞄了一眼便开始顾左右而言他，她那无法掩饰的心虚的眼神，让项夏怀疑这件事和她脱不了干系。

项夏和罗丽拉原本已恶劣的关系，因为孙歆而变得雪上加霜了。

下午自习课，代班主任有事去开会了，他前脚才走，后脚教室里便沸腾了，最初是窃窃私语，后来演变成了争辩，大约辩论的是潘多多和靳韩参加数学竞赛的结果。有人认为潘多多能战胜靳韩，也有人认为靳韩能冲出重围。

“重围？你们还不知道吧，靳韩也是学霸。”

“学霸？哈哈，是媒体给他脸上贴金吧，事实证明，很多娱乐新闻都是扯淡，学渣也能被捧成学霸。”

作为同桌，项夏最有发言权，她看过靳韩做的数学题，潘多多确实遇到了强大的对手。

“都闭嘴！通通闭嘴！”教室后面传来一声呼喝，所有人都停止了说话。

不仅如此，对项夏不满的还有于圣杰，下午的课才上完，她正准备温习功课的时候，耳边便传来了于圣杰的一声低吼。

“项夏！”

只是一嗓子，教室里的议论声都停止了，所有人都看着项夏，想知道K

高老大会怎么收拾小结巴。

张斌更是一副得意扬扬的模样，手指有节奏地敲着桌子，多半因为项夏不肯帮忙问靳韩演戏的事而幸灾乐祸呢。

项夏懊恼地抬起头，看到于圣杰走了过来，她妄图起身逃跑，却好像一只可怜的小鸡一样被于圣杰提了起来，直接拽出了教室。

“我又怎么了？于，于圣杰！”

“跟我走。”

“去哪儿？喂喂，我的手……”

项夏承认打不过于圣杰，但不等于会逆来顺受，她情急之下咬了于圣杰一口。

于圣杰发现不妙，慌忙松手。

“你还咬人？”

“嗯，变身哈士奇了，怎么样？”

几乎是脱口而出的一句话，说完之后，项夏连连吐了几下舌头，靳韩果然有魔力，才说了几次二哈，她就真成二哈了。

“死丫头。”

于圣杰恨得牙根痒痒，就差直接出手掐死小结巴了。

“牙尖嘴利，跟我到操场去，有话问你。”

“不去！”

项夏果断地拒绝了于圣杰。

现在是什么情况？她好不容易改善了和偶像的关系，怎么可能再和于圣杰搅和在一起？虽然于圣杰遭遇了可怕的过肩摔，项夏有不可推卸的责任，但即便如此，她也不想靳韩再误会她和于圣杰同流合污。

“哎呀，小结巴，才几天没修理你，骨头硬了？”

于圣杰气恼地一巴掌打来，项夏一个闪身，躲避到了柱子后，她冲于圣杰吐了吐舌头。

“想问什么？现，现在问，你，最好离我远点儿，别让人误会了。”

“误会？”

这好像是他的台词吧？什么时候小结巴也怕误会了？他在K高人人敬仰，多少女生渴望能有这样的机会呢，小结巴竟敢嫌弃他？她是活腻了吗？

于圣杰的心灵受到了十万点重创。

“你给我过来！”

“不过去！”

项夏围着一根柱子转了起来，于圣杰绕了几圈怎么也抓不到人，正气急败坏的时候，教室门外的广播响了。

“高二（6）班的于圣杰、项夏到体育室来一趟！高二（6）班的于圣杰、项夏……”

于圣杰松开了手，又仔细听了一遍广播，确定是叫他和项夏的，才冲项夏勾了勾手指头。

“先饶了你，跟我去体育室。”

“我？”

项夏纳闷地从柱子后走了出来，抬头看着悬挂在教室门上的广播，里面的声音她也听到了，为什么叫她和于圣杰一起？无论如何，她和于圣杰看起来也不是一路人呀。

“还不走？”于圣杰不耐烦地喊了一声。

“哦。”

项夏摸了一下生疼的手腕，小心谨慎地跟在于圣杰身后。

各种可能，项夏都想到了，唯独没有想到，她原本平静无波的高中生活再次掀起了波澜。

第十章
校足球队

到了体育室，项夏发现不但学校的几个体育老师在，王教练和赵主任也在。

王教练曾是省队的优秀足球运动员，被返聘到K高做了校足球队的主教练。他对球员要求很严格，也带领校队参加过不少比赛，虽没什么机会挺进省前三名，但也取得了不错的成绩。

赵主任见于圣杰和项夏进来了，让他们先坐下，然后直入主题。

“你们也听说了吧，我们学校要踢一场足球比赛，再争一次省里的名额，如果能拿到前三名的好名次，优秀的队员可以保送至体校，虽然以前我们学校也踢过省里的比赛，都没能得到这样的机会，但我还是想试试。”

“听说了。”于圣杰慵懒地回应了一声。

“你有什么想法吗，于圣杰？”赵主任期待于圣杰拿出一些独特的见解。作为校足球队的前锋，于圣杰的球一直踢得很好，也是校队队长的候选人，不出意外，他能获得队长的头衔，毕竟除了他，没人在K高有这样的威慑力。

于圣杰抬起了头，只回答了两个字。

“没有。”

这个回答那叫一个心安理得，项夏都替他觉得脸红。

赵主任很失望，半晌没说出话来。

“我知道你什么都不爱争，对什么也都不上心。其中的原因……你和我心里都清楚，但我还是要提醒你，于圣杰，假若你一直这种态度下去，别说前锋，就算队长也可能给你撤掉，你毁的不是一个球队，而是你的前途。”

“不要给我讲大道理。”于圣杰把头扭向了窗口，对于赵主任的教导充耳不闻。

赵进的脸黑了下来，软的不行，他只能来硬的了。

“你给我打起十二分的精神来，如果比赛输了，以前的处分，都会给你一个一个摆出来，不开除你，也让你脱层皮。”

项夏扑哧一声笑了出来，这话怎么听着有点儿威胁的味道呢？没想到，堂堂的大主任也干这种事，这算不算恶人自有恶人磨呢？

项夏的笑，让于圣杰的脸绿了，他用力踢了一脚她的椅子。

“笑什么？”

“没，没笑。”项夏掩住嘴巴，还是忍不住想笑，于圣杰懊恼地咒骂了一声。

“再笑，我扒了你的皮。”

浑蛋，动不动就武力威胁？除了这个，他还有什么本事？偷偷哭鼻子的家伙，想到于圣杰一个人躲在角落里哭泣，项夏竟有些幸灾乐祸了。

接下来赵主任谈起了这次学生足球比赛的规模，几乎全国的高级中学都会参加，特别是本市，最近所有的高中都跃跃欲试，作为教育界的知名高中，K高一向提倡学生的特长发展，怎么可能在这种时候落后呢？

“虽然距离比赛还有一段时间，可以慢慢准备，但仍需要我们提高觉悟。补充校队的新鲜血液才是我们真正要做的，过去的半年里，校队的成绩不够乐观。”

赵主任分析了现在校队的情况，觉得一些队员的态度和技术都有问题，应该进行一次大整顿，他绝不允许校队里出现滥竽充数的情况。

滥竽充数的那个人是于圣杰吗？项夏偷偷地瞄了于圣杰一眼，记得上半年他还在竞选足球队的队长，却因为成绩和纪律都一般，被主任否决了，为此他十分生气，以后的比赛就没那么卖力了。

“发现有潜力的队员，教练会毫不犹豫地剔除不合格的老队员。”

项夏差点儿笑出来，这不就是在说于圣杰吗？于圣杰的脸都青了。

事不关己高高挂起，项夏乖乖地坐在一边，挑起眼皮望着体育室的天花板，一只蜘蛛在石膏板上织了一个网，一上一下地爬着。

自从海报事件后，项夏已经被定性为精神病患者，赵主任早就判了她的死刑。

大家争论得热火朝天，只有项夏悄无声息。

“项夏，你呢？”赵主任突然点了她的名字，项夏立刻回神，第一反应是，该去咨询室进行心理咨询了。

“这几天忙，忘记了，我马上就去。”项夏站了起来。

“去哪里？”赵主任皱起了眉头。

“不是心理咨询室吗？”

项夏不知道自己还能去哪里。心理辅导老师也是赵主任亲自联系的，他怎么好像突然之间失忆了？

于圣杰戏谑地拍了拍项夏的肩膀。

“嗯，去吧，有病得治。”

“你才有病……”项夏白了于圣杰一眼，去就去，不就是听唠叨吗？唠叨完了，她还是一条女汉子。

相比处处和学校作对的于圣杰来说，项夏觉得自己的心理更加健康，她挺直了腰板，迈开了步子，正准备离开的时候，赵主任叫住了她。

“心理咨询的事先放放，你坐下。”

“主任？”

项夏有点儿蒙，赵主任不是为了心理辅导叫她来的吗？满头雾水地坐回了座位，她等着赵主任的解释。

于圣杰撇了撇嘴，突然发出了一声怪笑。

“你不会想让小结巴踢球吧？”

“喀喀。”

赵主任尴尬地轻咳了两声，没有否认。

项夏的脸红了，于圣杰这有点儿过分了吧，这种场合怎么可以叫她小结巴？

“没错，我叫她来，是想让她试试，正好校队缺一个替补，找不到合适的队员。”赵主任解释着。

“哈哈，她？踢球？”

于圣杰笑得快岔气了，若不是缓了一下，估计直接倒地笑抽了。

和于圣杰一样震惊的还有在座的几位体育老师，均用奇怪的目光看着项夏，足球队招收女孩子，在K高还是头一遭。

王教练站在一边皱着眉头，他应该提前知道了什么吧?

“不要这样开玩笑好吗？”一名体育老师摊开了手，反问赵主任什么叫“找不到合适的队员”。想进校队的男生很多，只是当初定的选拔条件有点儿苛刻，没录取他们而已，即便那些男生表现得不够理想，也比一个女生强吧。

“校队招女生，史无前例。”另一个体育老师哼了一声。

在大家的嘲讽、不解中，王教练开口了。

“我缺一个替补，要求体力好、能跑起来，如果没合适的……喀喀，女生，也行吧。”

多么牵强的声音呀，他虽没激烈反应，却也不希望队里出现女生，只是比赛迫在眉睫，如果没有优秀队员填补空缺，他也只能听从主任安排了。

“这算什么？招女队员？”

除了赵主任之外，大家都对这个提议表示了不解，于圣杰最为夸张，听了他的话，项夏恨不得扑上去将他掐死。

“让她踢球？不会吧，天天听她哭鼻子、闹情绪，‘哎呀呀，别碰我’‘烦人的东西，你撞我做什么’这个样子……还要不要踢球？”

为了说明女生在足球队里有多不方便，于圣杰还绘声绘色地模拟着，忸怩的样子和女生一般无二。

“哎呀，我的胸……”于圣杰夸张地捂住了胸口，身体搞怪地从椅子里溜下去半截。

项夏痛恨地眯着眼睛，牙齿都要咬碎了，就因为有于圣杰这样的搅屎棍在足球队里，她也不想加入什么校队。

“别担心，我没想过进校队，也不想当什么替补，于圣杰，呵呵，只有我看你哭鼻子的份儿，你想看我？等着吧。”

项夏已然出离愤怒，冷嘲热讽的话，让于圣杰的脸一阵白一阵红。

于圣杰很生气，但还没失去理智，他憋了一口气忍住了，有把柄在小结巴手上，他还得适当收敛一些，特别是在这些老师面前。

终于堵住了于圣杰的嘴，项夏觉得自己应该退出了。

“赵主任，谢谢你的好意，我走了，我还得去心理咨询室。”

“等等，项夏，心理咨询室不用去了，我已经了解清楚了，都是误会。”

“误会？”

赵主任的话，让项夏诧异地转过身，心头微微一震，当时的情况，没人能跳出来为她作证，罗丽拉更不可能承认是自己做的，赵主任是怎么知道真相的？

“那件事以后再说，以后再说。”

关于海报的话题，赵主任没有继续说下去，他让项夏不要在乎别人怎么说，替补队员的选拔要看个人能力，如果水平达到标准，在他这里无论男女，都是有机会的。

足球队要吸引女队员进来，引起了不小的分歧，赵主任虽然早就预料到了，却没想到体育老师们会这么排斥。

赵主任再次展示了他的雄辩才华，和体育老师们辩论了起来。

项夏不想继续听他们争辩，找了个借口离开了体育室。

一个人走在校园里，项夏步履缓慢，精神萎靡。

不知是因为大家都在教室里上自习，还是她的耳朵失聪了，周围一片死寂，空气中好像有一张厚厚的毯子紧紧地裹住了她，让她倍感憋闷又挣脱不开。

“唉。”

叹息了一声，项夏停住了脚步，抬头看着天空，若不是有几只鸟儿飞过，她几乎觉得这个世界没了活物。

衣兜里的手机开始振动了，她才掏出来，不等接通，手机便响了两声，没电了。

屋漏偏逢连夜雨，似乎倒霉的日子并没有结束。

项夏沮丧地坐在了长椅上，伸直了两条腿，脑海里浮现的都是当年踢足球的情景，一场关键的比赛前夕，她意外地看到了父母在球场外发生了激烈的争吵，那是他们吵得最厉害的一次，老爸提出了离婚……

虽然项夏希望能有奇迹出现，希望父母能和好如初，却无法阻止他们离婚的步伐，甚至在父母分开后，她还抱有一线希望，直至老爸再婚，她彻底绝望了。

从那之后，左邻右舍都会用同情的眼光注视她，什么“可怜”“没爸爸”之类的话，让她受够了这些泛滥的同情心，忍无可忍的时候，她会跳出来大发脾气，若不是那段时间看了靳韩的节目，她还处于悲观厌世的状态中。

那是一次偶然的机会，她一个人呆坐在客厅的沙发里，神情恍惚，手里拿着遥控器不断地换台，直到看到了靳韩，听到了他说的那句话，心灵受到了震撼。

靳韩说，莫让初心败给泪水，没什么伤痛是克服不了的。

初心？

项夏第一次审视自己的初心，她已经偏离得很远很远了，也许是那次偶然的机会，又或者是以后的很多次，她逐渐开始关注靳韩，看他的节目、影视剧，甚至购买他的海报，到最后，她成了他的忠实粉丝。

若不是那双阳光灿烂的眼眸一直在看着她，她不知自己的生活会成什么样子。

至于足球……

项夏始终没有勇气触碰，这份初心，她真的丢了。

体育室里的争论结束了，老师们陆续离开了，只剩下赵主任一个人坐在窗口沉思，他在想，是不是自己的决定错了？在K高，女生进入足球队可能真的不合适。

王教练折返回来，把一份名单放在了赵主任面前。

“项夏以前的成绩我也看了，虽然很突出，但毕竟是很多年前的了。即便大家给她机会参加选拔，也会被淘汰，所以我还是决定从这份名单里选，矮子里拔大个儿吧。”

“行，就这样吧。”

赵主任蹙眉看了一眼名单，这些大多数都是家庭背景不错、学习成绩一般的孩子，家长屡次托关系说情，希望孩子能借助这个机会考取体校，可孩子本身并没有这个能力。

赵进是一个认真理、讲原则的人，他希望每个孩子都能充分发挥特长，走自己喜欢的路，而不是为了拉一点儿家长的赞助和口碑，昧着良心毁掉一些学生的前途。

当王教练拿着名单准备走的时候，赵主任叫住了他。

“还是……再等等吧。”

“主任？”

“你也希望带领的是一个有实力的团队吧？”

“当然。”

“所以再等等。”

赵主任话不多，王教练也明白其中的意思，K高想在这次比赛中赢得好的名次，就需要小心甄选队员，名单上的这些孩子并不能为校争光。

王教练离开后，赵进也回了办公室。

午后，校园的操场很安静，除了偶尔门口有保安出来走动，几乎看不到什么人影。

相比操场上的安静，校园东侧响起了一阵不和谐的口哨声，于圣杰鼓着腮帮子，双手插兜，东摇西晃地走在林荫路上。

耳机里的强劲音乐几乎掩盖了周围的所有声音，却掩盖不住衣兜里恼人的振动。

嗡嗡嗡，这已经是第三遍了，手机不老实地振动着，于圣杰似乎知道是谁打来的电话，完全不予理睬。直到手机振动到第六遍，他不耐烦地掏了出来，瞄了一眼，来电显示的名字是“消失的人”。

任由“消失的人”在手机上闪动了好久，于圣杰的手指才移动到屏幕上，把电话挂断了。

再次吹起了口哨，于圣杰看似放松的表情后，隐藏着一种难以驱散的忧郁。快步绕过花坛，他正要走出林荫路，却意外地发现不远处的长椅上坐着一个人。

咦？这不是小结巴吗？

在他的视线里，小结巴耷拉着脑袋，一筹莫展地盯着地面，连有人走过来都没注意。

停止了吹口哨，于圣杰的嘴角一挑，神情傲慢地走了过来。

“嘿，小结巴。”

项夏抬了一下眼皮，很快又垂下了。

“干什么？”

“不开心吗？”

“跟你没关系。”

“你不会真想踢足球吧？啧啧啧，女生踢球有什么好的？跟疯婆子似的，尤其和男生一起踢，会吃亏的……”

于圣杰悄声告诉项夏，男生无聊时聚在一起，聊的话题都是女生，什么身材、脸蛋，甚至还会说一些不大好听的话，若是他们知道有女生进入校足球队，还不得立刻沸腾起来？

“不让你去，是为你好。”

“谢谢你的好意。”

“嘿嘿，你们女生不能和男生一起踢球，那个，那个……”于圣杰挑了挑眼眸，暗示地冲项夏的胸瞄了瞄，说男生最爱谈的就是这个了。

项夏顺着于圣杰的目光看了下去，顿时明白于圣杰什么意思了。她一怒之下从长椅里跳了起来，这家伙还没戏弄够她吗？逼急了，女生也会抡拳头打男生的。

“嘿嘿。”于圣杰摸了摸鼻子，纠正道，“其实……我想说，你看起来也没胸，没什么好担心的。”

浑蛋……

项夏一拳打了出去，于圣杰的头一偏灵敏地避开了。

“得，得，好男不跟女斗，你今天心情不好，不和你计较，不过，足球队的事，你还是少参与为好，一个女生……和男生搅和在一起有什么好处？”

“谁说我要参与了？有，有你在，就算是天堂，我也不去。”

“我也是这么想的。”

于圣杰发出了一声怪笑，听起来贱贱的，让项夏一下子想到了娘娘腔张斌，什么时候“高岭之花”也会这么笑了？果然有些东西是会传染的。

贱笑声随着几下缺氧的挣扎后停止了，于圣杰求饶地挥挥手，让项夏不要闹了，他再笑就要断气了。

怎么不笑了？项夏痛恨地咬着牙，想不通于圣杰这种怪胎，是怎么在这个世界生存下来的，仅仇视者的唾沫都要将他淹死了吧？好事不做，坏事做尽，对他实施古代的炮烙之刑怕都是轻的了。

笑声消失后，于圣杰的神情变得严肃了起来。

“不闹了，小结巴，有件事我想问你，你和靳韩怎么回事？”

“什么事？”

项夏这才想起，被召集到体育室之前，于圣杰拽着她要去操场的，若不是赵主任及时发通知，她现在不知有多惨，下意识地看了一下四周，这里足够僻静，连个鬼影子都没有，她要是被他五马分尸了也没人知道。

尴尬地咳嗽了一声，项夏心里好紧张。

“什，什么怎么回事？”

“和靳韩一起上学，有那么好吗？”

“这个……住，住在一个小区，刚好碰到，一起到学校有，有什么稀奇的？”

“小结巴，你也不是不知道，我于圣杰想对付的人，哪一个敢和他走在一起？你这是想让我难堪吗？”

于圣杰不悦地歪着脑袋，他说得一点儿都不夸张。在K高，于圣杰讨厌的人就是全民公敌，谁敢和他在一起，就是和于老大作对，即便老实巴交，也别想在K高站稳脚跟。

“你最好离他远点儿，不然就算你是女生，我也一样收拾。”

“我又，又不是没被你收拾过。怕，怕啥？”

项夏底气不足地反驳着，算算时间，差不多一个月了，于圣杰哪天让她好受过？每天早上睁开眼睛，就想到了这家伙，为了躲避他，她可是绞尽脑汁。

“项夏，你是不是觉得我对你太仁慈了？”

于圣杰破天荒地喊了项夏的名字，然后打了一个响指，让项夏好好想想。

“在K高，和我作对的有两种人，一种是作死想出名的，另一种就是愣头傻子，你是哪种？”

哪种？还用问吗？他已经当她是傻子了，项夏的脸白里透着铁青。

“想出名，我不会吝啬给你机会的，就算滚出K高，也混了一个有头有脸，但如果是傻子，那就没办法了。”

于圣杰耸耸肩，对待傻子他只有一个做法——一巴掌拍死。

“死丫头，也就是你，换作其他人，我早就出手了！”

于圣杰发狠地警告项夏后，心里也在暗暗地反思自己，这算什么心态？对项夏一次次心慈手软，是因为她掌控了他的小把柄，让他有所顾忌？还是她有那么一点点特殊，让他不忍心下手？

于圣杰懊恼地抓了一下头发，突然意识到一个严重的问题，一直以来，他对付项夏都是有点儿无计可施的。

再看眼前的死丫头，一脸旁听者的傻呆模样，他浪费了这么多唾沫星子，她一点儿回应都没有，于圣杰觉得胸口一阵憋闷，冲着项夏直接吼了出来。

“怎么不说话！”

项夏好像刚刚回魂儿一样，吓得一激灵。

“我，我说什么？”

“我就明确告诉你，在K高，靳韩罩不住你，聪明的话，赶紧向我求饶！”

“求饶？”

项夏呼呼喘了两口气，不知哪里来的勇气，突然握紧拳头仰起了下巴，无所畏惧地面对着于圣杰，直接吼了回去。

“我也明确告诉你，不可能！”

他声音大，她的声音更大。

可吼完之后，项夏就后悔了，她这是吃错药了吗？还是哪根筋又抽了？

于圣杰被她吼得说不出话，空气一度凝固了。

项夏垂下了眼皮，心虚地转过身，左右晃了两下身子后，突然撒丫子就跑，转眼工夫就消失在于圣杰的视线中。

愤怒已经不足以形容于圣杰此时的心情了，他站在长椅前，突然飞起一脚直接踢中了长椅，钻心的痛从脚尖传来，良久他才抱着脚哎哟哎哟地叫出来。

在K高，没有人敢触犯于圣杰，项夏是第一个。

也是第一次，于圣杰对一个人束手无策了。

项夏以为，赵主任提足球替补队员的事，只是一时兴起，在各种舆论的压力下，很快也就放弃了，但是她万万没想到，赵进是认真的。接下来又发生了一件事，让项夏在踢足球这件事面前再次犹豫了。

项夏跑回教室不久，于圣杰也回来了，项夏担心自己吼了他，会遭到暴风骤雨般的打击，可等了好久，后面也没什么动静，平时睚眦必报的于圣杰不但没打没闹还很安静，进入教室坐了一会儿后，他背着书包离开了。

“老大怎么了？”张斌问同桌。

“不知道，情绪有些低落。一个月总有那么几天。”

张斌神情凝重地点着头，一刻也不敢怠慢地收拾了一下书包，随后追了出去。

放学的铃声响起后，教室外下起了蒙蒙细雨，项夏伸出手，雨滴落在手心里，冰冰凉凉的，周身除了一些潮湿的感觉外，倒是不怎么冷。

因为雨不大，路上的行人还和往常一样，一边走一边聊，丝毫没受到下雨的影响。一些人停留在商场前，看着大屏幕上播报的嗜血杀人案，津津有味地点评着：“据说，杀人案真的发生了，就在附近的一条街，大约凌晨五点，一个上早班的女人被抢了，因为反抗被捅了七八刀，当场身亡。”

关于这样血腥的新闻，项夏一向都是无视的，作为一个学生，她一没钱二没色，有什么好抢的？再没有人比她更安全了。

“警察还在蹲守，据说凶手可能会回到案发现场看热闹。”

“说得好像连环杀手一样。”

“说不定就是。”

……

听着他们的议论，项夏放慢了步子，朝前探头看了几眼，好像确实有几个警察出没，她停下来，犹豫了一下还是决定绕道回家。

雨越来越小了，最后成了淡淡的雾气，到了小区门口，项夏没有直接进去，而是靠在了小区门口的公交站台边。

很快雾气也散去了，晚霞漫天铺开，绵延了半个天空，放眼望去，好像盛开着的杜鹃花，十分好看。

马路边的几个女人裙子被淋湿了，湿漉漉的裙子黏在大腿上，踩着高跟鞋咯噔咯噔地走着。知了在雨后都爬了出来，又开始扯开嗓子叫了，不知它们是不是约好了，准备来一个大合唱。

项夏拿出手机，最后一格电也没了，嘀嘀两声后关机了。

明天是周六，本该欢喜雀跃的，可项夏一点儿都开心不起来，感觉自己好像一个垂暮的老妪，失去了所有的活力。

就在项夏毫无生气地耷拉着脑袋时，小区的门咔嗒一声开了，她回头看去，靳韩正往里走，他还穿着校服，手里拎着书包，许是余光瞥见了项夏，他迈进小区门的脚又收了回来。

他走过来，远远地问项夏。

“干什么呢？”

“站一会儿再回去。”

项夏硬生生吞了口气，这是第二次了，靳韩没用嫌弃的目光看着她。

“没有作业吗？”靳韩已经到了她眼前。

“不太多，明天是周末。”

项夏紧张地拉了一下书包，不想让靳韩看出来，其实她不想回家，不想听老妈的唠叨，只想这样一个人安静地看看晚霞。

“刚才看什么那么出神？”

“雨后晚霞。”

项夏指了指西方，满天的“杜鹃花”随着太阳的落山而黯淡了，仅有天边的云因为映了太阳的余晖而变得红彤彤的，虽没那么耀眼，却瑰丽无比，靳韩看过去，脸上露出一丝恬淡的笑。

“嗯，晚霞很好看，我已经很久没关注这些了。”他感叹着。

“你太忙了。”

“忙吗？可能吧，一些琐事让我忽略了很多。”

靳韩收回了目光，把书包挎在了肩头，问项夏怎么还不回家。

“不饿，就不急着回去。”项夏找了一个还算委婉的借口。

“我也是。”

靳韩单腿支撑着地面，和项夏肩并肩靠在了站台边，许是太累了，他慵懒地打了一个哈欠。

项夏悄悄扭头看向靳韩，眼睛舍不得眨动一下，生怕一眨眼，他就消失了。

他真的在她身边吗？还是偶像的效应让她产生了幻觉？视线里，他额前的一缕发丝在轻轻摇动着，偶尔扫过眼角，荡起一抹泛着涟漪的笑。

靳韩笑时很好看，两颊有着浅浅的酒窝，只有这样近的距离才看得清。

他很少发出这样的微笑，和海报上的有些不同，至于哪里不同，项夏又说不出来，可能他现在的微笑更真实吧。

“比赛怎么样？”为了避免气氛尴尬，项夏在寻找话题。

“还算顺利，只是路上浪费了太多时间，除了听歌，什么都做不了。”

“哦，潘多多也住在这个小区，怎么没见她和你一起回来？”

“可能有其他的课程吧，刚才一下车我就走了，这个周末我不想做任何事，偷两天懒。”

偷懒，他也可以吗？在项夏印象里，靳韩一直都是一个停不下来的人。

“踢球的事，还顺利吗？”靳韩问。

“踢球？”

“嗯，赵主任没找你吗？”

“你怎么知道？”项夏吃惊地抬起头，靳韩是神算子吗？还是长了千里眼，知道今天赵主任找了她？

“其实……一早我和主任谈了一会儿，把你的误会解释清楚了。”

“误会？”

项夏皱了皱眉头，被靳韩的话弄糊涂了，他不误会她就不错了，还替她解释，这有点儿说不通。

“嗯，我知道了，海报不是你贴的。”

“你怎么……知道的？还有……昨天和今天，很奇怪，你不是讨厌我吗？怎么突然愿意和我说话了？”

项夏百思不得其解地看着靳韩，将心里的疑问一股脑儿倒了出来，一定是发生了什么让他改变了对她的印象，可到底发生了什么呢？项夏实在想不出。

靳韩呵呵笑了起来，脸上的表情有些难以琢磨。他抬手看了一下时间，又看了看不远处的路面。

“有时间吗？”

“现在？有。”

“跟我来。”

靳韩转身大步向小区里走去。

“去哪儿？”项夏跟在靳韩身后，不晓得他要搞什么名堂。

“我家。”

“你，你家？干，干什么？”

项夏诧异地追上去，他让她去他家做什么？

“去了就知道了。”

靳韩拖着项夏，绕过了项夏家所在的楼，在另一栋楼前停了下来，他告诉项夏，他爸爸买了这里的七楼。

“哦。”

住在七楼，和校园里的海报有什么关系？项夏听得满头雾水。

“走，上楼。”

靳韩带着项夏乘坐电梯上了七楼，站在靳韩家门口时，项夏的心突然紧张了起来，以前看到的都是照片上的他，即便是真人来了，也是远远地看着，现在不但和偶像走在一起，还要走进他的生活，那种不真实的感觉，让她一时之间透不过气来。

镇定，再镇定，项夏深吸了一口气，压制住了内心的躁动。

靳韩打开了门，热情地邀请项夏进去，项夏探头朝里看了一眼，没见韩晓波出来，大约是还没回来。

靳韩的家很大，进门的位置是一个小门厅，穿过门厅能看到宽敞的会客厅，整体给人一种豁然开朗的感觉。大厅的装修很讲究，颜色的搭配给人一种柔和感，东侧凹进去的一面墙镶嵌了一个高高的古董柜，里面摆放着琳琅满目的瓶瓶罐罐，都是古董吧？项夏对古董没什么研究，那些瓶瓶罐罐她一个都叫不上名字。

靳家是七跃八两层，右首边装了实木雕花的旋转楼梯，听见有开门的声音，保姆下了楼，见靳韩带了同学回来，立刻端水果倒饮料，十分热情。

“太太刚才打电话来，说要晚点儿回来。”

“知道了。”

靳韩拿起一杯饮料递给了项夏，项夏喝了一口问道：“你想让我看什么？”

“嗯，到书房来。”

靳韩走到了客厅的北侧，推开了一扇门，项夏跟着进入书房后，靳韩用力拉开了一个遮挡的茶色帘子，里面露出一架立式望远镜。

“就是这个。”

“望远镜？”

项夏更加疑惑了，靳韩不会因为一架望远镜，就认定她没去学校张贴海报吧？这根本是风马牛不相及的两件事呀，不过这望远镜看起来不错，不知是正品还是仿货，她早就想要了，可惜正品太贵，老妈不给买。

靳韩不好意思地笑了笑，他指了指窗口，让项夏向外看，对面是什么。

项夏好奇地走了过去，向外瞭望一眼后，吃惊地张大了嘴巴，那不是她家所在的楼吗？而望远镜正对着的是她的卧室。

蓦然，项夏的脸白了，一个让她无法接受的想法冲入了脑海，靳韩邪恶地用望远镜偷窥了她。想象他一边看一边狞笑的样子，项夏顿觉毛骨悚然。

偶像还有这种变态的嗜好吗？项夏猛然甩了一下头，感觉冷汗都流了下来。

“喂，项夏，你不要胡思乱想。”

靳韩知道项夏误会了，眉头微微一皱。

“我没那么无聊，这是我刚买的天文望远镜，看星星用的，下暴雨那天不小心歪斜了一下，让我不巧看到了你的窗口，唉，越说越容易让人误会，你过来看看就知道了。”

靳韩把望远镜调整了一下角度，对准了项夏卧室的窗口，让她过来看。

项夏憋着气，红着脸，把脸颊凑到了望远镜前，仔细地看向自己卧室的窗口，看完之后，她的脸更红了。

“看到了吧？”靳韩问。

“嗯。”

燥热感从四面八方聚拢过来，把她整个人都包围住了。

要不要这么尴尬？没有比这个更丢脸的了，望远镜的镜头里是她贴着的满满一墙的靳韩的照片。

“不管怎么转换角度，这个位置都只能看到你卧室的半面墙，所以不用担心。”靳韩解释着。

“我，我……”

项夏的脸红了白，白了红，燥热之后又是一阵冷冽，她放开了望远镜，退后了一步，支支吾吾地不知该说什么好。

原来是因为看到了那些照片，他知道了她是自己的粉丝，所以断定她不是贴海报的人。

“晚饭的时候，我妈告诉我，你是我的粉丝。”

“我……其实，嗯，是的，是你的粉丝……”

事实胜于雄辩，项夏的舌头好像打了结，不但语无伦次，连吐字都不清晰了，这样面对着靳韩，还有望远镜，她能否认什么？她以往的愚蠢行为也有答案了。

“雨伞的事，我想说声抱歉。”

“不用不用，没什么……”

项夏连连摇手，觉得身上更加燥热了。

“放心，望远镜我今天就移走，不会……”

“没关系，真的没关系。”

项夏觉得自己再待在这里就要窒息了，她找了一个怕老妈在家等着急的借口，匆匆从靳韩家跑了出来。

站在小区里，项夏用力地吸气再吸气，手掌不断地扇着风，仍觉得燥热。

是靳韩的粉丝，并不是什么丢人的事，但就这样被发现就有些尴尬了。想象一下，靳韩不小心看到望远镜里的照片后，会是一种什么样的心境？她好像被人剥光了站在靳韩面前，再没秘密可言。

他会笑她吗？

小二哈、撒谎精，竟是他的粉丝？这个笑料足以让他开心好几天了。只是靳韩的表情，看不出一点儿戏弄的味道，他很严肃也很认真。

回了家，项夏无视老妈的唠叨，直接进了卧室，看着墙壁上的照片，又看了看朝南的窗户，虽然知道靳韩不是一个偷窥狂，望远镜也只能看到一个墙角，她仍觉得别扭。她快步走过去拉住了窗帘，对面七楼的窗口，靳韩还站在那里，冲她笑着。

轻轻地拉上了窗帘，项夏的心好像擂鼓一样。

“吃饭了！”

门外传来老妈的喊声，项夏应了一声出了卧室。

许是刚才进门时唠叨够了，老妈难得地在吃饭的时候这么安静。

吃饱饭，帮老妈洗了碗，项夏就回卧室写作业了。

不知是因为得到了靳韩的谅解，还是老妈没有唠叨，今晚，项夏的头脑十分清醒，连平时困扰她的烦恼也都消散了，放松心态，她认真地温习了功课。

入夜，幽暗浸透了整个城市，每个角落都静悄悄的，结束了一天的紧张情绪，清空头脑中的浑浊，人们乐于尽情享受这恬淡悠闲的时光。

项夏期待着崭新的一天，一个不同的周末，她要迎接期中考试了。

她计划好了六点半起床，然后去图书馆学习，却因为闹铃没响而睡到了八点。

“起床了，起床了，你不是说这个周末要去图书馆复习功课吗？看看现在都几点了，太阳都晒屁股了！”

老妈的大嗓门儿充斥着整个卧室。

项夏懒洋洋地睁开了眼睛，被放大版的老妈吓了一跳，老妈是什么时候进来的，还站在她床边，还不客气地掀开了她的被子。

“马上就要期中考试了，怎么可以这么懒？”

“能不能不要这样？我都多大了。”

项夏搓搓头发，抱怨老妈每次都掀被子，都不知道尊重她。

“我的女儿，怕什么……小时候……”

老妈动不动就提小时候，说她那时怎么乖巧、可爱，几乎老妈说什么她就听什么。

“那个时候，我没判断力。”

项夏无奈地耷拉下了脑袋，总觉得一些美好的时光都停留在了过去，老妈还在怀念打她屁股、喂她吃饭的日子，可她已经长大了。

从床上跳下来，项夏快速洗漱，收拾好书包准备去图书馆奋战了。

和往常一样，她把半长不短的头发在脑后束起，扎了一个马尾，牛仔裤、蓝T恤，外加一双足球鞋。干净利落，不矫揉造作，说她不淑女也好，女汉子也好，这就是她的风格，不会因为任何人的话而有所改变。

项夏出了门，把垃圾扔进小区的垃圾桶，正准备走出小区的门时，不远处，靳韩绕过花坛朝这边走了过来。

“这么巧？”靳韩主动上前打了招呼。

“是好巧呀。”

看到靳韩，项夏快速脑补了一个画面：他在窗口用望远镜观察了她一个早晨，估算好她下楼的时间后，他也背着书包下了楼，和她来了一个不期而遇。

哈哈，项夏觉得这个脑补画面有点儿疯狂，甚至有些变态。靳韩是谁？堂堂的少年明星，她又是谁？这个城市里渺小到无人注意的女高中生，人家大明星凭什么要关注她呢？何况他已经说了，望远镜会马上移走。

心中莫名地生了一丝失望后，项夏傻傻地笑了出来。

“呵呵。”

“去哪里？”靳韩问。

“图书馆。”

“这么巧，我也去，一起吧。”

是很巧，巧到让项夏想开怀大笑，她的水逆期是不是结束了？倒霉的日子到头了？竟然能和偶像一起学习，说出来怕也没人会信，这应该和走在大街上被炸弹炸的概率差不多了。

第十一章

偶像邀约

和偶像一起，项夏很想拍照发朋友圈炫耀一番，让她的朋友都知道，她和明星靳韩住在一个小区，一起上学，还一起去图书馆。但想想那个跟踪狂，到处散播靳韩的照片，她若也那么做了，和跟踪狂有什么区别？

打消了这个念头后，项夏乖乖地走在靳韩身边。

靳韩和项夏出了小区，在站台等待公交车时，他突然问了她一个问题。

"你还想踢球吗？"

"早就不踢了，问这个做什么？"

项夏愣了一下，奇怪地看着靳韩，他这是没话找话，怕气氛尴尬吗？

"昨天，你去体育室开会了，王教练怎么说？"

"还能说什么？"

"呵呵，其实我也想参加校足球队。"

"你？"

项夏吃惊地眨巴了一下眼睛，这家伙有三头六臂吗？他哪儿来的那么多精力，又哪儿来的那么多时间？表演、考试、竞赛，还要加入足球队？看着眼前神采奕奕的靳韩，项夏发现她对偶像的了解太少了。

"别用这种眼神看着我，我只是喜欢足球而已，在上一所高中，我也是校足球队的，踢得不算好，但也还行。"

"可是，你有时间吗？"项夏问，靳韩的行程被安排得满满的，最近又接了部电视剧，哪里有时间参加校队的训练？

靳韩垂眸笑了，笑中夹杂着些许的无奈。

"你以为我还是当年红透半边天的童星吗？不再是了。"

靳韩回忆自己最红的时候，没时间上学、玩耍，甚至吃饭的时间都要挤出来，片约很多，每次都要深思熟虑选择参演哪一部戏，对于一些没时间参加却又很好的片约只能忍痛割爱。

那时的靳韩是童星界的翘楚，只要有他出现的场合，就没有其他童星能盖过他的风采。

"我以为自己可以一直红下去，一直演自己能够驾驭的角色，但时间不会永远停在原点，一切都在改变，我却一直在原地踏步。"

靳韩的声音缓慢低沉，抬起头时，映入眼帘的是马路对面的一个广告牌，广告牌里的人是当下爆红的童星梁星，梁星现在只有六岁，就好像当年的他。

项夏顺着靳韩的目光看过去，她感觉到了靳韩的怅惘，大名鼎鼎的少年明星，也有烦恼吗？

"你最近……不是接了一部电视剧吗？"

"四十多集，我出现的时间不超过四十分钟，会有多忙？"靳韩自嘲地笑了。

"哦。"

靳韩的落寞感染了项夏，她也有不为人知的烦恼，想要做的事、想要实现的目标很多很多，却总是有心无力，没什么方向感，就好像蜗牛蹲缩在地上，一点儿一点儿地挪动着身体，不知该去哪里，又不知该在哪里停留。为了寻求突破，成为大家口中的优秀孩子，她走了无数弯路，甚至不惜去模仿潘多多，成为笑柄。

在靳韩眼中，项夏看到了些许烦恼，他似乎没那么阳光。

"去图书馆的车好像不多。"靳韩微笑着转移了话题。

"可能周末堵车了吧，平时很多。"

"哦，我没坐过这趟车。"

他双手插兜，轻轻呼出一口气，问项夏关于踢足球的事。

"喜欢足球，为什么不踢了？"

“不是不踢，只是……”

项夏干笑了一下，关于父母离婚的话题，她不想再提了，而足球……已经成为她遥不可及的梦，偶尔想想也就罢了。

“后来，也没什么机会了。”

“可你还穿着足球鞋。”靳韩的目光落在了项夏脚上。

项夏下意识地缩了一下脚。

“习惯了。”

这种习惯真的改不掉，每次打开鞋柜，她的手就会不自觉地伸向足球鞋。每次去商店买鞋，她也会关注那些新款球鞋，这让夏秀珍很头痛。

“车来了。”

公交车停在了站台上，靳韩先上了车，项夏跟在后面。车上刚好有两个空位，靳韩坐下后，项夏只能坐在他身边。

公交车已经很老了，噪声较大，发动起来后，哼哼唧唧地朝前开着。途经市政府时，靳韩好像说了一句什么话，却被公交车刺耳的刹车声掩盖了，前方好像有一个老大爷闯红灯，害得整车人都随着向前倾斜了身体。

“你说什么？”项夏大声问。

靳韩迟疑了好一会儿，才重新说了刚才的话。

“你能帮我吗？”

“我帮你？”

她没听错吧？偶像让她帮他？

项夏想不出她能帮他什么。论学习，他是学霸；论演技，上场她就抓瞎；说到绘画，她连个横都画不直，别更说什么乐器了。从头发丝到脚指头，项夏实在找不出自己的一个优点。

“别开玩笑了。”项夏红了脸。

“是真的。”

靳韩看向窗外，没有了楼宇的遮挡，地平线看起来很遥远，蓝天和大地的交界处有什么闪闪发光的东西，可能是阳光下的幻影，也可能是他神情恍惚产生的错觉。

“我和于圣杰打了一个赌。”他说。

赌约？提到这个，项夏的好心情又没了。

“张斌告诉我了，你怎么敢和他赌这个？你会输的。”

“输了，我就离开K高，继续转学。”靳韩的语气很平淡，似乎对最坏的结果毫不介意，他或许已经习惯了这种生活，不断地转学，不断地认识新同学，不断地接受各种挑衅，但项夏不想他走。

“我要怎么帮你？刀山火海也在所不辞。”

项夏拍了一下胸口，作为死忠粉，只要她能做的，定会一马当先，就算是打架，她也可以为了靳韩拼命。

“还真是个二哈。”靳韩摇头笑了。

“什么，是你说让我帮的……”项夏的脸一热，他不会是拿她寻开心的吧？

靳韩脸上的笑意变淡了。

“帮我踢球。”

“踢球？”

“对，赢得这场赌约。”

靳韩的语气很严肃，不似开玩笑。

坐在座位上，项夏的心是虚浮的，她拼命地回忆着曾经活跃在绿茵场上的情形，却怎么都拿不出勇气来，当初的心理阴影现在已经淡了，或许她畏惧的是，再次走上绿茵场不过是另一次失败而已，而靳韩的赌约，决定了他能否留在K高。

项夏没办法立刻答应靳韩，却又不能拒绝他。

靳韩看出了项夏表情中的为难之色，他舒展了紧锁着的眉头。

“时间仓促，我一时半会儿找不到那么多人，所以才找了你，但你也可以拒绝，毕竟谁都不愿得罪于圣杰……”

“不，不是那个意思，我才不怕他呢。”

项夏想解释自己和于圣杰的关系，却又不想说出那个秘密，这时一个老奶奶颤颤巍巍地上了车，靳韩礼貌地让了座位，这个话题也就到此结束了。

公交车在市图书馆站台前停了下来，项夏和靳韩下了车，市图书馆的广场很大，要从正门走，有很长一段路程，为了节省时间，他们选择了走图书馆后的林荫路。

项夏以为离开了K高，没人会关注靳韩，可走在林荫路上的时候，他们遇到了一个尴尬的状况，几个女生站在小树林里议论靳韩，她们的声音很大，偶尔还发出让人觉得恐怖的笑声。

“听说K高来了一个大明星。”

“靳韩吗？我也听说了，大帅哥一枚，我好喜欢他，有几次在街上遇到他，却不知道怎么上前搭讪，好希望他也能关注我一下。”

“你想告白吗？还搭讪？”

“搭讪怎么了？我都想好怎么说了，例如，‘帅哥，你鞋带开了’。”

“哎哟喂，要不要这么没有创意？电视剧里都用烂了。”

“那要怎么说，难道说，‘帅哥，你拉链开了’？”

“哈哈哈！”

一阵荒唐的爆笑。

拉链开了？太搞笑了，项夏笑得前仰后合，眼泪都快出来了，当发现身边的靳韩脸红脖子粗时，赶紧轻咳了一声，止住了大笑。

“她们只是……开玩笑的……”项夏解释着。

靳韩一句话都说不出来，他咬了咬牙，紧绷着腮帮子，径直走向图书馆的后门。

几个女生丝毫没有觉察到靳韩的存在，大声调笑着，项夏低着头跟在靳韩身后，还是忍不住想笑。

作为明星，靳韩从小就被人关注，这样的玩笑话应该听到了不少吧，他好像还不大习惯。

进入图书馆后，靳韩选了一个僻静的角落坐下来，为了不让人发现他，他戴上了棒球帽和一副黑框眼镜，就差戴上口罩遮住整张脸了。

明星的生活果然很苦恼，走到哪里都没自由，相比之下，项夏倒觉得普通人更自在一些，至少走到哪里都不会被人盯着看，也不会被人打扰。

靳韩学习时几乎是全神贯注的，不会多说一句话，甚至头都不曾抬一下，周围谁来了、谁走了，他都不会多看一眼。

虽然是一起来的，项夏却不敢坐在靳韩身边，借了两本辅导书后，她坐在了距离他七八张桌子的位置，打开辅导书后，项夏觉得头疼欲裂，许是平时上课分心太多，现在啃书本才觉得难度好大，遇到难题她恨不得把头发都扯光。

图书馆陆续有人进来，大多数都是学生，一些小学生聚在一起，拿着手机打游戏。

项夏学着靳韩的样子，渐渐进入学习状态，才做了不到三道题，一个声音惊动了她，好像有人摔倒了，书本掉在了地上。

“有人晕倒了。”

项夏循声望去，看到自习室的地上躺着一个女生。

那个女生双目紧闭，脸色苍白，手肘平放在地上，手边掉落着几本辅导书，当项夏看清女生的脸后，立刻扔下笔奔了过去。

“潘多多？”

躺在地上的女生正是潘多多，她已经人事不省，项夏连喊了几声她的名字，她也没有回应。靳韩听见喊声走了过来，见潘多多这样的状态，他二话不说，背起她就跑出了自习室。

“把我的书包收拾一下，去医院。”靳韩吩咐着茫然无措的项夏。

“哦。”

项夏急匆匆地回到自习室，收拾好她和靳韩的书包，赶去医院的时候，靳韩已经送潘多多去了急诊室。

诊断结果是，潘多多因为长期压力过大、精神紧张，加上平时缺乏运动才会昏厥，而且她的胰脏有异常情况，医生建议她住院观察几天。

潘多多清醒过来时，项夏就坐在她身边，她抬起眼皮看到了项夏，眼神里透着一丝惊讶。

“怎么是你？”

潘多多的唇齿间传出了细微的声音后，又把眼睛闭上了，可能这样的情形有些尴尬吧，模仿她的小结巴竟把她送到了医院。

“其实……是靳韩送你来的。”

听到靳韩的名字，潘多多的脸微微抖了一下，表情更加不自然了。

在参加完数学竞赛回来的路上，靳韩的神情一直都很放松，倒是她，紧张得几乎喘不过气来。她无时无刻不在担心自己的成绩，这次竞赛至少有三道题，她一点儿思路都没有，时间快到的时候也就只能放弃了，昨天晚上，她做了一个噩梦，她的数学竞赛竟考了一个零分……那种从梦中惊醒的心有余悸到现在还让她难以安适。

期中考试眼看要开始了，潘多多决定把更多的时间用在学习上，于是去了图书馆。

在图书馆里，她又看到了靳韩，靳韩带给她的压力让她透不过气来，抱着辅导书准备去一个离靳韩远一点儿的座位时，她突然感到头晕目眩，之后就什么都不知道了。

竟是他送自己来的医院！潘多多真的没法对他表示感谢。

“你可以走了。”她驱赶项夏。

“等阿姨来了我再走。”

“我不想看到你！”潘多多的声音突然变得极为冰冷，项夏觉得自己的好心，都被无视了，潘多多还在嫉恨被她模仿的事吧。

病房里的气氛有些滞闷，项夏坐了一会儿便出去了。

走廊里，靳韩双手插兜倚在墙壁边，几个小护士探头朝这边看着，大约是认出了靳韩，却碍于正在上班，不敢上前询问。

“她怎么样了？”靳韩问项夏。

“醒了，不过情绪不大稳定，刚才还赶我走。”

“能理解。”

“理解？我们好心送她来医院，她不说谢谢也就算了，怎么能……”

不等项夏说完，靳韩笑了。

“太过优秀的人，有时候会成为最失败的人。”

“什么？”

项夏有些听不懂靳韩的话，为什么太过优秀的人，会成为一个最失败的人？

“你觉得潘多多恨你吗？”靳韩突然问了项夏一个尴尬的问题。

“恨吧……”

项夏难为情地低下了头，靳韩已经看到那张字条了，关于她偷偷模仿潘多多的事也没什么好隐瞒的了，潘多多的眼神，时时刻刻都流露着对她的怨恨。

“我和你的看法不一样，她不是恨你，而是太不自信了。”

“潘多多不自信？”

怎么可能？这话不管从谁的嘴里说出来，项夏都不相信，平时潘多多走在小区里，眼睛就差长在头顶了，即便没发现项夏模仿她时，见到项夏她也是爱搭不理的，那种不能融入凡尘的骄傲，是项夏怎么都学不来的。

“知道吗？潘多多在我们小区的家长眼里，就是‘别人家的孩子’，特别是我妈，每次唠叨我，都拿她说事，她要是不自信，我还怎么活……”

“成为‘别人家的孩子’，不是自信的理由。”

靳韩从小也是“别人家的孩子”，可他自信吗？也许有段时间他很自信，但现在回想一下，也许那时是盲目自信吧。

真正的自信到底是什么呢？靳韩一直在问自己。

“真正自信的人是不会把自己与其他人进行比较的。”

“比较？”

项夏猛然醒悟，靳韩说出了一个重要的问题，潘多多确实不自信，那天，她还偷看了靳韩的辅导书和笔记。若是自信，何须此举？

原来生活在光环里的超级学霸也不自信，潘多多并没有项夏想象中的那么完美。项夏抬起头看向那道虚掩着的门，似乎还能感受到潘多多的疲惫。

“为什么模仿她？”

耳边传来靳韩低低的问话声，项夏恍然回神，目光转向靳韩时，竟一时之间无法聚焦。

为什么要模仿潘多多？项夏虽然没有反问过自己，却一直被这个问题困扰着，是老妈平时唠叨得多了，还是潘多多太过优秀？现在仔细想想都不是，是项夏自己的内心燃起了火焰，让她没有办法停止下来。

当眼前的靳韩逐渐清楚起来时，项夏混沌了几秒的大脑也瞬间清醒了。

“我想改变！”

项夏终于想通了，她模仿潘多多是为了寻求一种改变，就好像徘徊在十字路口的人，急迫地想找到正确的方向，却不知该去哪里。当发现有人走在前面时，她就不自觉地跟了上去，其实那个方向并不是她想要的。

“模仿并不能改变什么，反而会让你成为别人的影子。你有没有想过，也许潘多多想要成为的人是你？”

靳韩的话总是让人那么难以理解，潘多多会羡慕她吗？一个成绩一般般，紧张时还会结巴的小人物？项夏不大确定。

中午，潘家的人来了，潘多多的母亲听医生说女儿要住院观察几天，便开始唠叨什么耽误课程、什么影响成绩，最好能离开医院回家休息，至少可以请家教回家补课。

“是健康重要，还是学习重要？”医生有些不高兴了，潘母支支吾吾地说不出话来。

项夏买饮料回来，经过病房时，意外地看到了潘多多正在默默流泪，虽然她一直用手擦拭，却仍止不住泪水的滚落。

潘多多的母亲进入病房后，潘多多把脸扭向了另一边。

“我和你爸商量过了，还是回家吧，增加营养，多花点儿钱把老师请到家里来，马上就要期中考试了，住院怕是要耽误课程。”

“我没事，可以上学。”

潘多多拉上了被子。

“可能是最近睡得少了，补补觉就好了，我去和医生再说说，学习可不能耽误，这马上就要期中考试了。”

潘母又自顾自地说了一会儿，转身出去和医生继续交涉去了。

病房门外，潘母和项夏打了一个照面，她简单问了一下项夏和靳韩是不是多多的同学，就行色匆匆地走开了。

项夏把饮料递给了靳韩，眼睛仍看着病房的方向，她想到了刘奶奶闲暇时说的话，潘多多的父母从小对潘多多的要求就十分严格，学习上出现一点儿问题，都会深究小半天，检查问题出现在哪里。一旦发现孩子偷懒了，夫妻两个会指责对方没有尽到监管的责任，甚至升级为无休止的争吵。

项夏难以想象，那样的生活会是什么样的。潘多多每次考试都会紧张，多半是怕拿不到第一吧？当优秀成为一种口碑、父母的骄傲时，也会成为一种负担。

项夏能感受到潘多多的挣扎。

潘多多这样晕倒已经不是第一次了，上体育课时，十次有七八次她都要请假，别人在操场上锻炼身体的时候，她独自坐在教室里做练习题，虽然学习成绩突出，但她的身体却每况愈下。

“多多不想住院，马上就要期中考试了，这几天正紧张着呢。”潘多多的妈妈和医生说明情况，医生也没什么可说的了，同意潘多多出院。

项夏和靳韩离开后不久，潘多多也离开了医院。

一天的计划被突发事件打乱了，项夏背着书包，站在医院门口的台阶上，不知该回家，还是该继续去图书馆。

街道的对面，一个胖乎乎的小男孩缠着他的爸爸，嚷嚷着要去游乐园，爸爸好像有什么事要办，却不想儿子失望，犹豫了再三之后，他伸手打车去了游乐园，车门关闭的一刻，还能听到小男孩欢呼的声音。

“去游乐园吗？”靳韩突然走上来问。

一个简单的提议，从靳韩的嘴里说出来，让人感到意外。

项夏抬起头，靳韩就站在她眼前，他虽是穿着一身普通的休闲装，但每个纹理都透着优雅，以他的身高，若是伸出手来，刚好能摸到她的头。

蓦然，项夏的脸红了，她在胡思乱想什么？

“怎么突然想去游乐园？”

如果是小孩子，或许这个问题没那么重要，可靳韩已经不是小孩子了。

“一直想找个人，陪我去坐摩天轮。”靳韩的声音听起来有些幽远，好像在和项夏说话，又好像在自言自语。

“只是为了坐摩天轮？”

“对，想坐摩天轮，哪个游乐园好一些？我在网上搜到了三个。”

“不用在网上搜，我知道哪个好，走，带你去。”

虽然不知道靳韩为什么突然想要坐摩天轮了，但只要他开口，项夏就不会拒绝，两个人一起离开了医院，换乘了公交车，去了市内最大、最好的游乐园。

因为是周六，游乐园里人特别多，好多稚气未脱的小孩子由他们的父母带领着，幸福地舔着棉花糖，手指忙乱地指这儿指那儿，什么都想玩。

坐在摩天轮里，靳韩一直望着外面，丝毫看不出兴奋。

项夏有种错觉，他来这里不是为了娱乐，而是为了让这份喧嚣掩盖住他内心的什么东西。

都说越嘈杂的地方越安静，大约就是这个样子吧。

“如果是小时候来这里，可能感觉会不一样，可惜……”靳韩托腮远望，眼神微凝，像是在寻找一种久违的感觉，又像是在感叹一份遗憾。

“当然了，小时候和现在怎么能比？我记得以前每个周末，我都会缠着爸爸来游乐园，最喜欢的就是摩天轮了，坐在上面，觉得自己真的长了翅膀。”

“我小时候……没玩过。”

靳韩的话，让项夏愣住了，他竟没玩过摩天轮！

“为，为什么？”

“忙，没有时间，从我有记忆开始就在学特长，跳舞、唱歌，参加各种表演，后来……”

“后来呢？”

“后来就长大了。”

自从靳韩大红大紫成了童星，他的生活便充斥着各种活动安排，无休止的采访和片约，直到他长大。

靳韩把手放在了腿上，指尖轻轻地敲击着膝盖，看似轻松的动作，却难以掩饰他眉间流露出来的忧郁。

项夏很想追问，他曾经没有时间，现在就有时间了吗？但想了想，她还是忍住了。

最近几天，项夏没看到韩晓波一步不离地跟在靳韩左右，甚至上学放学都是靳韩一个人走，他们母子之间不会闹了什么别扭吧？

一共坐了三遍摩天轮，项夏也没在靳韩脸上找出一丝喜悦的表情，他偶尔会盯着远处看很长时间，似在思索，又似在神游，完全不关注摩天轮在什么高度。

坐够了摩天轮，靳韩决定坐海盗船。

“你真的行吗？”项夏有些不确定，海盗船不是一般人敢坐的。

“怎么不行？我可以的。”

靳韩拍拍胸膛，摩天轮那么高，他都没怕，怎么会怕一条摇动着的船？

最初，靳韩坐在海盗船里表现得还很正常，但随着海盗船越摇越高，越抖越剧烈，他的脸色越来越难看了。

“你没事吧？”

项夏大声地问着，靳韩只是摇摇头，手指关节泛白地紧握着把手，一句话都不肯多说。

周围充斥着年轻人兴奋的尖叫声，海盗船疯狂地甩动着。

“鞋，鞋子！”

不知谁的鞋被甩了出去，高高地飞了起来，引发一阵哄堂大笑，只有靳韩很严肃，两只眼睛死死地盯着海盗船的船身。

当海盗船停下来，项夏刚刚松开把手，准备问一下靳韩的体会时，他竟好像离弦的箭一样冲了出去，趴在游乐场的栏杆边吐了起来。

原来他就这点儿本事？项夏抱着胳膊站在一边，问他：“怎么样？还要不要玩碰碰车？”

“要，当然要。”

靳韩狼狈地转过身，脸色白得吓人。

游乐场里能玩的设施他们几乎都玩过了，天色也渐渐暗了下来，靳韩问项夏想吃什么，他请客。

“涮毛肚！”

几乎是毫不犹豫地，项夏说了附近的一家有名的涮毛肚店，作为一个资深的吃货，她凭借味道就能分辨哪个方向有美食，上周缠着老姨去吃过一次，简直就是世间少有的美味，现在想想口水还往外流，只是不知道靳韩愿不愿意破费。

陪着偶像玩了小半天，她没有功劳还有苦劳呢。可瞧靳韩这僵硬的表情好像有点儿为难，他不会带的钱不够吧？

“我们可以AA制，我带钱了。”

项夏掏出了兜里的零钱，因为是周末，又要在图书馆里吃饭，所以老妈给了她五十块钱，加上靳韩的零钱应该够了吧。

“不是，我只是……”

靳韩皱了皱眉头，随后长舒了一口气。

“算了，走吧，我请你，我带的钱够了。”

“真的不用我出钱？”

“不用。”

“你爱吃毛肚？”

“呵呵。”

“呵呵”是什么意思？爱吃还是不爱吃？

靳韩没有明确表态，项夏只当他爱吃，两个人一起去了那家涮毛肚店。

周末就是这么神奇，好像全世界的人都出来了，人多得要排队，好不容易排到了一个座位，还是不太理想的位置，在毛肚店的门边，只要进店就能看到他们两个。

项夏要了两份新鲜毛肚，遵守传统，毛肚的吃法要来一个七上八下，口感脆爽，咀爵后有牛肉的香味儿，再配上火锅的牛油香辣，一口吃下去，感觉浑身都舒爽。

毛肚上来后，项夏吃得啧啧赞叹，而靳韩坐在她对面，一副食难下咽的感觉。

“怎么了，不好吃吗？”项夏问他。

“好吃。”

靳韩一边说好吃一边猛喝着饮料，不会是汤料太辣了吧？可据项夏所知，他是一个地地道道的重庆人，这点儿辣应该不算什么的。

“毛肚要这样吃……”

项夏正在教靳韩怎么涮毛肚，什么叫作“七上八下”的吃法，就在这个时候，突然有人走上来按住了她的脖子，她刚夹起的毛肚直接掉在了滚烫的锅子里，而她的脸……被按在了蘸料碗里，鼻子上沾满了芝麻酱。

谁这么莽撞？

项夏愤怒地扭过头，想斥责这个不长眼睛的家伙。

没看到姑奶奶正在吃毛肚吗？惹得她不高兴，把他的脸一起扔到锅里涮。

就在项夏龇牙咧嘴，准备痛击对方的时候，却吃惊地看到了于圣杰的脸，一瞬间，她蔫儿了。

“吃得挺香的嘛。”于圣杰在项夏的脑袋上轻轻拍了一下，接着又是一按，项夏的脸又被按在了蘸料碗里。

浑蛋，没完了吗？

“于圣杰……你，你……”

“见到我高兴吧？兴奋得结巴了？”

于圣杰嘿嘿一笑，不客气地坐了下来，瞄了瞄项夏，又瞄了瞄靳韩。

“这是在……约会？”

“喂，你说什么呢？”

项夏倔强地把头抬了起来，正要大声辩解，后脑勺便被于圣杰用力弹了一下。

“小结巴，没让你说话。”

项夏吃痛，摸着脑袋半晌说不出话来，于圣杰拍拍巴掌，斜着眼睛看向靳韩，眼里闪着寒光。

“你眼光真差，她可是小结巴呀，说话像这样，你，你，你……”

于圣杰学项夏紧张时说话的样子，简直就是惟妙惟肖，还故意做出一些忸怩的神态，样子可恶至极。

“K高随便拽出一个女生都比她强，你看上她啥了？咦，戴上眼镜了，眼神有问题。”

“于圣杰，你，你，你……”

项夏气得又结巴了。

于圣杰实在太过分了！什么叫“K高随便拽出一个女生都比她强”，孙歆也比她强吗？隔壁班走路扭扭的王三拐也比她强吗？好歹她的长相也算看得过去吧，怎么就被他说成天下第一丑了？

于圣杰一一细数着她的缺点，听起来她还能活着都是一个奇迹了，项夏气急败坏地抓住了筷子，准备将这个家伙戳成马蜂窝。

于圣杰可不想在这种场合没面子，他发现项夏的表情不对，笑呵呵地抬起了手。

“筷子是用来吃饭的，吃，吃呀。”

“你没救了。”

项夏气闷地扔下了筷子，暗叫倒霉，怎么遇到了他？在项夏眼里，有于圣杰的地方，即便是晴天也阴云密布，没有他的地方，就算是阴天也万里无云。

唉，看着桌子上的毛肚，还有翻滚着的红油汤，她一点儿胃口都没有了。

和项夏恰恰相反，靳韩好像什么都没发生一样，旁若无人地喝着饮料。

“喂，小子，你听见我说话没？”

于圣杰连喊了靳韩两声，靳韩都没理会他，于圣杰气得翻了个白眼，突然拿起筷子，夹了两大块毛肚在热汤锅里烫了一下，一股脑儿放进了靳韩的碗里。

“知道我们这里的涮毛肚怎么吃吗？要这么吃！”

靳韩看着碗里半生不熟的毛肚，目光森冷，将筷子啪一声摔在了桌子上。

“你想干什么？”

“不干什么，周末遇到同学，一起开心地吃个饭。”

“想单挑吗？”靳韩握紧了拳头。

“单挑？不给你机会。”

于圣杰撇着嘴巴，他已经领教过了靳韩的厉害，怎么可能再出丑？于圣杰回头冲着服务员打了一个响指，又要了三份毛肚，然后欢天喜地地吃了起来。

“吃，使劲吃，今天我请客。”

毛肚刚涮出来，冒着热气，他直接送到嘴里，烫得眼眨嘴扇，却还是吃得那么欢乐，于圣杰的土豪姿态显露无遗。

虽然做了一年多的同学，除了在食堂偶遇，项夏和于圣杰还没有真正在一起吃过饭，听说他挥金如土，经常叫上一群狐朋狗友下馆子、泡吧，他的账户定期都有“零花钱”，等他挥霍光了，也会继续有钱进入账户。

项夏猜不出于圣杰的父母是干什么的，但他这样大手大脚地花钱，一般家庭还真承受不住。

撇了撇嘴，项夏嫌弃地看着于圣杰，他到底饿了几顿？吃毛肚跟猪八戒吃人参果一样，估计什么味儿都尝不出来吧。

“怎么不吃？”于圣杰问靳韩，靳韩还是没有回应。

“不会是因为赌约的事上火了吧？哎哟，我一挥手，组三四个足球队不成问题，你呢？求爷爷告奶奶，怕也找不出几个人吧？啧啧，可怜，可怜。”

靳韩冷着一张脸，仍旧保持沉默，于圣杰更加得意了。

“不如直接退学吧？不不不，再转学也行，听说你是‘转学大王’，全国的高中不走个遍，都对不起这个称呼。”

于圣杰惺惺作态的模样，项夏真心看不下去了。

“于圣杰，你能不能……”

“喊谁呢？谁让你插嘴了！臭丫头！”

一个巴掌又拍了过来，项夏手疾眼快，一个扭身侧头，于圣杰的手拍空了，手掌刚好按在了蘸料碗里。

看着满手的蘸料，于圣杰瞪大了眼睛，作势要打项夏，可他挥出的手被靳韩抓住了。

“我们说好了，在赌约有结果之前，不要骚扰我。”

“我现在在和小结巴算账。”

“可你影响了我。”

靳韩冷冽的目光扫过于圣杰的手，于圣杰不得不把手放了下来。

"小结巴，这次饶了你。"

于圣杰象征性地警告了项夏一句，用纸巾擦了擦手，然后抓起筷子继续吃毛肚，一边吃还一边哼唧着。

"哼，想想下个月怎么滚蛋吧。"

项夏气不过于圣杰这样盛气凌人，靳韩刚转学过来，哪儿那么容易找到人？踢足球不是一个人的事，要一个团结的队伍才行，他这是算定靳韩没人帮了。

咬了咬牙，又吞了口气，项夏放下了手中紧握着的筷子，语气平静得连自己都感到意外。

"谁说没人帮他了？我帮他，我也会踢球。"

"你？"

于圣杰的脸变了，嘴里的毛肚直接掉了出来。

"你说什么？"

"我说，我帮靳韩！"

项夏斩钉截铁地说了这四个字后，于圣杰把蘸料碗用力一推，筷子啪一声扔在了桌子上，然后凶狠地看着项夏。

"你认真的？"

"认真的。"

"呵，这饭吃出乐子来了，你们继续，继续，想吃啥吃啥，想说啥说啥！这顿饭我请，别跟我客气，吃！"

说完，于圣杰懊恼地站了起来，在桌子上摔下三百块钱后，大步走出了涮毛肚店。

于圣杰虽然走了，但餐桌上的窘迫气氛还在，满桌子的毛肚，项夏一口也吃不下了。

"吃饱了吗？"靳韩问项夏，项夏叹息了一声。

"没胃口了。"

"没胃口就不吃了，我们走。"

靳韩没有拿于圣杰的钱，他起身后，径直去收银台结账了。

"喂，等等我。"项夏抓起桌子上的钱，随后追了出去。

饭店的门外，靳韩正拿着手机，蹙眉和什么人讲着电话，电话挂断后，他告诉项夏，他和朋友约好了晚上去录音棚录制歌曲，却因为临时决定去游乐场，差点儿把这件事给忘记了。

“录音棚！”

项夏发出了羡慕的感叹声。

以前上网的时候，项夏关注过录音棚一段时间，对录音棚超级感兴趣，知道录音棚是专用的录音场所，一般录制电影、歌曲、音乐都在那里进行。

项夏看过许多关于靳韩的报道，也看过他参演的影视剧，甚至舞蹈表演，却没听过他唱歌。她记得有一次采访，靳韩好像对记者说过，他喜欢唱歌，没事的时候就一个人哼哼，偶尔还会去声乐老师家里学习，只因为平时档期太紧，没什么机会展示。

现在有机会听靳韩唱歌了，项夏激动起来。

“是定制的歌曲吗？要出专辑吗？专辑的名字是什么？什么时候上市？会不会在网上先发布出来？”

她这一连串的问题，让靳韩有些应接不暇。

“都不是，只是随便录录的。”

“自创的吗？”

“算是吧。”

“哦哦，好期待呀。”项夏感觉自己的嗓音都不一样了，两眼放光，靳韩还会自创歌曲吗？他几近完美的人格魅力又多了精彩的一笔。

项夏流露出来的艳羡眼神，让靳韩的内心波动很大，也感到惭愧，相比眼前的女孩，他更没勇气面对现实，去录音棚唱歌不过是郁闷时的一种发泄，每次从录音棚走出来，他都感到浑身无力，好像所有的力量都倾注在了歌声中。

项夏站在靳韩面前，只等他说出那句话，“嘿！项夏，想跟我一起去吗”。

“太晚了，你先回去吧。”

“……”

好像一盆冷水当头淋下，项夏所有的热情都被浇灭了，项夏沮丧地耷拉下了脑袋，转过身没精打采地朝公交车站走去。

为什么不邀请她？她可是他忠实的粉丝呢，知道偶像要去录制自己创作的歌曲，却无法亲眼见证，她心里的遗憾怕是要很长时间才能消失吧？

一步步不情愿地朝前走着，项夏等待靳韩改变主意。

“项夏……”

“在！”

她激动地转过身，靳韩皱着眉指了指她的书包。

“你的书包，开了。”

“哦。”

他叫她的名字，竟是提醒她书包开了？项夏不悦地拉好了书包的拉链，冲靳韩不舍地挥了挥手。

“我回家了，再见。”

她落寞地转过身，走了一步、两步，走第三步的时候，靳韩的声音又响了起来。

“想跟我一起去吗？”

“想！想！”

项夏兴奋极了，转身，脚踝一扭，差点儿自己绊倒自己。

“真的可以一起去吗？真的可以吗？你不会……是逗我呢吧？”

第十二章
重拾足球

难以掩饰内心的激动，项夏就差拍手欢跳了，他真的邀请她了？她不是在做梦吧？她用力掐了一下自己的大腿。

哎哟，还真疼。

想着能看到偶像现场录制歌曲，项夏整个人都亢奋了起来。

“不是逗你的，走吧，一起。”

“好嘞。”

项夏一下跳到了靳韩身边，叽叽喳喳地开始问录音棚的细节，她是不是需要注意什么，别去了光给他添乱。

“录音的时候安静就好，其他没什么。”靳韩笑着说。

“知道了，我一定把嘴闭得紧紧的。”

项夏向靳韩发誓，她会让自己看起来就像空气，没人会注意到她，听了这话，靳韩笑了，他告诉项夏不要紧张，录音棚里的人都很热情。

“嘿嘿。”

项夏抓了一下头发，难为情地笑了。

他们站在路边等了不到十分钟，一辆黑色的轿车开了过来，载着他们去了录音棚。

录音棚在市郊比较偏的位置，据说这样选址不但可以节省开支，也能有一个相对安静的环境，周围几乎很少有车辆经过。

第一次进录音棚，项夏对什么都好奇，这里的玻璃真如网上写的一样，是隔音真空的，门窗还加了牛皮筋封音。地板是悬空的，打了一层龙骨，然后是地板，地板上面是厚厚的一层地毯，假如和网上描述的一样，这下面应该有岩棉、玻璃棉、泡沫、玻璃纤维等隔音材料，造价不菲。

靳韩好像和录音棚的工作人员很熟，进门后，大家都主动和他打招呼，“小靳”“小靳”叫得很热情，靳韩也没有一点儿明星架子，一口一个哥，和他们俨然相亲相爱的一家人。

项夏跟着进来时，录音棚里的人只是冲她笑笑，没做过多的追问，大约是靳韩粉丝多，这样的状况他们都习惯了吧。

“小靳，准备好了吗？要不要喝点儿水？”录音师问。

“不用，可以开始了。”

靳韩走进录音室，戴上了耳机，在录音师做了手势后，乐声缓缓响起。

第一次听到靳韩唱歌，那种深情款款的嗓音，以及忘我投入的神情，一下子感染了项夏。

项夏觉得他的歌声特别打动人心，靳韩不仅演技好，歌唱得也不错，录音室有几个工作人员也是他的歌迷。

望着录音室里的靳韩，项夏觉得不管他做什么事，都透着青春的气息和不懈的力量，这正是她所缺少的。

才不过十六岁，和靳韩相比，项夏觉得自己已未老先衰了。

听着这深情的歌声，项夏的头脑渐渐冷静了下来，涮毛肚店里因激愤而说出的大话，此时变得有些不切实际了，她真的能帮他吗？优秀的靳韩需要的是一个坚强的后盾，足以让他安稳地留在K高，而她呢？那么渺小普通，每天被人捉弄，自我保护都成问题，凭什么说那样的大话？

调音师站在调音台前，满意地点着头，待歌声结束后，他轻轻地拍了一下巴掌。

“小靳的潜质不错，我们完全可以把他打造成歌坛明星。”

“可他更喜欢演戏。”

“影视歌多栖明星。”

“哈哈，你的野心还真大。”

大家嘻嘻哈哈地说笑着，谈论的都是怎么包装靳韩的话题，他们要做靳韩的助力器，随时在靳韩需要时发光发热。

听到这样的话，项夏感到一阵羞愧，她能为靳韩做什么呢？足球？项夏担心事与愿违，不但帮不了靳韩，反而给他招惹麻烦。和于圣杰的赌约决定了靳韩的去留，若她不能在球场上正常发挥，成为全校笑柄事小，拖累靳韩事大。

一个男人给靳韩送去了矿泉水，靳韩一边喝水，一边和那个人低声交谈着，说的都是唱歌的体会，他的表情从未那么放松过，时而轻声地笑出来。

录了两首曲子后，掌声响起，靳韩走出了录音室。

“靳韩，新歌原创榜要有你的身影了。”

“我可没抱那么大的希望，也没那么大的野心，只是来玩玩，好久没见你们了，没想到你们在这里也有录音室。”

“哈哈，为了音乐，哪里需要就在哪里开花。”

靳韩喝过了水，冲项夏招了招手，然后征求几个朋友的意见，今晚没什么人，能不能让他同学到里面试试音。

“我？”

项夏指着自己的鼻子。

“你不是好奇吗？进去试试，唱你拿手的歌，什么都行。”靳韩鼓励着项夏。

“我真的可以吗？”项夏激动地看着站在一边的录音师，他点了点头。

“当然可以，说不定又能发现一只潜力股。”

在大家的鼓励下，项夏走进了录音室，她坐到靳韩坐过的位置上，戴上了耳机，深吸了一口气后，决定认真唱一首《学猫叫》。

当歌声从项夏的喉咙里荡出来后，靳韩没忍住，扑哧一声笑了出来。

“我们一起学猫叫，一起喵喵喵喵喵，在你面前撒个娇，哎哟喵喵喵喵喵……”

项夏唱得很认真，虽不及靳韩那么专业，却也十分投入，只不过她没经过指点和训练，唱得总是跟不上节奏，外面的录音师虽然尽量保持着严肃的表情，但还是被她关键时刻的跑调逗得哈哈大笑起来。

项夏开心地唱完了一首歌，靳韩把录制下来的音频文件传给了她，她欢天喜地地听着，对自己的歌声虽然不算满意，但怎么也是录音棚里录制出来的，光听音效就很满足了。

又闲聊了一会儿，靳韩看了看手表，觉得有些晚了。

“时间差不多了，我该回去了。”

“明天晚上继续。”

录音棚的人也开始收拾东西了，只要没人来录歌，他们就会提前下班。

项夏和靳韩出了录音棚，还不等他们走到公交车站，他的手机就响了，接通电话等了不到十分钟，一辆黑色的越野车风驰电掣而来，司机看到靳韩后，一个紧急刹车停了下来，车门开了，韩晓波气急败坏地跳下来。

“我给你打了一个下午的电话，你一个都没接。”

“我没听见。”

靳韩的回答言不由衷，下午的时候，项夏明明看到他一直在关注手机，怎么可能看不到母亲的来电？他显然故意忽略了她。

“知道现在几点了吗？几点了？靳韩，你到底要怎么样？”韩晓波怒目圆睁，声嘶力竭地吼着，当发现项夏也在时，才消了一点儿火气，“小夏也在呀，怎么这么巧？”

“阿姨，我……”项夏想解释自己为什么会和靳韩在一起，靳韩却抢先替她回答了。

“她刚好路过。”

“是呀，刚好路过。”项夏庆幸自己没有傻乎乎地说实话，不然就麻烦了。

韩晓波上下打量了项夏几眼，没把这个不起眼儿的邻家小女生看在眼里，就像电视采访里经常看到的一样，韩晓波给人一种高高在上的感觉。

“小夏，我接靳韩去赴个约，不能送你回去了，这样吧，阿姨给你打辆出租车。”

“不用，不用！”项夏连连摇手，“这里不远处就是公交车站，坐208路，再倒一辆车，就能回家了。”

“也行，你小心，我们先走了。”

韩晓波催促靳韩赶紧上车，靳韩却一步都没动，他扭头看了项夏一眼，又看了看路的尽头，根本没有公交车的影子。

“送她到倒车站点吧，这里太偏了。”

“时间已经来不及了！”韩晓波咬牙切齿地质问靳韩，他是不是不知道这次约会有多重要。错过了，就要再等半年，半年后就什么都凉了。

“不用，真的不用，一会儿车就来了。”

项夏再次表示了感谢，然后转身向公交车站跑去，许是太着急了，脚下的青石板翘起来一块也没注意，直接绊了一个跟头，她爬起来回头冲靳韩和韩晓波尴尬地笑了一下，继续朝前跑去。

越野车前，韩晓波瞥着项夏的背影，嘴角一挑：“这孩子，不看路吗？”

“二哈。”靳韩自顾自地说了一句，韩晓波愣住了。

“什么二哈？”

“没什么，我说叔叔家的哈士奇，好久没去看它了。”

“行了，心里不能装点儿正事吗？赶紧上车！”韩晓波拉开了车门，靳韩上了车，坐好之后，他抬头看向车窗外。

公交车站台上，208路公交车开来了，等待坐车的人好像有点儿多，项夏拼命地往上挤着，人虽然挤上去了，书包却卡在了外面，她竭力拉扯着，抿嘴皱眉的神情有些滑稽。

她真的好像一条二哈，靳韩忍不住笑了。

不坐车不知道中国人这么多、这么恋家，下班的时间段，车上几乎人满为患。

项夏玩命地挤上了车，却连个立脚的地儿都没有，车厢里人贴着人，脚踩着脚，偶尔还能听见女人的尖叫声，也不知道是不是被揩了油。

好不容易蹭到了后门，稍稍有了一点儿喘息的空间，项夏紧绷着的心才放松下来。

抓着扶手，望着车窗外不断掠过的路灯，昏黄的光晕随风飘荡，不断扩散着，在那些凌乱的光晕中，她似乎又看到了靳韩的脸，在韩晓波下车后，变得忧郁。到底什么事让他困扰？他又在刻意躲避着什么？韩晓波责备的眼神、严厉的话语，让项夏觉得，他们母子的关系没那么和谐，不会是片约出了什么问题吧？

项夏希望能帮助靳韩，却觉得自己的力量太薄弱了，没什么信心。

回到家之后，项夏打开了尘封已久的柜子，拿出了里面已经干瘪的足球，回忆瞬间充斥了脑海，一幕幕竟记忆犹新，她的手轻轻地摩挲着足球，足球似乎也在提醒它的主人，君子一言驷马难追，虽然她不是君子，但也要言出必行。

答应靳韩的事就得做到，即便结果不好，她也不会因为没有努力而后悔。

重新拿起足球，项夏感觉自己又有了生命力。

周日，项夏起床时，老妈已经把早餐准备好了，她告诉项夏，单位临时通知今天要加班，可能很晚才能回来，晚饭要项夏来做了。

项夏故意磨磨蹭蹭地吃饭，老妈实在等不及了，拎起包出门上班去了，老妈前脚才走，项夏后脚就拿出了足球，探头朝窗外看了几眼，确定老妈已经上了车，她才火急火燎地出了门，直奔体育馆而去。

因为来得太早了，体育馆才刚刚开门，足球场被项夏包场了。

当足球落地，滚动在项夏的脚边时，久违的兴奋感又回来了，隐藏在她身体里的星星之火也熊熊燃烧了起来。

最初是项夏包场踢球，很快又来了五六个年轻人，年纪比项夏大两三岁的样子，其中一个头发染成了黄色，身材高高瘦瘦的，他单手托着足球，长得有点儿像韩国偶像剧里的欧巴。

“嘿，小姑娘！”他主动走过来，和她打着招呼。

“什么‘小姑娘’？我已经上高中了。”项夏最讨厌这种看脸看个头说话的人，多半又把她当初中生了。

项夏很恼火，每次从小区出来，那些老大爷、老大妈都会问：“喂，小姑娘，初几了？”她刚开始还诚恳地纠正他们，她是高中生，已经上高二了。后来出门，他们还是那么问，项夏急了，直接回答初一，之后……

“原来是高中生呀，这海拔也是够可以的……怎么？会踢球吗？”“黄毛”撇了撇嘴。

“会！”

面对陌生人，项夏没有什么好畏惧的，她把地上的足球捡了起来，走到“黄毛”面前。

“要不要试试？”

“哎呀，还没见过女生踢球呢。来，来，试试，正好有大把的时间。”

“黄毛”比画着分配队伍，其他几个男生叫他“峰哥”，听他们说话的内容应该是附近商务学院的大学生，“黄毛”是他们的头儿，每到周末，他们都会从校园里跑出来，在这座体育馆里踢球。

因为人少，大家只能踢半场，做了一下热身运动后，所有人纷纷上场开始踢球了。

刚开始，谁也没把项夏当回事，每次带球从她身边经过，都当她是透明的，当项夏突然横冲过来，截球带球，一个飞脚将球踢进球门之后，他们才关注起了这个小女生。

“怎么回事？”一个男生瞪大了眼睛，这怎么可能？他们这些人踢了很多年的球，还不如一个小姑娘了。

“小看她了吧？”

“黄毛”擦了一下脸上的汗，拍了拍身边朋友的肩膀。

“我就不信了，再来。”被项夏截球的男生耸耸肩，他没看清球是怎么被拦截走的，或许是他刚才走神了，让小姑娘钻了空子。

“继续，继续！”“黄毛”又跑回了场地，重新发球。

结果还是一样，项夏又巧妙断球，球又进了。

“你们还能玩不？”

那个男生站在场地里，不高兴地踢了一脚足球，足球高高飞起又回落到球场之上，其他几个男生都一脸无奈。

“她速度太快了。”

“好像个小猴子。”

“什么猴子？换位，换位。”那个男生决定换个阵容。

“我来和她面对面。”

“黄毛”拍了一下足球，走了过来。

“交给你了。”男生抱怨了一句，和“黄毛”换了位置。

“黄毛”走了过来，眯着眼睛看着项夏，他好像知道了眼前的小女生不但会踢足球，而且踢得很好，虽然在一些技巧的处理上还欠点儿火候，但是足以让他和队员提高警惕。

“黄毛”踢球的技术果然很好，项夏几次近身都拦不到球，她左右追逐，前后进退，“黄毛”带球如有神助，怎么也碰不到。当两个人擦肩而过时，项夏终于抓住了机会，一个突袭铲球……

在项夏看来，这是一次绝好的机会，可不知为何，形势急转直下，明明足球已经在脚下了，却换成了“黄毛”的腿，她的脚毫无悬念地踢中了“黄毛”，“黄毛”眉头一皱倒在了地上。

“死丫头……”他抱着腿，吼了出来，“你这是踢球还是踢人？”

“我，我……”

她踢的明明是球，球在哪里？项夏在原地转了一圈，发现球好像变戏法一样，还在“黄毛”脚下，此时项夏才意识到一个问题：“黄毛”是个高手。

“黄毛”一跃而起，看起来刚才挨的那一下没那么严重。

“你犯规！”

“我明明踢的是球……”

“哈哈！”

“黄毛”的脚轻轻一勾，足球平地而起，稳稳地落在了他的手中，他浓眉一皱，迈开步子一步步走向项夏。

项夏尴尬地一步步后退，又开始结巴了：“你，你，不，不，不是没事吗？”

“踢得不错嘛。”“黄毛”的表情很严肃。

“我不是故意踢，踢你腿的。”项夏慌乱地解释着，生怕“黄毛”带着他的兄弟冲上来，狠狠修理她一顿，这里可不是K高，不会有人站出来帮她的。

“黄毛”站在了项夏面前，凌厉的目光直射过来，项夏感到骨头缝里向外一阵阵冒凉风。

“哈哈！”黄毛”突然大笑了起来，其他几个男生也跟着笑了。

项夏傻愣愣地看着他们，不明白他们在笑什么。

“速度和反应都很快，踢了多久球了？”“黄毛”问。

“很久以前踢过，几年前了吧。”项夏如实回答。

“好几年不踢了？可以，可以。”

“黄毛”将球放在地上，用脚勾住，微笑着看着项夏。

“想拜我为师吗？”

拜师？这家伙在开玩笑吧？就算项夏想找人教她踢足球，也该找一名有经验的教练或老师吧？“黄毛”看起来也就比她大了两三岁的样子，怎么敢有这么大的口气！

“怎么？对我不满意？”

“不是……”

“嘿，小姑娘，别瞧不起冷师兄，他可是全国大学生运动会足球场上的佼佼者，去年的比赛连进三球，让雄狮队勇夺冠军宝座的，就是他。”

“冷峰？”项夏惊呼。

虽然每届大学生运动会项夏都没什么时间看完，但还是会关注足球比赛的结果的，也知道有冷峰这么一个人，他踢足球的水平很高，算是大学生运动会上数一数二的人物，只是没想到会在这里遇到。

在她印象里，冷峰的头发很短，也没染成这样奇葩的黄色。

冷峰将足球颠起，足球好像被魔法控制住了，在他腿边旋转，始终不离左右。

“我刚才是故意露出破绽让你犯规的。”

“故意的？”

“这在球场上，至少要罚任意球的。”

“你也不怕我铲断你的腿？”

“哈哈，你当我是智障吗？怎么样，小姑娘，考虑好了吗？我可不随便收徒的。”

能和冷峰一起踢球是何等荣幸？若能拜他为师，简直就是天上掉了馅饼，项夏不是傻子，岂能放过这个机会！

“师父！”她这一声叫得还真脆。

冷峰哈哈大笑了起来，他把足球用单脚踩住：“嗯，还没告诉我，你的名字呢。”

“项夏。”

“项夏？好好学习，天天向下，不错不错。”

项夏的脸红了，她的名字这么容易被人看懂吗？

就这样，项夏多了一个师父。

冷峰果然不是一般球员，能一针见血地指出项夏踢球过程中存在的问题，她最致命的弱点就是容易被周围的人和事影响，他随便一个安排就可以让她分心丢球。

“你刚才和我对抗的时候，有很多问题。比如，站的位置不对，一定要保持距他一步距离，不能贴身，然后跟随他移动，还要观察场上情况，选择好时机！贴身过早，前锋会做动作摆脱你；贴身过晚，不能阻止对方启动。所以，要选在对方拿球队员有意思要传球给他的时候，一步贴身……”

冷峰给项夏做示范，为了证实这个理论，他指挥大家继续开场踢球。

一边踢球一边纠正技术，项夏在冷峰的指导下学会了不少实战技巧，她的奔跑速度，还有对足球的领悟，也让冷峰很欣赏。

“周六、周日到这里来，上午两个小时。”

“知道了，师父。”

直至走出体育馆，项夏还觉得刚刚发生的是一场梦。

可手里的足球是真实的，呼吸也是真实的，不远处，冷峰正开车准备离开，冲她挥手示意，一切都是真的。

用力踢了一脚足球，项夏冲天高呼了起来：“偶像，这次我可以帮你了！”

喊声在广袤的空间里回荡着，久久没有散去。

收拾了背包，带上足球，项夏先跑去甜品店吃了一个冰激凌和一块面包，三点多又去了图书馆，借了几本辅导书，等她坐上回家的车时已经是下午五点多了。

“糟了……”项夏拍了一下脑袋，想起老妈一早有吩咐，晚上要加班，饭由她来做，她因为踢球、拜师太兴奋，差点儿把这事给忘了，车到站后，项夏急匆匆地下了车跑去了菜市场。

在菜市场里转悠了小半圈，项夏买了一条鱼、一点儿青菜，正准备原路返回的时候，却和韩晓波打了一个照面，她好像也在买菜，保姆跟在身后提着一个菜篮子。

“阿姨好。”项夏没了退路，只能和韩晓波打招呼了。

“项夏呀。”韩晓波抬了一下眼皮，很快又垂下了，“听保姆说，你去过我家？”她随手在摊位上拿起一棵莜麦菜来回翻看着。

“哦，靳韩带我去看望远镜。”

“望远镜有什么好看的？搬家的时候差点儿扔掉，靳韩其实很忙的，不但要参加比赛，还要考试，各种应酬也是排不开时间，哪里有工夫招待同学？以后想看什么，直接和阿姨说，阿姨拿给你看。”韩晓波说话的时候，手仍在挑选着摊位上的菜，看似随口说说的话，听在项夏的耳朵里却是警告，韩晓波不大喜欢靳韩和她在一起，应该是觉得她耽误了儿子的时间吧。

“知道了。”项夏笑着点头，从韩晓波身边走了过去。

“家里还有什么菜，牛肉还有吗？靳韩这几天不大爱吃东西，我要亲自下厨做点儿他爱吃的……对了，上次谁拿来的肠、肚？”韩晓波质问保姆。

“乡下杀猪了，亲戚带来给我的。”

“以后不要再往家里拿了，靳韩最讨厌动物内脏，会让他犯呕的。”

“下次不会了。”

……

靳韩讨厌动物内脏？

项夏猛然醒悟，想到了在涮毛肚店里和靳韩吃饭时的情景，他一直猛喝饮料，而她呢？在他面前津津有味地吃着涮毛肚，他一定反胃得想吐吧？可他一直忍着没有说。

“真是鲁莽……”

项夏觉得自己就是靳韩的克星，即便关系缓和了，也让他十分难堪。

说不出心里有多尴尬，项夏觉得自己鲁莽到了极点，她应该事先问问靳韩爱吃什么的。

项夏拎着菜回了家，才打开防盗门，就意外地看到了老妈，老妈的情绪有点儿不对劲儿，人坐在沙发里，沉着脸，好像有什么烦事纠缠着她。

项夏下意识地把足球藏在了身后：“不是说加班吗？”

“临时取消了。”夏秀珍抬头看了女儿一眼，又把眼皮垂下了。

项夏小心地换了拖鞋进了客厅，觉得自从老爸离开这个家之后，老妈的烦恼也只剩下工作和女儿了。

“去哪儿了？”老妈闷声问。

“图书馆。”项夏没敢说踢球去了，老妈一直反感她踢球，每次说到足球都会让老妈歇斯底里，甚至有世界杯直播的时候，她都会故意换台，避开不看。

“和谁？”老妈冷声质问。

“我一个人呀，怎么了？”

感觉老妈这语气是在质问，她不会发现了什么吧？项夏心虚地转过身，快速把足球塞进了书包，挤得书包都变了形。

“行了，我去做饭。”老妈欲言又止地站了起来，径直去了厨房。

“我买了鱼。”项夏把鱼送进了厨房。

“帮我择菜吧，书包里装了什么那么鼓？”

“没，没什么，我先回房间，同学让我发作业给她。”项夏找了一个给同学发作业的借口，快速溜回了房间。

关上卧室的门后，她把足球小心翼翼地藏在了柜子里，为了防止被老妈发现，她还用运动服小心地盖住了。

长长地舒了一口气，项夏回头看了一眼房门，想着老妈刚才的表情，还是觉得哪里不对，若单纯因为足球，她完全可以直接说出来，为何一副吞吞吐吐的样子？

将书包扔在了桌子上，项夏拉开椅子，准备整理一下借来的练习题，椅子腿却不知压住了什么东西发出了一声响。她低头一看，竟是靳韩给她画的那张哈士奇。

哈士奇原本就皱巴巴的了，再被椅子压了一下，嘴巴处破了一道口子。

项夏把哈士奇捡了起来，一边修补一边觉得奇怪，它不是应该好好地待在抽屉里的日记本里吗？怎么跑到地面上去了？

“真是不老实……”手指戳了一下纸上的哈士奇，项夏的目光不自觉地看向了抽屉，她发现关得好好的抽屉竟半开着……

她拉开了抽屉，发现日记本摆放的位置也变了。

一个念头闪现在了她的脑海里——老妈偷看了她的日记。

自从靳韩搬来之后，她便把很多想法记录在了日记里，就好像在自言自语，可以开解自己，也可以让自己放松。日记里的言辞毫无忌讳，甚至有些放肆。例如对靳韩的歉疚，决定帮他，跟踪他，甚至为他撑伞，还勇敢地站出来和于圣杰对抗，这些文字在她看来只是一种心情的释放，在老妈眼里意义却完全不同。

项夏的手指死死地抓住了日记本，老妈怎么可以偷看她的隐私？

母女俩因为日记事件再次爆发了战争。

项夏直接奔进了厨房，双眼赤红，眼泪含在眼眶里，几次都差点儿掉出来。

“妈，你偷看了我的日记？”

“你在说什么？”老妈自顾自地做饭，头都没抬一下。

“知不知道什么叫‘尊重’，我已经长大了！”几乎是吼的，项夏委屈地抹着鼻子，老爸在的时候，很尊重她，一些敏感的话题向来都是旁敲侧击，生怕伤了她的自尊，现在老爸离开了，只剩下她和老妈之后，生活就变了味道，老妈做的那些事、说的那些话，让她透不过气来。

老妈漠然地炒着菜，有条不紊地放着肉，放调料，翻炒好了之后直接装盘，她绕开项夏，走到桌边，把菜放在了桌子上。

“你早恋了吗？”她又去拿碗筷，说出的话不带一点儿情绪，似乎对自己的女儿十分失望。

“早恋”两个字好像利剑，刺进了项夏的心。

“这就是你偷看我日记得出的结论？”项夏已然不知该怎么讥讽了。

“不然呢？”老妈把筷子摔在了桌子上，气恼地瞪圆了眼睛，“项夏！我让你去学校，是学习的，学习！不是去搞什么乌七八糟的东西！”

“乌七八糟？”项夏觉得自己的手指都在颤抖，嘴巴麻木得几乎说不出话来，在老妈眼里，她就那么不堪吗？她做的所有事都是乌七八糟的？

“对，乌七八糟！靳韩是怎么回事？于圣杰又是怎么回事？是要我打电话问问你们班主任，还是让我去找这两个男生对质一下？你才多大呀？”

“你还认为是两个？哈！”项夏差点儿气竭，老妈还真敢想，她项夏是倾城倾国，还是才华出众？靳韩叫她“二哈”，于圣杰叫她“小结巴”，老妈是凭哪一点觉得她可爱的？

十六岁，还是懵懵懂懂的年龄，不知道什么是爱情，纯真的那点儿东西多值得珍贵，却被大人们世俗的眼光玷污了。

“我跟你讲……项夏……”

项夏再也听不进去一句话了，她转过身回了房间，从衣柜里拿出了一条牛仔裤、一件T恤、几件内衣，还有上学要穿的校服，一股脑儿塞在了一个皮包里。她回头看了一眼，将桌子上的手机，以及一些洗漱用品也一道塞了进去。

最后她抓起了床上的毛绒小熊，想想还是放下了，她已经长大了，不再需要这些小孩子的玩具。

背上背包，拎着书包，项夏径直穿过客厅，在老妈的呼喊声中摔门而去。

周日的晚上，她离家出走了。

谁还没点儿脾气呀？谁能一直忍受？被伤害的自尊让项夏忘记了什么是危险，她一口气跑出了很远，站在四顾茫茫的街头，她突然发现自己竟不知该去哪里。当听到野猫的声音后，她吓得抱头奔逃。

跑出去了很远，项夏累得上气不接下气，用力一拉几乎垂下肩头的背包带，一声断裂的响动从耳边传来，接着背包脱落了下去，若不是她手疾眼快，里面的内衣一准儿都要掉出来，被风吹得到处都是。

项夏自觉已经够倒霉了，不想满大街地追内衣。

好不容易系好了背包带，项夏垂头丧气地站在街头，望着茫茫的夜色，不知该何去何从。

站在一家商场的门口，她把手机拿了出来，戴上了耳机，把音乐调到最大声，震耳欲聋的流行歌曲很快把周围的阴霾扫去了，时间也不知不觉地过去了很久。

十点半，商场关门了，十一点，老妈打来了电话，虽然项夏很想找个台阶下，听老妈几声劝就回家，可想想老妈翻看她的日记，还胡乱猜测她跟某某早恋，便满心的怒火。

项夏把老妈打来的电话挂断了。

午夜的城市已经没有了喧嚣，偶尔经过的车辆也急于到达终点，甚至红绿灯都显得那么急躁。

不远处，一个男人走了过来，停在了距离项夏七八米处的橱窗边，两只不怀好意的眼睛一直盯着项夏的书包，似乎在确认她是不是学生，又好像有什么其他意图。

项夏莫名地紧张了起来，想到前几天的抢劫杀人案还没有侦破，她这样在街头流浪，会不会成为新的靶子？

也许隐藏在暗处的是一个连环杀手，专挑单身女子下手。

这个时候已经顾不得什么委屈了，项夏慌乱地拿出手机，却怎么也找不到老妈的电话了。还好，这时老爸的电话打了进来，她慌乱地按了接听键，话还没说一句，便哇哇大哭了起来。

“爸，来接我！我在……”项夏哭着说了自己现在所在的地点。

半个小时不到，老爸开车疾驰而来，把项夏接回了家。

这是项夏第一次离家出走，却走得一点儿都不光彩，她万分懊恼，是不是胆小的人永远都做不了大事？

她老实地跟在老爸身后，一步都不敢远离，其间听到老爸给老妈打电话报了平安，他们两个应该提前通过电话了。

进了老爸的家，项夏慌乱的心才算安稳了下来。

嫁给老爸的女人是他们公司的一名职员，看起来还算亲切，给项夏做了一碗面后便回房间哄孩子去了。

老爸亲昵地摸了摸项夏的头，没说什么责备的话，只是让她以后不要做傻事了，如果真出什么事，所有后果只能自己承受。

“吃点儿东西就睡吧，不早了。”

“嗯。”

项夏一边吃面条，一边打量着老爸的家，这里真的好小，一眼便能望尽所有的房间，卧室只有一个，客厅小到只可以放下一张沙发，甚至门廊都狭窄得可怜，也就是这个不算大的空间里，里里外外透着温馨的气氛，偶尔女主人推门出来，说话的声音也是柔柔的，他们谈论的都是出生不久的小宝宝，从老爸的表情可以看出他很幸福。

只有那时，项夏才懂得，老爸和老妈的离婚，对她来说可能是场灾难，但对老爸来说却是一个新的开始，对老妈来说也算是一个解脱吧，一直对此耿耿于怀的项夏，终于释怀了。

这一夜，项夏睡在了客厅的沙发里，醒来时，老爸已经准备送她上学了。

“哇哇！”小床上，弟弟用力蹬着两条小腿，号啕大哭了起来，老爸赶紧走过去，抱起他的小宝贝儿，一边哄一边亲着他的脸蛋。

项夏看着老爸眼里透出的慈爱的目光，一种从未有过的失落感侵袭了她，她明白，从今往后，老爸的爱已经不再只属于她一个人了，她或许不应该再依赖他了，这个男人已经有了属于他的生活，而她也长大了，很多事需要依靠自己的力量来解决。

“谢谢，老爸。”

项夏由衷地说了一声谢谢。

谢谢老爸陪伴她的那些日子，让她一直有勇气面对自己，虽然他后来离开的那段时间，她迷失过，但时间让她懂得了很多，没有人会陪着谁一直走下去，脚下的路也不会因为她的退缩便不会延伸下去，她不能回头了。

“夏夏，等等爸爸，我哄好了弟弟马上送你。”

“不用了，我自己可以上学，这里到K高的车很多。”

“等一下就好。”

“真不用了，再见，老爸！”

项夏背着书包离开了老爸的家，一口气跑到了公交车站。

等待公交车的时候，她抬起头看向了天空，今天的天格外蓝，太阳好像镶嵌在蓝天里的宝石，闪着夺目的光彩，一群小鸟在空中自由飞翔着。

项夏深吸了一口气，闭上了眼睛，任由阳光抚摸着她的脸颊，心情也随着阳光的炙热而快速升温。

坐在公交车上，项夏单手托着下巴望着窗外，人行道上，一群少年在欢笑跃动，他们脚下的滑板车时而旋转，时而飞起，偶尔一个特技表演引来周围行人的驻足，她轻轻地打开了车窗，远远地还能听见他们的欢笑声，久违了的感觉，她好久没像他们那般笑过了。

放松，放松，再放松，项夏努力劝解着自己，没什么比当年站在家门口，感觉被整个世界抛弃时更糟了。

她好不容易放松了的心情，在下了公交车后变得一团糟。

项夏背着书包走向学校的大门，余光隐约瞥见于圣杰从西面大步走了过来，而靳韩好像正从他的反方向走来。

她偏偏那么不巧，走在了他们俩的中间。

项夏想停住步子，等于圣杰和靳韩进入校门之后再走，可张斌不知什么时候从后面蹿了出来，大喊了一声：“小结巴！”

这一嗓子喊得真不是时候，于圣杰听到了，靳韩也听到了，他们两个同时停住脚步看了过来。

“你瞎叫什么？”项夏一把推开张斌，傻呆呆地站在中间，脑海里又浮现出了老妈斥责她早恋的画面，于圣杰和靳韩都是被怀疑的对象，不知道老妈会不会把这件事告诉陈老师，然后陈老师小题大做，最后闹得沸沸扬扬?

项夏那刚刚还沐浴着阳光的心情，瞬间又浮上了一层阴霾。

于圣杰背着书包，双手插兜，眯着眼睛走上来，他与项夏的身高差刚刚好，他轻松地把手肘压在了项夏的肩头。

“昨天晚上九点多，我给你发了微信，怎么不回我？”

“给我发微信？”项夏尴尬地皱起了眉头，于圣杰的手指立刻在她的脑袋上弹了一下。

“跟我装糊涂？”

“没，没注意。”

昨天晚上九点多，项夏跟老妈大吵了一架后离家出走了，心情糟糕到了极点，哪儿有心思看什么微信？

不过于圣杰给她发微信干吗？她和他私下里又没什么可说的。

“哎呀，小结巴，给你脸了是不是？”于圣杰一副被小结巴看轻了的表情，翻了翻白眼，将胳膊一拐，把项夏拉到了一边，“别说我没给你机会，我的足球小队缺一个替补队员，你想来，提前打招呼，至少在我这儿不会被人欺负，呵呵，若是你选择错了……”

于圣杰推开了项夏，得意地抱住了肩膀：“他，不过就是个傻子！”

于圣杰用挑衅的眼神看向靳韩，态度已经很明了了，他要让靳韩成为光杆儿司令。

靳韩站在校门边，冷冷地看着于圣杰，对于圣杰的这番飞扬跋扈的话未做任何回应，这很符合靳韩做事的风格，不管面对任何事，都沉着冷静。

“你到底想没想好？”于圣杰追问项夏，项夏笑了。

“因为这个给我发微信？”

“怎么？不可以吗？”于圣杰翻了个白眼。

“想拉拢我？”

“小结巴，你说什么呢？谁要拉拢你了，我这是让你做出明智的选择。”

“你害怕了？”项夏觉得于圣杰真搞笑，他什么时候变得这么没信心了，在K高，他几乎尽人皆知，靳韩初来乍到，就算是明星，也没几个人敢买账，他在怕什么呢？

张斌站在一边听出了什么门道，整个人好像打了鸡血一样，一下子亢奋了起来，眼睛都比平时亮了好几倍。

“天哪，小结巴踢足球？一个女生……真的假的，哈哈，有戏看了。”

浑蛋！项夏暗暗地咒骂了一声，这群脑袋进了糨糊的臭男生，怎么听说女生踢球会这么接受不了？还是怕被女生打败，失去了他们的尊严？

知道项夏要和男生一起踢球，她瞬间成了一群乌合之众的靶子，随着张斌的大惊小怪，几个体育生也凑了上来，嘴巴张开又合上，眼睛好像放着蓝色的幽光。

“最后再问你一次，到底来不来？”于圣杰给项夏下了最后通牒。

项夏知道现在拒绝于圣杰，就是公开和K高老大作对，在K高，除了靳韩，还没第二个人敢这么做。

项夏虽然抓住了于圣杰一个致命的把柄，但这个时候若拂了他的面子，以他的脾气，冲动起来，还会在乎什么？

项夏承认她犹豫了，她必须考虑一些利害关系。

靳韩站在不远处，一步也没动过，他面色阴沉，腮帮子紧绷着，也在等项夏的回应，想知道她会不会因为于圣杰的强势而成为墙头草。

张斌嘿嘿贱笑着，嗓音尖细得让人的心都跟着抽筋：“啧啧，小结巴什么时候成了香饽饽？瞧瞧她这副营养不良的模样，还踢球，球不踢她就不错了。”

“怕没跑两步就趴下来了，哈哈！”张斌身后的男生笑得下巴都要掉在地上了。

项夏紧握着拳头，抿着嘴，目光缓缓地转向了靳韩，他孤零零地站在那里，若她现在再打了退堂鼓，就是真的逼靳韩离开K高了，再看于圣杰，一副胜券在握的得意模样，这小子已然算定了项夏不敢反抗他，才敢出此狂言。

项夏深吸了一口气，又吸了一口，心中暗暗鼓励着自己，为了偶像，为了自己，她必须和K高的“恶势力”斗争到底。

“我不加入你们！”

噗！感觉张斌就差一口血喷出来了，他连连翻了两个白眼，想哈哈大笑，却又吞气憋住了，他偷偷瞥了一眼身边的于圣杰，觉得气氛不对，悄然后退了好几步，躲在了其他男生身后。

项夏的拒绝，让于圣杰脸上暴起了一道道青筋，他愤怒地瞪视着小结巴，好像一头暴怒的狮子。

“你再说一遍！”

“说就说……我，我……”项夏突然结巴了，可能刚才脱口而出的话耗尽了她所有的勇气，这会儿底气不足了。

关键时刻，靳韩走上前一步，冷然地面对着于圣杰：“她说不加入你们。”

“对，不，不加入……你们。”项夏挺了挺胸，因为靳韩的毫不畏惧而再次鼓起了勇气。

“你想死吗？”

于圣杰怒不可遏地吼叫着，声音像闷雷一样在项夏耳边响起，他生气了，眼里已经没有了之前的戏谑，而是深深的不解，就好像遭遇了同伙的背叛。

而事实是，项夏从未站在他的那一边，于圣杰的理解有误。

感觉气氛里凝结着的火药已经到了一点即炸的情况，项夏慢慢地后退，再后退，一直退到了靳韩身后，K高的两大阵营就这么形成了。

一方是于圣杰和他的兄弟们，一方是少年明星靳韩和小结巴。

不知哪个看热闹的在项夏身后喊了一声。

“项夏，你死定了！”

第十三章

早恋谣言

项夏觉得自己确实死定了，于圣杰收拾不动靳韩，对付她这样的小虾米却绰绰有余，也许最先滚出K高的是小结巴。

于圣杰和靳韩面对面站着，一个出离愤怒，一个平淡如水，天平看起来没有倾斜，项夏却能微妙地感觉出，靳韩已经加了砝码，于圣杰吃不消了。

“你给我过来！”

于圣杰指着项夏，发出最后的警告，项夏不但没过去，反而又退了一步，瞬间于圣杰的五官扭曲了，满眼都是对她无计可施的愤怒。

罗丽拉不知是从哪儿冒出来的，搞笑地跳到了于圣杰身边。

“我加入你们！”

本已怒不可遏的于圣杰，听到罗丽拉的话后，脸色青得更加难看了。

项夏躲在靳韩身后，差点儿扑哧一声笑出来，果然人不能长得太漂亮，否则会导致脑容量贫瘠，罗丽拉以为自己站在了于圣杰这一边，却不知自己的这句话狠狠地打了他的脸。

当然，打于圣杰脸的还有项夏，至于以后她到底能不能帮靳韩还是个未知数，可已经十分确定的是，她得罪了于圣杰。

K高的校门口，学生越聚越多，还有一些闻讯从教学楼里跑出来的学生，大家站在两边指指点点的，却不敢大声议论。

张斌一向是墙头草，这个两面三刀的家伙，早就退到了四五米外，成了一个旁观者。

陈悦雯不知从哪里得到了消息，火速赶到了校门口："都给我回去上课！"

别看陈老师长得没那么彪悍，在K高却是有名的母老虎，仅一嗓子就起到了调停的作用，僵持着的局面被打破了。

在K高，高二（6）班很出名，既是整个年级组成绩最好的班级，也是最不让人省心的班级，学霸在这里，校霸也在这里，现在又多了一个明星，矛盾不断升级，陈悦雯为此伤透了脑筋，爱之又恨之。

大家都回了教室，各自回了自己的座位，看似平静的气氛背后却隐藏着一股浓烈的火药味儿。

于圣杰在K高的影响力不是吹出来的，他随口说了一句要组建自己的足球队，就有几十个人主动报名，而且还有女生跟着凑热闹，据说来报名的人组三个足球队都有富余。

靳韩的情况却恰恰相反，只有项夏一个队员。虽然距离赌约还有一段时间，但项夏很着急。

"老大，还有报名的。"张斌故意说得很大声，斜着眼睛瞄着靳韩。

按常理，这种情况，靳韩应该比任何人都着急，可他却稳如泰山，还在闷头做物理题，对周围的吵闹声几乎是充耳不闻。

项夏托着下巴看着身边的偶像，感觉这会儿就算天塌下来了，靳韩也不会皱一下眉头。

"谁报名啦啦队？名额有限，不过有个前提条件……哼哼，你们懂的。"罗丽拉也不知道从哪里弄来的一张对垒海报，上面画着两个正在挥动拳头的卡通人物，一个顶着于圣杰的头像，另一个则顶着靳韩的头像，想报名当啦啦队的女生，必须明确立场，至少不能是靳韩的粉丝。

才一分钟没到，啦啦队的名额也满了，"高岭之花"和校花联合，在K高的人气无人能敌。

垂头丧气，项夏觉得世界末日真的来了。

"在K高，你能找出几个人来？"实在忍不住了，她用手肘轻轻地碰了靳韩一下。

靳韩这才慢吞吞地放下物理习题，抬起头来："除了你，一个都没有。"

这小子回答得真轻松，眼神中看不出一丝慌乱，他的镇定让项夏很是恼火。

"怎么不招人呢？凭你的名气，在校园里打个广告，多了没有，三四个总还是有的。"

"打广告？"

"对，我已经帮你做好了。"

项夏把一个本子放在了靳韩的桌面上，上面有她想了好久才想出来的招人广告词，什么"勇斗恶霸""不畏强权"，就连"霸气侧漏"都出来了，她坚信，在K高总有那么一两个不怕死的、愿意维持正义的人肯站出来和于圣杰对抗！靳韩只要拿出明星风范来，给广告词当招牌就可以了。

靳韩拿起小本子，看了两眼，竟忍不住笑了出来。

"你这是竞选总统吗？"

"噗！"项夏笑喷出来，"你不觉得很有煽动性吗？"

"有用？于圣杰已经放话出去，谁敢加入我们的足球队，就是与他为敌，你广告词写得天花乱坠也不会有人来的。"

"哦。"靳韩的话，让项夏沮丧地耷拉下了脑袋。

"那，那怎么办呢？"她有气无力地把小本子拖了回来，靳韩说得没错，她也听说了，于圣杰让张斌传达了他的"口谕"，任何人敢加入靳韩的队伍就"格杀勿论"！谁敢在太岁头上动土？

想想靳韩好可怜，两个人的足球队，怎么对付得了于圣杰满队的人？

"一个个胆小鬼……"咒骂完了，项夏觉得有些心虚，她若不是被激怒了，也不敢和于圣杰作对。

就在项夏焦虑不安的时候，一个纸团从后面飞了过来，刚好打在她的头上，她懊恼地回过头，看到张斌正嬉皮笑脸地冲她挤着眼睛。

搞什么名堂？项夏捡起纸团打开一看，上面写着一行字。

"要不要我帮靳韩找几个人凑凑数？"这字条写得言不由衷，看不出一点儿诚意来。谁不知道张斌是于圣杰的狗腿子？这个时候他不落井下石就不错了，怎么可能好心帮靳韩？

项夏把字条揉烂在手心里。

“别来烦我！”她又把纸团扔了回去，张斌伸手接住了纸团，脖子一伸，嘿嘿贱笑了出来。

“咦，小结巴，怎么不信我？你出来。”张斌冲项夏努了努嘴，示意她到教室外面去看看，眼见为实，耳听为虚。

“鬼才信你！”项夏悄然瞥了一眼教室最后面的座位，于圣杰竟然不在，这让她稍稍有些不安，怀疑张斌和于圣杰事先串通好了，又设了一个圈套等她跳。

张斌让项夏考虑清楚，过了这个村没这个店，人好不容易找来的，都等在实验室门外，万一那些人等不及散了，她可别后悔。

“你知道我找这些人有多不容易吗？挨个儿问，挨个儿求，还不是为了……唉，说多了都是眼泪，白白辛苦不说，你还不信我。”

“难道……他们不怕于圣杰？”

“怕呀，但他们说了，大不了和靳韩一起离开K高，唉，好感人。”

“真的？”

项夏有些动摇了，虽说于圣杰在K高是参天大树难以撼动，但也不是每个人都服他，跳出来几个和他作对的男生也没什么稀奇的。

“你到底去不去？不去我就叫他们走了。”

“等等，人……在哪里？”项夏问。

“我们约好了，在实验室门口集合。”

“好，我先过去看看。”

项夏有心叫靳韩一起去，但想想还是她身先士卒吧。

跟在张斌身后，项夏去了实验室，到了门外的走廊一看，果然有几个人在等，只是这些人……

“你说的就是他们几个？”项夏感觉胸口滞闷，差点儿没气死，这些人也能踢足球吗？

实验室门外站着的几个人，说有多奇葩就有多奇葩，他们若是能踢足球，母猪都能上树。

一个是高二（3）班的周华，去年出了车祸，腿受了伤，到现在还一瘸一拐的。另外一个是高二（2）班的刘邵东，心宽体胖，足有二百斤，别说踢足球，跑两步他都气喘吁吁的，每次上体育课，体育老师都格外照顾，生怕运动强度大了，这小子会猝死。还有一个更没法看了，是高二（2）班的智障小男生，每天放学都会在操场高歌一曲，见人就只会斜着眼睛说话，据说他受了什么刺激，精神不大正常。

“选选。”张斌催促项夏，项夏真想一拳打死这小子，这还用选吗？不如她一个人上场大战群狼，难道还要照顾这些弱小病残？

“张斌，你……”这是圈套吗？项夏深深地觉得自己又被戏弄了。

果不其然，在张斌一阵贱笑后，于圣杰从拐角处走了出来，他双手揣在兜里。

“怎么？这么挑剔？”邪恶的声音响起，于圣杰的肩头一耸，表情要多讨厌就有多讨厌。

“于圣杰，你……”一定是他想出这个办法捉弄她的，可她偏偏中了计，项夏后悔自己没坚持住，轻信了张斌这小子。

“就说你气不气？”于圣杰哈哈大笑了起来。

项夏感觉胸口被人捶了大石，又痛又闷，她咬牙切齿后，做了一个十分粗鲁的动作，冲过去狠狠地踩向了于圣杰的脚。

于圣杰早有准备，脚一缩避开了。

死丫头，于圣杰嘴角一撇，他早就猜到她会动脚，好在他的脚比她的脚动作快。

“差不多行了！”于圣杰警告项夏，一次他可以忍，再敢胡来他就不客气了。

K高老大冷了脸，任谁也不敢造次，他断定项夏不敢胡来了，可没想到……这丫头不怕死，竟冲上来又是一脚，这次于圣杰没躲开，正确的解释是，他自以为是了。

她这一脚踩得够狠，差点儿把于圣杰的脚指头踩瘪，他抱着脚一阵乱跳后，再看项夏时，她已经跑掉了。

“死丫头！”

“老大，还捉弄她吗？”张斌问。

“你以为她是傻子吗？还会上当？”虽说脚指头痛，于圣杰还是想开心大笑，刚才小结巴的表情还真丰富，哭也不是，笑也不是，脸好像被节日的烟花炸过了，黑漆漆的一片。

“你说，靳韩会不会已经找好人了，不然怎么会坐得那么安稳？”

“不可能，K高除了项夏，没人敢帮他。”

关于这点，于圣杰很有信心，谁也不会因为靳韩是明星就冒险加入他的足球队，赢了没什么利益可图，万一输了靠山一倒，还不成了众矢之的？所谓识时务者为俊杰，这个道理大家还是懂的。

关于K高的局势，每个人都在观望，只等二虎相争，一虎存活了。

项夏回了教室，憋了一肚子的火，想想刚才于圣杰得意的模样，她怎么都要帮靳韩把队伍拉起来，可到哪里找人呢？

相比项夏的烦躁，靳韩却表现得十分平静，他认真地做完了一套卷子，伸了一下懒腰，当发现项夏正在发呆时，禁不住问了一句："马上就要期中考试了，怎么不看书？"

"我哪儿有心情看书？于圣杰摆明了让你难堪！他刚才，刚才……"

项夏很想说于圣杰刚才安排的闹剧，可想想还是算了，靳韩对此也无能为力，何必多一个人烦恼？只是他这种不急不躁的心态，让她好气闷。

"哎，你不着急吗？"她才离开了一会儿，靳韩便做了不少习题，还顺带看了几页剧本，他的心怎么这么大呢？项夏好烦恼呀。

"皇上不急太监急，要走的人是我，又不是你。"靳韩把基本辅导书放在了项夏的桌子上，又夹了两套卷子，"这些书七天之内看完，还有这些卷子，我写好了答题过程，你要把每道题都看完。"

"干什么？"项夏诧异地看着桌面上的辅导书和卷子，她这是多了一个辅导老师吗？陈悦雯布置的作业就够多的了，还要做这些？

可偶像让她做的事，她又不想推辞，项夏慢吞吞地把辅导书和卷子收了起来。

"你不能再考倒数第三了。"

他真是哪壶不开提哪壶，项夏尴尬得无地自容，靳韩是从哪里得来的消息，知道她曾经考过倒数第三的"优秀"成绩？面红耳赤已经不能形容她此时的窘迫心态了。

项夏还记得看到成绩单时的心情，好复杂、矛盾。倒数第一是于圣杰，那天他心情不好交了白卷，考倒数第二的那个男生……人家根本不学习的好不好，倒数第三就是项夏了。她拿着成绩单在大街上漫无目的地徘徊了好久，不知道回家怎么解释，也就是那次考试失利，一直为老妈所"津津乐道"，搞得左右邻居都知道学霸的楼下住着一个学渣。虽然之后项夏的成绩有所提高，可学渣的名声已经传出去了。

现在连靳韩也知道她考过倒数第三，什么面子都没了。

唉，项夏耷拉下了脑袋，想不通靳韩不关心他的足球队，研究她的成绩做什么。

靳韩又给了她几套卷子，让她闲暇的时候看一眼，然后看了一下手表。

“回家后马上做作业，八点钟能完成，然后我们在小区门口集合，一个小时后各自回家，我算了一下时间，看完这些辅导书的前三章和练习题，大约十一点睡觉刚刚好。”

“这……”

项夏张口结舌，他在给她安排时间表吗？八点做完老师布置的作业？怎么可能？她要吃饭、喝水、上厕所，偶尔还要开个小差什么的，怎么都要十点多才能完成呀。

八点在小区门口集合？干什么去？项夏正要问个仔细的时候，靳韩说想要出去透透气，便起身离开了教室。

“喂，八点……”项夏琢磨着，八点集合是不是有什么超级大秘密？这个秘密不能在教室里说，万一被于圣杰的党羽听去就麻烦了，出去透气不过是借口。

四下里瞄了两眼，项夏悄悄地跟了出去。

一直到了一楼大堂，项夏才敢悄声问靳韩：“八点有什么秘密行动吗？”

“你以为警匪片吗？没事。”靳韩被项夏的话逗笑了，说他出来真的只想透透气，没什么秘密行动，“你一天天脑袋里都在想什么，二哈？”靳韩无奈地摇摇头，继续向外走去。

“等等，我有疑问……”项夏又追了上去，想问问靳韩八点集合的目的，这时，大堂的公告板处传来一阵骚动，有人喊了出来。

“出来了，出来了！”

听着声音十分激动，不知是什么东西出来了。项夏停住了步子，靳韩也看了过去。

公告板前站着不少人，好像是省里数学竞赛的成绩出来了，老师刚贴出来不到两分钟，就已经围聚了几十人。

“省里的数学竞赛成绩，看看你多少名。”项夏提醒靳韩，他的成绩出来了。

“有什么好看的，考都考完了。”靳韩转身要走，却被项夏硬拖了回来。

“考得不好也不用气馁呀，怎么都比那些没资格参加的人强。走，看看去，大不了榜上无名呗。”

项夏拖着靳韩走到了公告板前，大家见靳韩来了，一个个主动把位置让了出来，那种自觉让项夏都感到吃惊，明星的魅力有这么大吗？

靳韩几乎是被推到公告板前的。

“黑马，真的是黑马。”有人小声地说着。

什么黑马？项夏抬头看向公告板，学校把一张大红纸张贴在了最显眼的位置，第一名的名字超大、超显眼，项夏不用找就看到了。

靳韩？

项夏感觉嘴里好像被人塞了一个玻璃球，吐不出也吞不下，大红榜单高高悬挂，第一名正是靳韩。

这个名次不是全校的，而是全省的，靳韩得了全省第一名。

“你，你第一呀……”项夏结巴了，想着刚才安慰靳韩的话，脸不自觉地红了，她还在担心他榜上无名呢，人家却考了全省第一名。

靳韩轻咳了一声，对这个成绩没发表任何感言，甚至连他的表情都和刚才一样平淡。

这种时候还能做到波澜不惊吗？他该有多强大的心理，若换作项夏，早就欢喜雀跃得跳起来了。

靳韩考了第一名，潘多多呢？

项夏急切地寻找着潘多多的名字，第二名没有，第三名也没有，在第二十五名的位置，她看到了“潘多多”三个字。

项夏身边的几个女生低低地议论了起来。

“潘多多怎么才第二十五名？”

“是呀，她上次还第三名呢。”

“哎呀，是不是太惨了？”

“平时看她趾高气扬的，借个课堂笔记都不愿意，学习好了不起了？考出这个成绩，哼，也能让她清醒一下吧。”

“听说她请假了，不会是提前知道成绩了，觉得没脸见人吧？”

这些议论越来越过分，还有人落井下石说潘多多生病是借口，实际上是为了躲避这次竞赛的成绩，项夏实在听不下去了，转过身生气地看着她们。

“有本事你们也去考呀。”

省里的数学竞赛不是谁想去就能去的，要看平时的成绩不说，还得老师推荐，她们这些喜欢议论人的女生，说不定连及格都困难。被项夏训斥之后，几个女生灰溜溜地退后了，不敢再大肆发表言论了。

“嘿，看看那是谁。”后面有个男生冲大堂门口努了努嘴巴，项夏抬起头，看到潘多多走上了台阶。

潘多多看起来不太好，脸色苍白，神情萎靡，走进大堂后，她一直垂着头，眼睛没敢朝这个方向多看一眼，多半是提前知道竞赛的成绩了。

“潘多多，竞赛成绩出来了，你第二十五名。”不知哪个嘴贱的，非要在这个时候喊一嗓子，潘多多走得更快了，到了一楼的台阶处险些摔跟头。

潘多多这次的成绩很差，没能入围全国的数学竞赛，而靳韩的成绩遥遥领先，将代表K高参加即将到来的全国数学竞赛，学霸昔日的光辉就这么被转校生夺走了。

潘多多头上顶着的桂冠是被人夺走的吗？可能用这个词有些过分，即便没有靳韩，她也将面临一次失败。

项夏呆站在原地，说不出心里是什么滋味，模仿潘多多的那些日子，看她做什么都觉得那么完美，不自觉的模仿已经成为日常，至于她的内心到底有多脆弱，项夏无从得知，也许靳韩说的是对的，她没那么自信。

可以想象，潘多多知道竞赛的成绩后，该多受打击，项夏想到了潘多多躺在医院里的情景，那种虚弱无力，让她的心到现在还隐隐作痛。

事实上，竞赛的成绩已经不是打击那么简单了，潘多多整个人都崩溃了。她失魂落魄地进了教室，连陈悦雯问她怎么不多休息几天都没听到。

潘多多坐下后，先是拿起了数学书看了两眼，又拿起了语文书，想想不对，又都放下了，随手抽出一张纸，拿出了笔，却久久没写出一个字。

项夏回到座位后，一直在观察潘多多，她已经乱了方寸。

陈悦雯很关心潘多多，她从讲台上走下来，轻轻地拍了一下潘多多的桌子。

“你妈不是给你请了一周的假吗？怎么才一天不到就来了？”

“我没病。”潘多多含糊地回答了一句。

“没事就好，一次成绩说明不了什么，你要有信心。”

“我有……信心。”潘多多的声音不大，一直低着头，始终没敢抬头看陈悦雯一眼，她很害怕，怕看到老师眼里的失望。

原本遵照医嘱该休息一周的她，从几乎吵到爆炸的家里跑了出来。

潘多多的妈妈提前上网查询到了数学竞赛的成绩，当时潘多多的父亲正在看电视，知道女儿才考了全省第二十五名，整个人都蒙了，好像天塌下来了一样。

两个人一起冲进了潘多多的卧室，最初是质问潘多多到底哪个环节出了问题，潘多多支支吾吾说不出来，很快父母的质问演变成了两个人互相指责的争吵，他们都怪对方没有把精力放在女儿的身上，连孩子生病了都没觉察。

潘多多背着书包离开了家。

省里的数学竞赛结束了，还有学校的期中考试，她必须保住全校第一名的好成绩，不然家里会鸡飞狗跳，周围会有停不下来的嘲笑，她强迫自己收心看书，却怎么也无法集中精力，她在担心一个人，那就是转校生靳韩。

窗外传来一阵鸟叫声，潘多多探头看了出去，眼中微光一闪，又很快消失了。

陈悦雯回到讲台上后，靳韩从教室外走了进来，脚步声让潘多多警觉地扭过头，她看向了靳韩，紧张的情绪让她的脸一阵阵发白。

潘多多的脸色变化，被项夏尽收眼底，一次竞赛的成绩，让潘多多对靳韩有了敌意，而靳韩却表现得十分坦然，走得也很洒脱，可能对他来说，这些都不算什么吧。

“上节课，我们讲到一条直线的倾斜角 α……”

陈悦雯开始讲课了，教室里刚才昏昏欲睡的几个男生只精神了不到两分钟，又趴在桌子上打起了瞌睡，东倒西歪的样子有些滑稽。

项夏坐在潘多多的斜后方，她的一举一动尽在项夏的眼底，平时老师上课，潘多多都会乖乖地做笔记。可今天有点儿不一样，陈老师在上面讲数学题的时候，她一直低头在本子上涂抹着什么，涂抹完了觉得不妥，又用橡皮擦掉，擦完了接着涂，涂完了再擦。

项夏很想知道潘多多在涂抹什么，可惜距离太远了，什么都看不到。

潘多多的同桌是一个干瘦的小男生，叫周旭航，学习成绩也不错，潘多多异常的举动，让他没办法专心听课，眉头始终紧锁着，大约忍受了十分钟，他突然举手站了起来。

“陈老师，潘多多画的东西太恶心了。”

“什么？”

陈悦雯停止了讲课，不明白周旭航在说什么。

周旭航指了指潘多多，说她从坐下就开始画，画了擦，擦了画，让他没办法专心听课。

这怎么可能？陈悦雯蹙眉走下了讲台，潘多多猛醒般抬起头，三两下把本子上的纸撕烂了，为了不让人看到她画了什么，几乎将纸撕扯成了粉末。

“潘多多，你画的什么？”

“我什么都没画，做的笔记。”

潘多多的神情有些慌张，坚持说是周旭航看错了。

“她画的是一个人。”周旭航说他看得很清楚，一块橡皮她都要用完了，她心虚地拍打着桌面，橡皮碎屑被扑落到了地面上。

陈悦雯知道周旭航没有撒谎，潘多多的状态看起来不太好，但在这个时候指责她，又有些不妥。

“你是不是还没休息好？”

“我好了，真的好了。”

潘多多的手仍按在本子上，两颊发红，手指在纸面上来来回回地摩挲着，许是下笔太重了，上面依稀还能看到一些线条，她撒谎了。

“不要有什么心理负担，好好上课。”

简单安慰了两句，陈悦雯回讲台继续讲题了。

潘多多虽然没继续画了，但没法集中精神上课，她有些恍惚。

忍了足足两节课，项夏还是找到周旭航，问他潘多多画了什么，周旭航神秘兮兮地把项夏拉到了一边。

“真恶心，她画了一个妖怪。”

“妖怪？”

“对，穿着我们学校的校服，是个男生，只是脸上……她画了鼻子、眼睛、嘴巴，然后一顿涂抹，看起来五官模糊不清，很吓人。”

“她画的是谁？能看出来吗？”

“潘多多哪里会画画？画得像个人就不错了。”

周旭航不喜欢潘多多，不仅因为潘多多心高气傲，眼里没容下过谁，而且作为同桌，他偶尔也和她说句话，她连眼皮都不抬一下，爱搭不理的。

“你说她画的是不是靳韩？”周旭航做了大胆猜测。

“怎么可能？靳韩又没得罪她。”

项夏打着哈哈，不想把事件引到靳韩身上，不过她私下里也有些担心，这次靳韩考了全省第一名，潘多多怎么可能一点儿都不嫉恨？

“怎么没得罪？靳韩考了第一名，你不知道，潘多多有多在乎她的成绩……”接下来是周旭航的抱怨。

项夏不想就这个话题继续和周旭航讨论，私底下，她还是希望潘多多能想开，下次考试再努力也不迟，毕竟她的底子厚。

靳韩拿了全省数学竞赛的第一名，不仅学校进行了大肆表扬，连新闻媒体也没放过这个机会，互联网上关于学霸靳韩的话题又起了热潮，在微博话题榜上一度爬上了前十名。

项夏不相信这是靳韩的杰作，他一直在教室里，没离开超过十分钟，手机静音着放在书包里，不可能去炒作什么竞赛的话题，话题的发布者一定是韩晓波，作为靳韩的经纪人，她岂能放过这次机会？借助全省数学竞赛状元的东风直接将靳韩刷上了热搜。

项夏托着下巴，手指敲击着桌面，时不时地偷看身边的靳韩，偶像的两条眉毛在用力向中间靠拢、纠结，似乎所有的烦恼都一股脑儿聚集在了那条狭窄的缝隙里。

“我的乖乖，微博热搜第五名了。”

罗丽拉举着手机，满教室飞跑着，好像她每跑一步，靳韩的热度就会升级一格一样，果然，五分钟不到，靳韩上了头条。

靳韩低着头，拿着辅导书，捏着书角的手指关节泛白。

“嘿！”

罗丽拉跳到了靳韩面前，优雅地一撩长发，香气随之扩散开来。

“采访一下，靳头条，你是怎么做到的？”

手机变成了话筒，直接放到了靳韩下巴边，罗丽拉化身校园小记者，准备不遗余力地撬开靳韩的嘴，让他吐出的每一个字都变成可以传遍网络的黑新闻。

靳韩冷冷地抬起了眼眸，对此他无话可说。

“小透明成了‘靳半壁’，靳头条，娱乐圈你要承包了吗？”

罗丽拉的问题一个比一个尖锐，丝毫不给靳韩留余地，她甚至还偷偷开启了手机录音，只要靳韩开口，事就闹大了，什么“天才学霸”“演艺奇才”的热搜头条很快就会替换成靳韩音频的黑新闻。

罗丽拉坚持一个真理：黑一个人比捧红一个人容易。

靳韩脸上拉起了一道道黑线，他不可能对一个女生动手，更不可能犀利反击，任何不恰当的举措，都会招来不必要的麻烦，他只能忍着。

靳韩能忍，项夏却不能忍。

“哎哟！陈老师！”

没有什么比提陈悦雯的名字更好用的，罗丽拉敏感的神经一跳，快速扭头看去，项夏趁着这个机会手臂一挥……

去你的吧！

暗暗咒骂了一声后，手机飞了出去，落地有声，罗丽拉的脸都白了。

“项夏！”她尖声大叫了起来。

“哎呀，你干吗把手机扔了？”项夏故作吃惊地看着罗丽拉。

“我扔？”

罗丽拉的嘴巴都要气歪了，也有些蒙。

“土豪的世界，我……不懂！”

项夏发出了惋惜声。

地上的手机半死不活地闪着屏，多半已经不能用了，罗丽拉的脸白了之后又变青了。

“你干吗喊陈老师？”

“刚才……明明在那儿。”项夏指着门口，刚巧，陈悦雯进来了，她差点儿大笑出来，陈老师也太配合了，好像和她提前商量好了。

罗丽拉咬牙切齿地捡起了地上的手机，有心让项夏赔偿，却无奈手机是从自己手里飞出去的，赔偿的理由太过牵强。加上陈悦雯突然出现，怒气冲冲地站在了讲台上，看样子要发火了，这个时候撞枪口应该没好果子吃，她只能哑巴吃黄连灰溜溜地回座位了。

没能拿到靳韩发怒的音频，又摔坏了一部手机，罗丽拉的肚子都要气炸了。

陈悦雯站在讲台上，用力一拍桌子。

“是谁把这个贴在我办公室门上的！”

什么东西？项夏伸长了脖子，陈老师举起了一幅图画，看完之后，她直接哈哈大笑起来，笑完了才觉得不对劲，全班同学的目光都投向了她，包括她旁边的靳韩都用看傻子一样的眼神看着她。

那是一幅很搞笑的图片，酷似陈老师的大熊猫一只手掐着腰，另一只手举着一本书，吼着几个字：“看书，考试！不然拉进黑名单！”

熊猫的表情十分丰富，皱眉挤眼，嘴巴张得很大，还长了几根奇怪的胡子。

陈悦雯的脸腾一下红了，心里有无数的“草泥马”在飞奔着，到底是哪个小坏蛋干的？

“项夏，是不是你？”

“不是！”

项夏的脑袋摇得跟拨浪鼓一样。

尽管项夏否认了，可陈老师手里有一份黑名单的事，只有她一个人知道，这张恶作剧图画的锅直接扣在了她头上，任她怎么挣扎都无济于事，她又被惩罚擦一周的走廊。

陈悦雯走后，罗丽拉笑得前仰后合。

“快去，把走廊擦干净！”

她指着走廊，拍着桌子，笑得快断气了。

项夏懊恼地趴在桌子上，肠子都要悔青了，为什么同样是笑，她笑得那么不是时候，罗丽拉却能笑得恰是时候呢？也许这就是傻瓜和猴儿精的区别吧。

“你干的？”连靳韩也信了。

“不是我，真的不是我！我只是笑了一下……”

项夏觉得自己比窦娥还冤。

“你笑得，我都信了。”

项夏拿起了拖把、拎起了水桶，什么都不想解释了，劳动永远都是最光荣的。

高二（6）班一学期的走廊，差不多被项夏承包了，各班的老师和学生已经习惯项夏拿着拖把在走廊里晃了，偶尔有人经过项夏身边，还会夸赞一句："嘿，劳模！"

看着从身边走来走去的老师和同学，项夏一直在默念一个邪恶咒语，"滑倒，摔掉你们的大牙"，可惜他们走得很稳当，偶尔有水的地方也都绕开了。

劳动改造结束后，项夏回到了教室，环视了教室一大圈，暗暗猜测是谁把恶搞图贴在了陈老师办公室的门上，胆子可真不小。

"咱们班谁胆子最大？"项夏问邻桌的男生，男生几乎毫不犹豫地告诉了她。

"于圣杰嘛。"

项夏用力拍了一下脑门儿，她怎么忘记了后面的混世魔王？她愤怒地回头看去，于圣杰正拿着一本漫画书大肆地翻看着，一边看还一边嘻嘻笑着，漫画书的封面赫然就是一个搞笑熊猫人。

嗡嗡嗡，项夏觉得好多苍蝇在头上飞舞盘旋着，她想到了陈老师的那张黑名单，于圣杰当仁不让地排在了第一位。

也许在某个机缘巧合之下，于圣杰也发现了陈老师的秘密文件，和她一样心灵受到了一万点重创……

许是发现项夏在盯着他，于圣杰故意把漫画书的一页转向了她，画面上的熊猫人，一手叉腰，一手举书，除了表情和文字不一样之外，几乎就是那张恶搞图。

真的是他！

项夏正要发作的时候，于圣杰站了起来，慵懒地走了过来，把漫画书往她的桌子上一扔。

"不能白背锅，送你了。"

将漫画书扔下后，于圣杰一招手，叫了几个体育生一起去操场踢足球去了。

项夏满肚子的怒火通过七窍向外狂冲着，不亚于一头看到抖动着的红布的西班牙公牛，她站了起来，决定拿着这本漫画书去陈悦雯那里揭发于圣杰，就在这个时候，旁边的男生把她桌子上的漫画书拽了过去，翻看了两眼后，他怪叫了起来。

“哎呀，还真是你？”

“胡说什么？”

项夏扯过漫画书一看，第二页写着一行字：“赠项夏。”落款是于圣杰。

项夏看着漫画书，顿觉哭笑不得。

于圣杰的智商一直都不低，此举高明，让项夏想告发也没了理由，这漫画书一看就是于圣杰送项夏的礼物，不但有落款还有日期，她真的拿给陈悦雯，不过是多一顿训斥而已。

不但告状不成，还背了黑锅，项夏也只能接受这个事实了。

君子报仇十年不晚，项夏决定先记于圣杰一笔。

漫画书平静地放在桌子上，项夏看了一眼，又看了一眼，实在忍不住了，伸手抄起它，无聊地翻看了起来。还别说，于圣杰喜欢的东西果然有特点，这书相当搞笑，几乎每看一页，她都会笑得前仰后合。

许是因为那幅搞笑图，项夏觉得这个熊猫人就是陈老师，她仿佛看到陈悦雯做着各种奇葩动作、搞怪表情，她越看越开心。

“好看吧？”于圣杰不知什么时候回来了，手轻拍了一下项夏的脑袋。

项夏的笑立刻僵在了脸上，于圣杰得意地颠了一下手里的足球。

“怎么每次都不长脑袋呢？啧啧啧，球场上，会不会也掉链子？好替你担心呢。”

“浑蛋！”项夏合上了漫画书，气恼地握紧了拳头。

“长点儿心吧，不然有人要滚出K高了。”

于圣杰的足球在地上一拍，球反弹而起，击中了天花板，又重新落在了他的手上，他撇嘴一笑，晃晃悠悠地从项夏身边走了过去。

虽然憋了一肚子的火气，项夏却也不得不承认于圣杰说的是事实，漫画书不重要，惩罚擦地也不重要，重要的是怎么在足球场上赢得比赛。

没心情再看漫画书了，还有一个问题让她很头痛，就是被老妈误会的早恋，解释已经苍白无力了，她要用实际行动让老妈相信，早恋这种事是子虚乌有的。

可要怎么证明呢？项夏又开始发愁了。

第十四章
东施效颦

靳韩好像有看不完的书、解不完的题，下课才几分钟，他又抱了一大摞书进了教室，惊得项夏直擦冷汗，好在这些书不是给她看的，不然她得愁死。

书放在了桌子上，挡住了靳韩的脸。

项夏数了一下，偶像这次至少搬进来了十本书，看完这些书，应该需要不少时间吧，就在她估算以靳韩的理解能力，要花费几天的时间时，桌面传来了两下敲击声，随后靳韩的脸从书的侧面露了出来。

“放学一起走。”

“什么？一起……”

项夏抓了一下头发。

若是从前，能和偶像一起走，项夏求之不得，可现在……

除了老妈制造的日记风波之外，还有韩晓波在菜市场遇到她时的态度，说明两位妈妈都在怀疑她和靳韩的关系，毕竟少男少女在一起，让人能想到的也就是早恋了，纯洁友谊这种东西，她们是不相信的。

“看情况，嘿嘿。”

项夏嘴一咧，露出了一口小白牙。

“二哈。”

靳韩笑着摇摇头，抽出一本书，在封面上做着标记。

“你最近时间好多呀。”

“在校的时间吗？”靳韩问。

“是呀。”

项夏算了一下，大约有一周了，靳韩就这么老老实实地坐在教室里，没见他请过假。她记得他刚转学来的那几天，几乎天天下午都要跑出去，各种约见、应酬，人影都见不到，按理来说，接了新的片约应该更忙才是。

作为一个忠诚的粉丝，项夏对靳韩有纯正的“八卦精神”。

八卦精神到底是什么？很多人歪曲了它的正确含义。

首先八卦不是编料，也不是粉与黑之间的争斗，更不是某些为了发泄个人恩怨的职业黑粉或水军的跳板。项夏觉得，水军或职黑，是让八卦精神歪曲的主要原因，若没了水军和职黑，或许能还吃瓜群众一个健康的八卦环境。

八卦实际上是接触各种社会现象的反馈，八卦表面上范围很大，话题却很小，不似新闻那么正规，却是建立人与人之间的亲密关系的快车道。

现在，项夏很想八卦靳韩，了解他最近到底出了什么问题。

可偶像的神情很严肃，脑袋里好像只有一个执念，那就是看书，看书，不停地看书，她要从哪里下嘴呢？

“咯咯。”

当靳韩翻开辅导书时，项夏故意咳嗽了两声，提醒靳韩关注一下，除了枯燥的学习，他还有一个粉丝坐在身边，是不是也该偶尔搭理一下？

“有事吗？”靳韩问。

“没有，就是好奇，你看这么多书，做这么多题，是为了得第一名吗？”

“第一名？”

靳韩愣了一下，随后笑了。

“不然我能做什么？”

“你不拍电视剧了吗？我一早还看见你在看剧本呢。”

项夏故意把话题往片约上引，这样就能光明正大地挖掘他的小秘密了，可他好像故意避开这个话题，狡猾得很。

“以前的老剧本，写得好，没事就看看。”

"你的剧本呢？"

项夏又强行把话题拉了回来，靳韩摇摇头，说他不想提这个。

"不是有部电视剧吗？四十分钟的。"

"能不能不要说这个，二哈？"

"好吧。"

项夏抿了抿嘴，把脸扭到了一边，偶像这语气不大高兴呀，这是不是更能证明，他的片约出了问题，她是应该就此打住，还是继续追问下去？

喝了口水，项夏希望换个角度再问。

就在项夏准备开口的时候，孙歆突然凑了上来，冲靳韩嘿嘿一笑。

"偶像……"

噗，项夏喝到嘴里的水直接喷了出来，孙歆这是吃错药了吗？什么时候靳韩成她的偶像了？记得她之前吐的口水比暴雨还狂烈呢。

靳韩没法继续看书了，只能抬头面对孙歆，孙歆痴迷地龇牙一笑，牙齿上还挂着中午吃剩下的菠菜叶。

"我最近挺迷你的，不是，迷你的电视剧。"

"我最近没有作品。"

靳韩毫不避讳地回答，孙歆翻了个白眼，胖嘟嘟的嘴巴一噘。

"反正就是迷你！好帅。"

"呵，谢谢。"

"偶像，问你一个问题，你最近怎么总在学校里呀，没演什么电视剧吗？"

终于，项夏想问的问题，通过孙歆的嘴问了出来，靳韩必须正面回答了。

"我推掉了片约。"

他竟推掉了片约！

项夏呆了几秒钟，难怪靳韩最近这么清闲，也没见韩晓波车接车送，说不定母子两个因为推掉片约的事发生了冲突……

没人比项夏更了解韩晓波，在过去的几年里，项夏除了关注靳韩之外，也没放过任何一则关于韩晓波的新闻。为了让儿子和大牌明星同场同台，韩晓波可谓不遗余力，这次能拿到这个片约，韩晓波跑了不少地方，找了不少人，花了不少心思，靳韩就这么给推掉了，她岂能开心？

孙歆一脸吃惊的模样，追问靳韩为什么推掉片约。

靳韩似乎不方便回答，项夏趁机挡住了孙歆的大嘴巴。

“人家不想说，你还问什么？”

“小结巴，关你什么事？”

“怎么？”

项夏瞪圆了眼睛，死肥婆还没受够摔跤的痛吗？要不要再来一次，别看她身板子大，灵巧程度却不如项夏，真动起手来，只要没人在一边帮忙，孙歆不见得能占到什么便宜。

孙歆冲项夏凶了一下，却没敢真的扑上来，她有所忌讳。

最近有传闻，孙歆也进入了陈老师的观察行列，也许也进了黑名单，所以她的一举一动，都可能引起陈老师的关注，她虽呆却不蠢，她不想在期中考试前夕惹出什么事。

“小结巴，矮冬瓜，那么瘦，和晒干的大白菜一样，不跟你一般见识……”

孙歆一口气说出了项夏身上的所有缺点，许是气力不够了，她深吸了一口气。项夏看到孙歆牙齿上的菠菜叶往里猛抽了一下，没抽进去，待孙歆又一口气呼出来时，窘迫的情况出现了：菠菜叶突然脱离牙齿飞了出来，落在了靳韩辅导书的封面上。

靳韩盯着那片菠菜叶，脸青了。

孙歆惊呼了出来，脸变得通红，她一把捂住了嘴巴，看了看项夏，又看了看靳韩，突然一个快速转身，甩着肥胖的大身板子转身跑掉了。

女孩子都在乎自己的形象，这次发生了菠菜叶事件，相信孙歆几天都不敢和靳韩说话了。

至于靳韩为什么要推掉片约，项夏有很多的猜测，但终究不是靳韩的想法，也许在未来很长的一段时间里，他都会处于这种悠闲的状态。

偶像太闲了，也不是什么好事，例如现在……

“这些书是拿来给你看的。”

靳韩把书桌上的书一股脑儿推了过来。

项夏感觉几座大山同时向她倾压了下来，让她瞬间透不过气来。

“给我看的？”

“不然呢？这些我都看过了，还有几本考试必备名著，也看看。”

大山上又加了几本书，好像如来佛祖的五指山，上面加了一道镇妖封条。

“我的天！”

项夏只觉得眼前一黑，险些摔倒在桌子下，加上之前的几本，她要看到猴年马月呀？

“我……可以不看吗？”

“不可以。”

靳韩的回答很直接，他问项夏是不是他的粉丝。项夏用力地点了一下头，接下来靳韩的话让她头痛不已。

“粉丝总要付出一点儿什么的。”

这也算付出吗？

项夏看着满书桌的辅导书，不知说什么才好。

放学前的几分钟，靳韩被赵主任叫走了。

项夏推开了满桌子的辅导书，暗自盘算着，距离放学还有不到五分钟，靳韩会不会和主任谈完后，忘记一起走的约定直接回家了？

放学的铃声响了，大家陆续向外走，靳韩仍旧没有回来。

于圣杰经过她身边时，拍了拍她桌面上的辅导书。

“好家伙，这么多书！要当学霸了？”

“当学霸怎么了？总比你倒数第一名强。”项夏白了于圣杰一眼，人总要有点儿追求的，当不成学霸，努力上进不行吗？

“哈哈！”

于圣杰的笑声足够夸张，教室的墙壁都在振动，哗啦啦的要掉墙灰了。

笑声戛然而止，他俯身凑近了项夏，嘲弄地撇着嘴巴。项夏下意识地缩了缩身子，拉开了和他的距离。

“干，干什么？”

“五十步笑百步，忘记你是倒数第三名的水平了？”

真是个讨厌鬼！

项夏抓起一本辅导书当武器，于圣杰识相地站直了身体。

“哎哟，还生气了？学吧，好好学，你若是能考进全校前一百名，我，我管你叫姐，成吧？”

“哼，等着叫姐吧。”

项夏用力把辅导书拍在了桌子上，于圣杰嘿嘿一笑，书包一甩，迈开大步走出了教室。

被愤怒冲昏了头脑的项夏，在于圣杰的身影消失在门外后，头脑也渐渐冷静了下来，她看着满桌子的辅导书，一屁股坐在了椅子里，考进全校前一百名谈何容易？于圣杰是算准了她没那个本事才讥讽她的。

打开辅导书才看了不到一页，项夏的脑袋就大了，原来高二的知识点有这么多！她平时坐在教室里到底有没有听课呀。

为了拖延时间，项夏先写了一点儿练习册，又背诵了一段文言文，算计了一下时间，靳韩差不多已经走了，她才收拾好书包准备离开。

站在教学楼外，项夏刚吐了一口气，便有人从后面追了上来，轻轻地拍了一下她的肩膀。

项夏回过头，看到了靳韩面带微笑的脸。

“还以为你走了。”

“我在……教室里。”

项夏其实很想说，早知道他也这么晚走，她早早溜掉好了。

“主任找我有点儿事，你等了很长时间吧？”靳韩抱歉地笑了一下。

“没有，怎么会……”

项夏尴尬地拉了一下书包带子，小心翼翼地环顾了一下四周，还好，现在晚了，学校里没剩下几个人了。

“一起走，想说说今晚八点见面的事。”

“八点？”

项夏的眼睛一亮，一听要谈八点之后预谋的大事，立刻来了精神，她忘记了所有顾虑，决定和靳韩一起走。

“你是不是安排了什么对付于圣杰的撒手锏？”

“我能有什么撒手锏？只是找了一些人，看看能不能一起踢球。”

“哇！”

俗语果然说得好，成功都是留给有准备的人的，靳韩早就打好了算盘，她还傻乎乎地替他担忧了一整天。

“说说具体的安排，都是什么人，几班的？”

“算是踢过球的吧。”

靳韩没详细说是哪个班级的，只说这些人以前踢过球，不知道还能不能帮上忙。

“死马当活马医，呵呵。”

“没关系，没关系，只要踢过就好。”

项夏终于吃了一颗定心丸，足球队有人加入总比没人强，就算差，也不会差过张斌找来的那些人。

只是为什么靳韩不早说呢？还是想给她一个惊喜？

关于队员都是些什么人，靳韩没做过多的解释，他和项夏商量了一下练习的时间，因为大家的时间都不多，很难聚在一起，所以暂时只能各练各的，等有机会再聚到一起打一下配合。

“其实……我也没多少时间。”

项夏也有一个小秘密，在成功之前，她不会和任何人提及，她的小秘密就是冷峰。

“我知道，你要准备期中考试。”

那么多辅导书要看完，靳韩也在考虑项夏的时间。

他们穿过了第一条街，该说的话说完了，突然没了话题，气氛略显沉闷。

当手机响起，看到老妈发来的信息时，项夏的情绪瞬间低落了下来，回家的路也因此变得有点儿漫长了。

相比项夏的烦恼，靳韩倒显得十分放松，他说话时，和风细雨，不说话时也洋溢着温情，一双大长腿有节奏地摆动着，迈过了一块又一块的方砖。

一阵奇怪的声音自身后响起，项夏停住脚步回头看了一眼，一道身影一闪，避进了巷子口。

“好像有人跟着我们。”项夏皱起了眉头。

“你搞错了吧？”

靳韩也停住了脚步，刚好一个男人匆匆而过，他微微一笑。

“你不会跟踪人习惯了，神经敏感了吧？”

“你才跟踪人习惯了呢，刚才……真的有人。”

项夏不高兴地嘟囔了一句，她不就是上次跟踪了他几天吗，他怎么到现在还记着呢？原来男生小心眼儿起来比女生还严重。

等了好一会儿，也没见后面有人跟上来，项夏也有些怀疑自己是不是看错了。

靳韩继续朝前走，项夏跟在后面，两人快到小区门口时，靳韩突然问了项夏一个十分尴尬的问题。

"听说你离家出走了？"

"什么？"

都说好事不出门，坏事传千里，才不过一个晚上，这事就传到靳韩的耳朵里了？他是长了顺风耳还是怎么回事，有关她的糗事，他总是第一个知道，上次是闹得沸沸扬扬的自杀事件，这次是离家出走。

项夏的脸红了。

"没有，我只是，只是……好吧，我心情不大好，出去散了一下心。"

"是吗？"

靳韩的语气里充满了半信半疑，相信老妈昨天夜里为了找她，做了不少惊动四邻的举动，说不定整个小区的人都知道了。

"挺有勇气的，我到现在，还没离开过家。"

"呵呵。"

项夏笑得极不自然，偶像这是在夸她还是在嘲讽她？说出来都觉得丢人，昨天晚上她一定是抽风了。

"以后不要做这么有勇气的事了，女孩子离家还是很危险的。"

项夏不知该怎么回应了，偶像委婉的言辞，好像在哄一个不听话的孩子，她在他面前，又矮了几分。

项夏推开了小区的门，感觉这门比往常沉重了好多。

"这不是项夏吗？哎呀，还真是那孩子……知道你妈妈昨天找了你多久吗？害得我半夜十二点都没睡着，你们这些孩子呀，怎么这么任性，说离家出走就离家出走呢？"

保安老大爷人老，声不老，嗓门大得离谱，难怪整个小区的人都知道项家的丫头跑了。

项夏的脸瞬间就红了，站在小区内，她才觉察出，原来离家出走这么轰动，围观的人跟看大马猴一样。

小区内熟悉的景致，此时都成了项夏的负担，连平时爱和她说话的刘奶奶，也站在一边用异样的眼光看着她，若不是靳韩在身边催促，项夏真想转身跑掉。

"别忘记了，八点钟，快点儿写完作业。"靳韩冲项夏做了一个手势。

“知道了。”

项夏没精打采地应了一声，为了他们的约定，为了能赢于圣杰，她只能硬着头皮走进单元门。

身后的门砰一声关上了，单元门内变得幽暗不明。

人和人就是不能比，同住一个小区，靳韩家所在的楼比这里的楼档次高了不知多少倍，不但全是大户型，电梯都是自家入户的。而项夏住的这栋楼，全楼的居民共用一部电梯，电梯还三天两头出故障，上次把一位老大爷困在电梯里三个多小时，差点儿要了老人家的命。

为了这栋楼居民的人身安全，物业善意提醒，在更换新电梯之前，请各位业主爬楼梯。

项夏背着沉重的书包一步步往楼上爬，想着进门后第一句话要说什么。万一老妈旧话重提怎么办？她总不能再离家出走吧，假若被靳韩知道了，还不笑话死她？

就在项夏反复思量怎么和老妈沟通时，隐隐听到五楼中间两墙的夹缝处传来一阵咳嗽声。

谁在那里？

那个位置是五楼的死角，平时几乎没人去的，项夏凝神听了一会儿，确实有人，还发出了细微的响声。

关于连环杀人案的凶手，各方都有不同的说法，官方的解释是，此人是流窜作案，已经离开了本市。小道消息却是，凶手被通缉，已穷途末路，很可能还藏在附近，特别是一些小区的楼梯间，伺机寻找机会作案。

曾有新闻就这么报道过，一个通缉犯在一个小区里藏匿了半个月，后来因为抢劫居民被抓住了。

这可和抓小偷不一样，项夏就算胆子再大，也不敢和凶犯对峙。她本打算溜掉的，可走了两步又停了下来，万一老妈回来晚了，遇到这家伙怎么办？想着要不要打电话报警，却又怕是虚惊一场，思来想去，她还是决定亲自去看一眼。

在楼梯口转了一圈，项夏看到了一个扫把，随手拿了起来，她小心翼翼地走了过去，一点点接近那个声音。

当项夏举着扫把，准备和歹徒决一死战的时候，她看清了那人的脸，怎么是潘多多？

"潘多多？"

潘多多抬起了头，怀里还抱着没有打开的书包，她看着项夏，眼睛良久都没眨动一下。

"你怎么……不回家？"

项夏扔掉扫把，蹲在潘多多面前。

潘多多只是抬了一下眼皮，很快又垂下了。

"一个人静静。"

"天快黑了，你待在这里不安全，前几天的……"

项夏不想吓唬她，但她在这里确实不安全。

"你走吧。"潘多多驱赶着项夏。

"是不是因为数学竞赛……"

"你也是来笑我的吗？如果是……走开！"潘多多敏感的神经受到了刺激，她的手指快速地摩挲着书包带，手指肚儿摩红了仍不肯停下来。

"笑你？"

项夏皱起了眉头，她为什么要笑潘多多？相比来说，她连进入竞赛考场的机会都没有，有什么资格笑话一个考进了前三十名的学霸？

"大家都在笑我，你有什么理由不笑？"

潘多多嘲讽地哼了一声，相比那张"东施效颦"的字条，若此时项夏大笑出来，对她的报复来得更痛快。

事实上，项夏一点儿都笑不出来，她的心里很苦涩。

"笑你，不就是笑我自己吗？"

"笑你自己？"